헛개나무 집

나남
nanam

김상렬 연작·소설집

헛개나무 집

2016년 8월 15일 발행
2016년 8월 15일   1쇄

지은이 김상렬
발행자 趙相浩
발행처 (주)나남
주소 413-120 경기도 파주시 회동길 193
전화 031 955-4601 (代)
FAX 031 955-4555
등록 제 1-71호 1979. 5. 12
홈페이지 http://www.nanam.net
전자우편 post@nanam.net

ISBN   978-89-300-0633-0
ISBN   978-89-300-0572-2 (세트)

김상렬 연작·소설집

헛개나무 집

나남
nanam

내 몽근짐의 생명문학

산속에 들어와 글농사 짓고 산 지 벌써 15년째이다. 물론 어설픈 밭농사
도 함께 지었지만, 작가로서의 본령은 아무래도 외로운 문학의 목마른
치열성일 수밖에 없었다. 적막에 든 밤, 나는 그 불꽃을 베개 삼아 이명
(耳鳴) 같은 산소리를 참 자주 들었다. 지하 저 깊은 수맥의 물소리도
안다미로¹ 새겨들었으며, 그러다 날이 밝으면 다시금 산뱅이 아래뜸 사
람들과의 낯익은 일상으로 선바람에 되돌아가곤 하였다.

　그 결과물이 바로 이 생태계(?) 작품집이다. 내 어쭙잖은 인생 후반
부의 한 축을 매듭짓는 의미 또한 가감 없이 담긴 책이기도 하다. 오
늘의 핍진한 농촌 생활상을 포함해서, 우리네 삶과 죽음의 문제가 어
떤 무늬로 엮이는가에 대한 성찰이 유독 많은 까닭은, 아무래도 점점
나이 들어가는 작가의 '몽근짐² 내려놓기'가 크게 작용했을 터. 덧없는

---

1 안다미로: 담은 것이 그릇에 넘치도록 많이.
2 몽근짐: 부피에 비하여 무게가 무거운 짐.

나달[3]은 어느 결에 무엇이든 깨끗히 갈무리하도록 조비벼[4] 채근한다.

이 소설집 속 작품 중, 연작으로서의 일관성을 유지하고자 전에 한번 묶였던 〈쑥〉(〈산뱅이 이야기〉로 게재)과 〈콩〉이 어쩔 수 없이 일부 가필과 수정을 통해 재수록되었고, 〈길은 집을 짓지 않는다〉는 〈직가스 장군〉이라는 중편으로 개작, 새로 선보였다. 〈헛개나무 집〉도 다른 지면에 발표된 적 없는 신작이다. 무대가 산뱅이 아닌 백두산으로 설정된 〈하늘연못에서의 하룻밤〉이 실린 건, 아무리 유배지 같은 산골이라도 이젠 북한이나 일본, 아일랜드, 혹은 더 넓은 세계로 확장, 다함께 공생하여 엮여 나간다는 사실을 암시한다. 그리고 거기에는 내 연작선상의 자식들이 어김없이 한통속으로 등장해서이다.

맨 뒤에 실린 〈마지막 날들〉은 '산뱅이 연작'에서 비켜선 단편이다. 조선조 비운의 왕 고종이 어린 딸에게 보낸 유서 형식의 이 글은 또 다른 의미의 거대한 '산뱅이'를, 사방이 높고 거친 산으로 에워싸인 그 지형적, 역사적 생성과 소멸의 상징성을 함의하고 있어서 나는 기꺼이 이 작품집에 포함시켰다.

아무튼 여기에 실린 10편 중 〈마지막 날들〉을 제외한 작품들은 내가 지난 10여 년 동안 이곳 산뱅이 마을 언저리에서 겪은 갖가지 직간접 경험과 사유가 고스란히 육화된 이야기들이다. 그러나 그 사건의 얼개나 등장인물들은 거의 상상력의 소산임을 미리 밝혀 둔다.

---

3 나달: 세월.

4 조비비다: 조가 마음대로 비벼지지 아니하여 조급하고 초조해진다는 뜻으로, 마음을 몹시 졸이거나 조바심을 냄을 이르는 말.

나는 이제 '생명문학'으로서의 이 한 시대의 작업에서 잠시 숨을 고르고자 한다. 앞으로의 객관적 3인칭을 위해, 맨 처음 떠나왔던 자리를 재점검하고 '오래된 미래'로 매조지5하기 위해서이다. 그 작은 결산의 도정을 스스로 확인하는 의미에서, 저 도도한 도연명의 〈귀거래사〉 첫 대목 몇 줄을 여기에 감히 적바림해6 옮겨 본다.

어찌 돌아가지 않으랴. 이미 내 자신 마음으로써 사역(使役)하였으므로, 어찌 근심하여 홀로 슬퍼할 것이 있으랴. 지난 일은 고칠 수 없음을 깨달아, 앞으로는 그를 좇아 틀리지 않겠노라.

종이책이 안 팔린다고 저리 아우성인데, 그에 아랑곳없이 꽃다운 종이책 내주겠다고 성큼 손 내밀어 주신 나남의 출판가족들한테 새삼 뜨거운 고마움을 전한다. 종이는 나무로 만들고, 나무는 영원하다.

2016년 7월 함박덕에서

김성룡

---

5 매조지: 일의 끝을 단단히 단속하여 마무리하는 일.
6 적바림하다: 나중에 참고하기 위하여 글로 간단히 적어 두다.

김상렬 연작·소설집

헛개나무 집

차례

똥 빵

"저 꽃이 피믄, 많이도 배고팠슈. 참 한 많은 보릿고개 꽃이우, 저게!"

창고 맞은편 언덕바지에 울타리인 듯 줄지어 핀 조팝나무 군락을 보고, 해장술이 적당히 오른 오판돌이 와서 자조하듯 내뱉는다. 마치 무더기로 튀밥을 튀겨 놓은 듯싶은 그 눈부신 꽃사태에 귀살쩍게[1] 홀려 있던 나는,

"아니, 저게 배고픈 나무라구? 저리 황홀한 조팝꽃 더미가?"

불현듯 괭이잠에서 깬 목소리로 시큰둥 되묻지 않을 수 없었다. 오판돌이 지지 않고 가시세게[2] 되받는다.

"성님은 모를 거유. 그 시절 우리가 얼매나 배곯고 살았는지를. 말도 말어유."

"그, 그래?"

---

1 귀살쩍다: 일이나 물건 따위가 마구 얼크러져 정신이 뒤숭숭하거나 산란하다.
2 가시세다: 앙칼스럽고 고집이 세다.

11

"죽지 못해 살았슈. 이 집 뒤 조리3 부잣집 빼놓고는 여그 산뱅이 사람 다 그랬는디, 하루에 한 끼 좁쌀 같은 잡곡으로다 때우믄 그것도 잘 먹은 셈 쳤응께. 모두들 감자다, 강냉이다, 칡뿌리다 해가믄서 어렵사리 해를 넘겼는데도, 저눔의 조팝꽃이 필 무렵이믄 아예 보리 알갱이 한 톨도 남아나 있질 않은 거라. 참말로 지독한 배곯이였슈."

"허, 난 그것도 모르고…."

자고 나면 눈 비벼 꽃 상찬이나 일삼은 데 따른 자괴지심이 뒤늦게 뒤통수를 때렸다. 내가 참 깨끔하게 아름답다고 여긴 저 꽃에서, 여기 산골 토박이는 모질게도 찰가난했던 지난날의 배고픔을 온몸으로 읽고 있었구나. 그 서러운 보릿고개의 기억을 조팝꽃이 활짝 피어나는 매년 이맘때쯤이면 또 어김없이 눈 시리게 보고, 느끼고, 아파했었구나.

그 오판돌이 더듬거리듯 계속하였다.

"그땐 배곯아 죽는 이도 참 많았쥬. 허구한 날 괜한 물배 채우려고 왕소금 볶아 묵고는, 그냥 시름없이 황달 걸려 죽은 이, 멀건 시래기죽을 안주 삼아 술만 처먹다가 간덩이 부어올라 죽은 이…. 생각하믄 그게 다 암이고, 간경화에 영양실조였는디, 죽는 이유도 모르고 그렇게들 맥없이 죽어 나갔슈. 지금은 너무들 잘 먹고 잘살아서 병이쥬?"

"그려. 너무 잘들 먹어대 오른 비곗살 빼느라고, 오히려 난리법석을 피우는 비만형 세태지. 너무들 잘 먹고 잘살아서 암이니, 고혈압, 당뇨

---

3 조리: 쌀을 이는 데에 쓰는 기구. 가는 대오리나 싸리 따위로 걸어서 조그만 삼태기 모양으로 만든다.

병이니 하고 별의별 질병에 걸려 속절없이 고생하며 죽어가는 걸 보면, 그 또한 자네들이 겪은 가난보다 훨씬 더한 벌인지도 몰라."

딴은 사실이 그런 걸 어쩌랴.

잠시 상념에 젖어 있는 나의 의식을 오판돌이 다시 낚아채 흔든다.

"그렇게 걸신들려 무한정 먹어대는 사람들은, 아마도 예전에 너무 못 먹고 못산 거에 대한 복수고 분풀이 때문일 거유. 지 말이 맞쥬, 성님? 요즈음 세상이 너무 무자비한 살인, 폭력으로 치닫는 것도, 다 그 놈의 아귀아귀 처먹는 행티들 때문일 거유. 그렇게 엄청난 피맛, 살맛으로 흥청망청 먹어대니, 그 남는 힘을 어디다 쓰겠슈. 헌데, 진짜로 힘이 센 우리 집 황소는, 먹는 게 죄다 맛없는 초식뿐이잖유. 등치가 엄청난 코끼리나 기린 같은 동물도 모두 풀만 먹고 사는 걸 보믄, 참말로 큰 힘은 확실히 육식보다 초식에서 나오는 것 같아유. 지 말이 맞쥬?"

"암은, 맞는 말이지."

나는 대견스레 웃어 주며 판돌의 마뜩한 생각과 표정에 쉬 동의했다. 집안이 너무 가난해서 아예 학교 문턱조차 넘어 보지 못한, 그래서 왈 '낫 놓고 기역자도 모른다'는 말에 딱 걸맞을 정도의 생짜 무학(無學)인 그에게서, 이렇듯 크게 고개 끄덕일 만한 말들이 가끔씩 쏟아져 나오는 데에 나는 곧잘 속으로 감동받곤 한다.

아, 무조건 많이 배우고 아는 것만이 전부는 아니구나. 그 잘난 글자하고는 아예 담쌓고 사는 날탕 무지렁이라도, 세상을 보고 읽어내는 지혜의 눈은 정작 따로 갖고 있는 거구나.

어디 그뿐이랴. 오판돌의 때 묻지 않은 정직성이나 우직한 부지런함은 온 동네가 다 알아주는 편에 속했다. 거의 진종일 자기네 논밭에 나가 갖가지 험한 농사일에 매달려 있는 것도 모자라서, 지친 손을 좀 쉴법한 농한기에도 그는 남들이 불러대는 대로 산판 벌목이나 밤나무밭 풀베기 따위의 궂은일을 일일이 마다하지 않고 밖으로 돈 벌러 나대기에 정신이 없는 것이다.

그러면서도 이 사람은 늘 다른 사람들한테서 제대로 된 사람대접을 받지 못하고 사는데, 그것은 어리바리한 '칠뜨기'라는 별명에 걸맞게 몸놀림이 워낙 굼뜨고 말씨까지 형편없이 어눌하기 때문이었다. 일자무식에서 오는 자신감 결여에다가 애당초 만사 태평스러운 무관심, 무덤덤한 그 천성도 크게 한몫할 터였다.

하지만 사람들이 이 사람을 어리보기로 싹 무시하고 가능한 한 멀리하려는 첫째 이유는 뭐니뭐니해도 그 지독한 냄새 탓이라 보아야 한다. 한여름 뙤약볕 아래서 철철 비지땀 흘린 뒤끝에나 겨우 계곡물에 첨벙 뛰어들 때 말고는, 내내 목욕다운 목욕을 제대로 해본 적이 없는 그의 몸에서 나는 똥내 비슷한 묘한 '사람냄새'가 바로 그것이었다.

애당초 유기농 농사법만을 고집하면서 자기네 집에서 나오는 사람똥이나 짐승 똥은 뭐든지 하나 버리는 법 없이 철저하게 찰진 퇴비로 사용하는 재래식 농사꾼이라서 더욱 그런지는 모르지만, 감은 지 언제인지 몰라 찰보리 개떡처럼 뒤엉켜 착착 달라붙은 머리칼이라든가, 지금처럼 해장술이라도 거나하게 한잔 걸친 경우 욕지기마저 절로 치밀어 오르는 이 비릿한 문뱃내4 말고도, 말할 때마다 입에서 폴폴거리는 창자 썩는 냄새까지를 포함한 똥내가 온통 에멜무지로5 사방에 진동한 다는 이야기이다.

그러니 어찌 사람들한테서 제대로 된 사람대접을 받을 수 있을 것이 며, 무려 47살이나 넘어 먹도록 여태껏 사그랑이6 노총각으로 치매 노 모 혼자 모시며 시난고난 살아가지 않을 수 있겠는가.

그래도 그는 여전히 술을 마셔야 비로소 말문이 트이고, 어둡고 우 중충한 자신의 분위기에서 겨우 바잡아7 탈출해 나오는 거였다. 적당 히 술이 오른 상태에서만이 사람들한테 대거리할 수 있는 뱃심이 절로 가살스레8 생겨나는 것이며, 그러니까 상기도 동네에서 가장 만만한 나를 찾아와 '성님!' 어쩌구 엉너리9 치면서 술 한잔 더 얻어 마실 셈속 을 잔머리로 굴리는 거였다.

나는 지레 오금을 박듯 말한다.

"그나저나 오늘은 술이 없어서 어쩌지? 저 조팝꽃 필 무렵이 되니 까, 작년에 담갔던 매실주도 싹 떨어지고 마네그래."

"아따, 성님도! 저 술 얻어묵으러 오지 않았슈. 이제 바쁜 농사철로 접어들었는디, 대낮부텀 취하도록 마시믄 쓰남유."

---

4 문뱃내: 술 취한 사람의 입에서 나는 냄새. 문배 냄새와 비슷하여 이르는 말이다.
5 에멜무지로: 단단하게 묶지 아니한 모양. 또는 언행을 헛일로 시험 삼아 하는 모양.
6 사그랑이: 다 삭아서 못 쓰게 된 물건.
7 바잡다: 두렵고 염려스러워 조마조마하다.
8 가살스레: 보기에 가량맞고 야살스러운 데가 있게.
9 엉너리: 남의 환심을 사기 위하여 어벌쩡하게 서두르는 짓.

여느 때 같으면 필시 '매실주가 없으믄 먹다 남은 오디주 찌꺼기라도 내오슈' 하고 적당히 억지를 부릴 법한데, 오늘은 그와는 전혀 딴판이어서 속으로 적잖이 안심한 내가 다시 입을 열었다.

"일할 땐 절대 취하면 안 되지. 근데 술이 아니면, 그럼 무슨 다른 볼일이라도 있는가?"

"저, 다른 기, 아니구유."

오판돌이 작심한 듯, 그러나 여전히 더듬거리는 어조로 계속했다.

"저, 성님이 한글 가르치는, 외국 여편네들 있잖유? 갸들, 어떠유?"

"어떻긴, 뭐가?"

"아니, 글 가르치기가 힘 안 드시냐구유?"

"왜, 자네도 그네들과 함께 글공부하고 싶어서?"

"이 나이에 공부는유, 그냥 한번 물어봤슈. 걔네들 사람 됨됨이나 인간성은 어떤가 하구."

"뭐, 인간성? 그건 또 왜?"

혼잣말처럼 반문하다 말고, 나는 그제야 퍼뜩 발싸심하는[10] 오판돌의 깊은 속내를 암상궂게 알아챘다. 툭 까놓고 말해서, 50 가까운 지금이라도 늙은 노총각 신세를 한번 본때 나게 벗어나 볼 수는 없겠냐는 뜻이리라.

내가 일주일에 한 번씩 면소재지에 나가, 거기 농협조합 2층에 마련된 한글교실에서 어렵사리 한글을 가르치는 몇몇 이주여성들을 내심

---

10 발싸심하다: 팔다리를 움직이고 몸을 비틀면서 비비적대다.

염두에 새겨 두고 꺼낸 입치레임에 틀림없었다. 모르면 몰라도 말썽 많고 수속 복잡한 국제결혼 중매회사 대신, 이리저리 연줄이 얽혀 있는 그네들을 아예 중간 소개꾼 역할로 지렛대 삼을 수는 혹 없겠냐는 셈속 또한 충분히 읽혀지는 대목이었다.

내가 구순하게 입꼬리를 말아 올리며 다시 눙친다.

"아, 그러니까 우리 오판돌 선생께서 인간성이 좀 괜찮은 외국여자 하나 신붓감으로 맞춰 달라 이거구먼?"

"아따, 성님두. 이 나이에 무슨 … 그냥 한번 물어본 소리쥬."

"사람이 글 배우는 거나 시집 장가가는 건, 나이를 따지는 법이 아니지. 암튼 내 적극 알아보겠네."

그리고 나는 또 속으로 아차 싶었다. 오판돌이 두루 품어 안고 있는 안팎의 악조건들이 자동으로 뇌리에 떠오르고 눈앞에 훤히 그려져서였다. 가까이 다가들면 절로 맡아지는 그 고약스런 문뱃내는 차치하고라도, 글자는 거의 까막눈이나 다름없는 것이며 치매 걸린 노모까지 오두막 같은 누옥에서 저 혼자 모시고 사는 주제에, 세상의 어떤 여자를 그 집 안으로 쉬 불러들일 수 있을 것인가.

사실은 내가 오판돌을 처음 맞닥뜨렸을 때부터의 안쓰러움이나 고민도 바로 이 대목이었다. 장가 못 간 늙다리 사내가 참 착하고 우직스럽긴 한데, 그래서 어떻게든 동남아 낯선 처녀들한테라도 국제결혼 시킬 방법이 없을까 나 혼자 궁리해 본 적도 많은데, 그때마다 번번이 각다분한 장애물로 맞닥뜨려 가로막는 게 바로 오판돌이 갖고 있는 그 피치 못할 숙명의 악조건들이던 것이다.

하긴 따지고 보면 마땅한 짝이 없어 장가 못 가는 농어촌의 '노총각 사태'가 어찌 어제오늘의 문제이랴. 저마다 멋지고 더 능력 있는 짝을 만나기 위해, 또는 부시게 발전하는 문명의 이기와 생활의 편리를 좇아 서울로 도회지로 죄다 떠나 버린 젊은 여자애들로 해서, 못생긴 옹이박이 나무들처럼 대대로 고향이나 지키는 농투성이 사내들은 의례히 혼인 적령기를 놓친 채 어영비영 홀로 늙어가기 마련이었다.

그래서 여전히 갓난애 울음소리가 뚝 그친 대개의 시골마을들은, 마치 금방에라도 귀신이 툭 튀어나올 것 같은 유령의 공동체로 전락한 지 꽤나 오래인 것을.

그런데 그런 을씨년스런 농촌 풍경의 상징인물이라 할 오판돌이 내동 마지막 춘정을 이기지 못하는 낌새이니, 동네일에 두루 관심이 많은 내가 어찌 마냥 모른 척할 수야 있겠는가. 이번 주 일요일 한글교실에 나가면, 그 이주여성 수강생들한테서 뭔가 넘나는 가능성의 끄나풀이라도 한번 붙잡아 봐야겠다고 속으로 다잡아 마음먹었다.

오판돌이 왠지 어색하고 불편한지 툴툴 엉덩이를 털고 자리에서 일어난다. 그리고 낫자루로 뒷짐을 진 채 안산뱅이 쪽으로 어슬렁 걸음을 떼어놓으며 말했다.

"이 봄이 가기 전에 우리도 한번 배 좀 두드려 봅시다. 오늘은 성님 술 안 얻어묵고 그냥 갈 테니께."

"그려, 그러자구. 아무튼 자넨 무엇보다 그 낫 좀 조심하라구!"

그렇게 오판돌이 놀치며[11] 돌아간 다음에도, 나의 시선은 여전히 맞은편 언덕바지의 조팝나무 꽃더미에서 쉽게 떨어질 줄 몰랐다.

"선생님. 한글은 왜, 색깔이, 이리 많아요?"

오른손을 엉거주춤 치켜든 뚜이가 묻는다. 푸른색이면 그냥 푸른색이지, 왜 그걸 또다시 수십 가지 갈래로 찢어서 머리 복잡하게 표현하느냐는 거였다. 나는 그게 바로 우리 한글의 특색이며 아름다움이라고 설명해 준 다음, 그런 언어를 계속 되풀이해 톺아[12] 쓰다 보면 자연히 입에 착 달라붙게 되고, 그게 바로 한국인으로 탈바꿈해 가는 지름길이라고 강조했다.

그리고 덧붙여 물었다.

"그럼 그 푸른색은 또 어떻게 달리 표현되는지, 직접 예를 한번 들어 볼래요?"

"푸르다, 퍼렇다, 파르, 스름하다 … 너무 많아요."

"푸르뎅뎅하다, 푸릇푸릇하다, 파릇파릇하다, 시퍼렇다, 파랗다, 새파랗다, 푸르죽죽하다, 파르라니, 푸르른 … 그래요, 이게 바로 한글 형용사의 현란함이지요. 노랑이나 빨강, 검정색도 이렇게 여러 가지로 나뉘어, 그 진하고 옅은 색깔과 형태에 따라 표현이 달라지는데, 그렇다고 푸른색이 갖고 있는 그 본질은 결코 변하지 않아요. 무슨 뜻인지 알겠어요?"

---

11 놀치다: 큰 물결이 사납게 일어나다.
12 톺다: 샅샅이 더듬어 뒤지면서 찾다.

대답은 '네!' 하고 모두들 당차게 내뱉었지만, 그 깊은 속내는 아직 충분히 이해하고 있는 것 같지는 않았다.

캄보디아에서 온 쿤티아나 뚜이 같은 베트남 출신의 응웬 말고도, 이 교실에는 또 미얀마와 태국, 방글라데시, 필리핀이나 몽골, 남미의 페루에서까지 날아온 2, 30대의 이주여성들로 듬성듬성 채워져 있는데, 정초 들어 처음 시작할 적에는 그래도 열댓 명의 알찬 수강생으로 출발했으나, 그게 겨우 서너 달도 채 못 되어서 지금의 9명으로 숫자가 뚝 떨어지고 말았다.

좁다란 면단위의 시골마을들이 워낙 띄엄띄엄 떨어져 있는 데다가, 봄이 천천히 무르익는 농사철로 접어들자 항상 농사일에 쫓겨 사는 그네들인지라 하나둘 슬그머니 자리를 빠져나가고 마는 거였다.

평소 막역하게 지내는 조합장의 늡늡한[13] 권유에 따라 여기에 그 한글 배움터를 가든하게[14] 마련했던 것은, 내 객쩍은 봉사정신도 낮잡아[15] 작용한 결과였다. 평소 무상으로 남을 위해 헌신해 본 적 없이 살아온 게 가끔씩 양심의 가시처럼 여겨졌던 터에, 조합장의 그런 예기치 않았던 제안은 오랜 가뭄 끝의 단비 격이었다.

그래, 같잖은 글쓰기로 지금껏 그런대로 먹고살아온 내가, 그것을 다시 조금씩이라도 남들한테 되돌려 나눠주는 일만큼 값진 적선이 또 무엇이랴. 그래서 선뜻 그에 호응했거니와, 요즈음 배웠다 하는 전문

---

13 늡늡하다: 성격이 너그럽고 활달하다.
14 가든하다: 다루기에 가볍고 간편하거나 손쉽다.
15 낮잡다: 금액, 나이, 수량, 수효 따위를 계산할 때에, 조금 넉넉하게 치다.

20

분야의 은퇴자들에게서 나타나는 재능기부 운동 대열에, 나도 엉겁결에 슬쩍 동참하게 된 경우라고나 할까.

색깔들의 능소능대한 변용과 쓰임새에 대한 수업을 무난히 끝내고 나자, 나는 비로소 은짬[16]으로 숨겨 두었던 내 속내를 수강생들한테 조심 끄집어내었다.

어쩌면 오늘 수업의 또 다른 본론이며 목적이기도 했다.

"에, 여러분에게 달콤한 부탁이 하나 있는데, 우리 동네에 썩 괜찮은 노총각이 살거든요. 나이는 좀 많은 편이지만, 정말 부지런하고, 심성 착하고, 생긴 것도 그만하면 괜찮은 편이에요."

그러니 여러분의 고향이나 가까운 주변에 마땅히 소개할 만한 신붓감이 있으면 팔 걷고 주선해 보라는 내용이었다. 처음엔 와, 하고 모두들 화들짝 웃으며 깜북 반기는 기색이었으나, 좀더 자세한 내 보충 설명을 새겨듣고부터는 자기네들끼리 수군수군, 뭔가를 열심히 쑥덕거리더니 이내 실망의 빛으로 돌아섰다.

그 킥킥거림 속에 웬 '칠뜨기'니 '술꾼'이니 하는 즐거운 야유의 어휘들도 뒤섞여든 걸로 봐, 내가 이야기하는 주인공이 다름 아닌 오판돌이라는 걸 대충은 다들 미루어 알겠다는 표정들이었다. 바닥이 워낙 비좁은 시골마당이어서, 어느 동네 누구 하면 어지간한 이주민 여성들도 쉽게 알아챌 수 있는 모양이었다.

필리핀 출신의 이자벨이 말했다.

---

16 은짬: 이야기의 여러 부분 가운데 은밀한 대목.

"선생님 마을이 산뱅이라고 했는데, 거기 사는 노총각은 딱 한 남자뿐이잖아요. 그가 누군지, 저 알 수 있어요."

"조, 판, 돌!"

바로 맞장구치듯 맨 앞자리의 뚜이가 나를 빤히 쳐다보며 웃었다. 그녀가 수줍은 어투로 계속한다.

"우리 남편 친구여서, 저도 잘 알아요. 우리 가게 자주 와요."

"아, 그래요? 그럼 더욱 잘됐네!"

이미 저세상으로 떠나고 없는 자기 남편까지 들먹이는 걸로 미루어, 이 뚜이의 경우 오판돌과는 어느 정도 익숙히 알고 지내는 사이 같았다. 농협 건물이 대각선으로 빤히 보이는 길 건너편에 '흥부철물점'이라는 상당히 실속 있는 가게를 열고 있어서, 거기 안주인인 뚜이는 여러 모로 이곳을 자주 찾는 주민들과의 접촉 또한 잦은 터였다.

나 역시 그런 거래인 중의 한 사람으로, 그녀를 맨 처음 맞닥뜨렸을 때의 반가움을 지금도 쉬 잊을 수가 없다.

그해 겨울눈이 펄펄 내리던 날 모처럼 장터거리에 나온 내가 철물점에 들렀더니, 흩날리는 눈발을 부신 듯 내다보고 있던 웬 낯선 이국 여인이 어쭙잖게 손님을 맞는 거였다.

개 목걸이 있죠?

나는 스스럼없이 필요한 물건을 주문했으나, 그녀는 이내 가무잡잡한 두 뺨이 더 짙어지면서 내 말을 통 못 알아듣는 눈치였다. 나는 이내 한국으로 시집온 지 얼마 안 된 새댁이라는 걸 알아채고선, 어느 나라에서 왔어요, 친근한 어조로 물어 그네의 무안을 가라앉혔다.

베트남, 닌호아라는 대답이었다.

닌호아?

나는 금방 두 눈을 휘둥그레 굴리지 않을 수 없었다. 그 읍내 규모의 소도시를 지날 적마다 훅훅 코를 찌르던 어간장[17] 달이는 냄새가 새삼스레 다시 맡아지면서, 나는 자칫 반가운 악수의 손마저 불쑥 내밀 뻔했다. 어쩌면 막내누이 같기도 한 그네가, '닌호아를, 아세요?' 서툰 한국말로 물었고, 나는 크게 고개를 끄덕이며 활짝 웃는 낯으로 대답을 대신했다.

그때 마침 여자의 남편인 주인사내가 방금 낮잠에서 깬 얼굴로 잔뜩 미간을 찌푸린 채 쪽문을 열고 나왔다. 나하고 이미 안면이 익은 처지임에도 왠지 시큰둥한 반응을 내보이는 건, 아마도 자기 젊은 이국 아내에 대한 나의 유별난 호의와 관심 때문일 터였다.

나는 슬그머니 시선을 바꾸며 개 목걸이를 다시 찾았고, 말이 떨어지기 바쁘게 그것이 내 손으로 곧 건네어져 왔다.

나는 조금 공소한[18] 가락으로 혼잣말처럼 뇌까렸다.

야, 세상이 참 넓고도 좁네. 예전에 내가 파월군으로 주둔했던 거기, 닌호아 사람을 여기서 다 만나다니!

아까운 청춘, 거기서 썩었슈?

---

17 어간장: 물고기의 단백질을 가수분해 효소 또는 산이나 알칼리로 분해하여 만든 간장.
18 공소하다: 텅 비고 드문드문 떨어져 있다.

하고 퍽이나 게을러 보이는 비만형의 주인사내는 마지못한 듯 능쳐 대
꾸했다.

아, 그럼. 꽃다운 청춘, 고엽제로 다 날려 버렸죠.

나도 지지 않고 받았다.

그 사이 여자는 출입문에 기대어 소담스레 눈 내리는 바깥 풍경에만
멍하게 넋이 팔려 있었다. 뒤늦게라도 당신네 결혼을 축하한다고 주인
사내한테 아는 체할까 말까 망설이다가, 암만해도 그런 수인사가 서로
에게 마뜩잖을 것 같아 곧 그만두었다.

그래 건성으로 고개를 꾸벅이며 돌아서는데, 출입구를 막고 서 있던
여자가 서둘러 길을 터 주면서 하얗게 이를 드러낸다.

하지만 그 이후에는 그녀를 맞닥뜨릴 기회가 거의 없었다. 어쩌다
잠시 볼일이 있어 철물점에 들러도, 언제나 화가 나 있는 듯 뚱한 표정
의 주인사내만 어정거릴 뿐, 정작 안부가 궁금한 그녀는 도통 얼굴을
볼 수가 없었다. 모르면 몰라도, 워낙 한국말이 서투른 탓에 까다로운
잡동사니 가게 일을 도저히 감당할 수 없기 때문이라 여겨졌다.

그러구러 이듬해 설 무렵인가, 아주 어설픈 한복을 꼭두각시처럼 차
려입고 철물점 앞에 엉거주춤 서 있던 모습이 그녀와의 마지막이었다.

그리고 아예 잊을 만할 때 다시 만나게 된 게 올 들어 새로 한글교실
을 열고서였다. 물론 작년 늦가을 철물점 그 주인사내가 느닷없이 요
상한 병에 걸려 그만 억울한 생목숨을 잃었다는 건 날아온 풍문으로 전
해 들어 대충 알고는 있었지만, 그럼에도 그동안 뚜이가 이렇듯 여러

모로 많이 달라졌으리라고는 미처 예기치 못한 일이었다.

불과 3년여 만에 그녀는 벌써 한 딸아이의 어엿한 엄마가 돼 있을 뿐만 아니라, 혼자서도 너끈히 철물점을 꾸려갈 수 있을 정도로 우리말과 한국식 생활방식에 꽤나 익숙해져 있었던 것이다.

그래서 그런지 그녀를 꽤 오랜만에 다시 만난 나는, 여러 수강생들 중에서도 이 뚜이한테 남다른 잔정과 관심이 갔다. 젊음이 한창 꽃답게 피어나는 나이에 물설고 산선 이 땅으로 시집왔다가 그만 뜬금없이 남편을 잃은 데다가, 거기에 두 살짜리 딸아이까지 덤터기로 딸려 버린 어린 청상으로 전락된 신세임에랴.

어쨌든 나는 그날 뚜이와 헤어지면서, 우리 동네 한 노총각의 혼인 중매에 한번 발 벗고 나서 보겠다는 대답을 그녀로부터 흔쾌히 얻어들었다.

밤새 잠을 설친 나는, 이튿날 해가 중천에 떠올라서야 늦은 조반을 마친 다음 바람 쐬러 가듯 오판돌네로 향했다. 적어도 내가 벌여 놓은 일이 성사되기 전, 이쪽에서 은연중 다짐받고 점검해야 될 것들이 한두 가지가 아닐 듯싶어서였다.

물소리 청량한 옅은 계곡을 끼고 산모롱이를 돌아드는 오솔길은 흐드러진 봄날이 한창이었다. 활짝 핀 살구, 조팝, 복사꽃 향기가 산지사방에 진동하였고, 산천은 온통 눈부신 연초록 물결로 뒤덮여 있었다.

오두막 같은 오판돌네 집을 비잉 둘러싼 벌통들로 수없이 들락거리는 토종벌들의 둘레춤[19] 또한 그 부신 꽃사태만큼이나 소란스러웠다.

그럼에도 그 집 살풍경은 짐작했던 대로 여전히 현재진행형이다. 문짝 없는 사립을 들어서자마자 일시에 확 끼쳐오는 외양간의 소똥 냄새는 으레 그렇다 치더라도, 언제 청소했는지조차 모를 지경으로 집 안팎이 온통 난장이듯 어지럽던 것이다.

어둠침침한 안방 봉창을 열어 오판돌의 노모한테 인사드릴 적에도, 거기에서 역풍처럼 훅 뿜어져 나오는 시큼털털한 쉰내에 그만 기가 질렸는데, 노망든 그네는 아예 내가 누군지도 전혀 분간이 안 되시는 모양이었다. 이쪽에서 건네는 인사를 초점 잃은 시선으로 멀뚱히 건너보다가, 그냥 아무런 반응 없이 그을음에 전 그 문을 슬그머니 도로 닫아 버렸다.

비좁은 마당 한 귀퉁이에서 이런저런 농기구를 어지러이 벌여 놓고 손질하던 오판돌이 괜히 무안해져서,

"노인네가 가실 때가 돼서 그류. 그나저나 성님이 무슨 일이다유, 우리 집엘 다 오시게?"

엉거주춤 오금 펴 일어나며 누우런 이를 드러냈다. 그리고 벌써 정주간 입구 툇돌 위에 놓인 소주 됫병에 먼저 손이 가는 거였다.

손님을 맞으면 의례히 흔한 커피나 차 대신 무작정 술부터 권하고 보는 위인이라, 나는 그저 그러려니 무심한 척 넘기면서 지나는 투로 입을 열었다.

---

19 둘레춤: 꿀벌들이 근처에 꽃밭이 있다고 알릴 때 추는 춤.

"흥부철물점 말이야, 작년에 세상 뜬 그 주인장이 자네 친구라면서?"

"친구는유, 그냥저냥 알고 지내는 사이지유. 좁은 시골바닥이니께."

오판돌은 의외로 시큰둥하게 받아넘긴다. 개다리소반에 대충 술상을 차려 내온 그가 계속했다.

"그 인간, 아주 몹쓸 말종이어유. 글쎄, 지 어린 각시를 걸핏하믄 그렇게 개 패듯 팼다잖어유. 그 인간이 왜, 으떻게 죽은진 알고 계시남유?"

"자세히는 잘 모르지만, 공수병(恐水病)인가 뭔가에 걸려 갑자기 거짓말처럼 갔다면서?"

"그류. 너구리한테 주둥이를 물려서, 그 상처로 몹쓸 병이 옮겨서 죽었슈. 그게 다 말 못하는 짐승 무시로 잡아먹은 죄, 지 어린 마누라 개 패듯 팬 죄지 뭐유. 그날도 멧돼지나 고라니 잡으려 쳐 놓은 덫에 하필이믄 너구리가 죽은 척 걸려 있다가 그만 냉큼 물어 버렸다잖어유. 평소에 억울한 생목숨 사냥하러 다닌 벌로다 그렇게 된 거유. 엣슈, 딱 한 잔만 해장으로 드시우."

그러나 나는 그냥 잔만 건성 받아 놓기로 하고, 넌지시 다음 질문으로 들어갔다.

"그 사람이 그리 지 마누라한테 손찌검하고 살았다는 건 자네가 어찌 알았지?"

"거야 뭐, 다 아는 수가 있쥬. 안 좋은 소문은 원래 멀리 잘 퍼져 나가잖어유."

"그래도 그게 아닌 것 같은데? 바깥출입이 별로 잦지 않은 자네가 그리 훤히 꿰고 있는 걸 보면 ···."

아무튼 철물점과는 꽤나 가까운 관계를 유지하고 있구나 싶어 나는 좀 짓궂게 물고 늘어졌는데, 쓴 소주를 한입 털어 넣은 오판돌은 한술 더 떠 또 이렇게 스스럼없이 까발리고 있었다.

"헌데 문제는 지금부터여유. 콩 심은 데 콩 난다고, 이제는 그 친구 부모들이, 아니, 시댁 식구덜이 죄 나서서 알게 모르게 떼거리로 괴롭히고 구박한다잖어유. 하루빨리 애 데리고 월남으로 돌아가라고, 지금껏 혼인신고 없이 살아온 위자료랍시고 몇 푼 돈까지 쥐어 주면서 말이쥬."

"허, 그래? 왜 혼인신고가 안 돼 있었지? 아무튼 아주 고약한 인간들이구만!"

언제나 웃음을 잃지 않는 뚜이의 해맑은 얼굴이 떠올랐다. 그 구김살 없이 밝은 표정 뒤에 그리도 어두운 그늘이 남몰래 깃들어 숨어 있었나 싶어 가슴 한구석이 새삼 짠하고 시렸다.

그러면서도 다른 한편으로는 또 오판돌의 말이 정말 맞긴 맞는 것인가, 어디서 괜한 뜬소문을 얻어듣고서, 그에 따른 확실한 증거도 없이 가살스레 낭설을 퍼뜨리고 있는 건 아닌가, 은근히 의심스러웠다. 그래서 내가 다시 입을 열었다.

"다른 사람들한테는 함부로 말 옮기진 말게. 발 없는 말이 천 리 가는 법이니까. 그나저나 나하고 시내로 목욕 안 갈 텐가? 가서 머리도 좀 깎고 말이지. 노총각이 장가들려면 무엇보다도 몸을 깨끗이 간수해야 돼."

"지는 그런 거 모르고 사는디? 한 번도 그런 데 안 가 봤는디요!"

28

"어디 몸뿐인가. 집 안팎도 항상 깨끗하고 청결하게 유지하지 않으면, 절대 다른 여자를 신부로 맞이할 수가 없네."

"그래유, 그럼. 점심 먹구 바로 가유."

오판돌은 의외로 순순히, 어렵게 꺼낸 내 제의에 쉬 따라 주었다. 생전 시내 공중목욕탕에는 가본 적도 없는 그의 돌연한 마음가짐을 보고, 나는 좀더 분명하게 오판돌의 깊은 속내를 확인할 수가 있었다.

그날 오후, '때 빼고 광낸다'는 말에 걸맞게, 목욕과 이발을 한 곳에서 메지대어[20] 마친 오판돌의 외모는 그야말로 완전 딴판이었다. 내가 은밀히 부탁한 때밀이 아저씨도 까마귀가 웃을 만큼 켜켜이 쌓인 오판돌의 때를 대패 밀 듯 밀어내느라 비지땀깨나 흘렸는데, 그렇게 한바탕 법석을 피운 후 목욕탕 정문을 나설 때에는 정작 '때 빼고 광낸' 당사자보다도 옆에서 구경하는 내가 훨씬 더 개운하고 후련할 지경이었다.

그래서 나는 몇 번씩이나 '어때, 날아갈 것 같지? 그러니 앞으로는 반드시 한 달에 한두 번씩은 꼭 목욕하고 이발하는겨? 약속할 수 있겠어?' 하고 되풀이 우격다짐했고, 괜스레 히죽이며 겸연쩍어하던 오판돌은 마지못한 듯, 그러나 적당히 즐거운 낯으로 고개를 주억거렸다.

우리는 내친 김에 목욕 뒤풀이의 저녁식사도 모처럼 외식으로 때울 작정이로되, 뚜이가 가까이 사는 농협 근처의 기사식당으로 정했다.

하지만 얼굴 반지르르한 우리가 흥부철물점에 손님이듯 의기양양 들어섰을 때, 안에서 문이 잠긴 그 집 안마당에선 느닷없는 뚜이의 하

---

20 메지대다: 한 가지 일을 단락 지어 치우다.

소연이 이렇게 비명처럼 들려 나왔다.

"전 절대 벳남 안 가요! 죽어도 여기서 죽고, 살아도 여기서 살아요!"

그날 이후 뚜이는 또 쉽게 만나 볼 수가 없었다. 한글교실에도 뚝 얼굴을 드러내지 않았는데, 그러구러 궁금한 나날이 한 달포쯤 지났을까, 뚜이는 전혀 엉뚱한 곳에서 꽤 헬쑥해진 모습으로 내 앞에 다시 나타났다. 다른 곳도 아닌, 바로 농협 건물이었다. 이번에는 다만 한글교실 수강생이 아닌, 화장실을 중심으로 한 그 건물 청소부로서였다.

빨간 고무장갑을 길게 긴 채 바지런히 변기 닦는 그녀를 발견하고 나는 놀라 눈을 빛냈다.

"아니, 어떻게 된 거요? 여기 취직한 건가?"

"아, 네. 안녕하셔요? 저, 여기서 청소부 해요."

뚜이는 여느 때와 다름없이 밝은 웃음을 잃지 않은 표정이었다. 유난히 크고 검고 둥그런 두 눈이 깊은 샘처럼 움푹 들어가 보였지만, 그 표정이나 움직임만은 더없이 당찬 생동감으로 넘쳐나는 것 같았다.

이쪽에서 채 묻지도 않았는데 그녀는 또 이렇게 덧붙였다.

"저, 집 나왔어요. 장터거리에 작은 가게 하나 얻어서, 거기서 빵장사도 해요."

"그래요? 그럼 철물점 시댁하곤 완전히 끝냈다는 건가?"

"네, 완전히, 거기하곤 꿈을 접었어요. 제가 시집올 때, 신랑이 철물공장, 사장님인 줄 알았거든요. 그이가 그렇게 말했어요. 한국 가면

30

당신의 모든 꿈, 이루어 줄 수 있다고."

"…… ?"

"이제 그 꿈도 끝났으니, 애하고 살려면, 제가 열심히 뛰어야죠, 뭐."

"정말 장하시네. 아무튼 난 뚜이를 믿어요. 아주 잘해낼 수 있을 거예요."

나는 진심을 담아 그녀의 새 출발을 넘성거려 다독였다.

한꺼번에 너무 많은 변화가 무겁게 일고 있는데도, 철부지 어린 딸과 함께 다시 새로운 인생을 시작한 그녀는 너무나도 태연자약하고 억척스럽게만 보였다.

그런데 내가 볼일을 다 마친 해질 무렵 뚜이의 빵가게에 들렀을 때, 나는 새삼 초라하고 보잘것없는 그 규모와 살림살이에 다시 마음이 아팠다. 가게라고 해봤자 고작 단칸 셋방 앞에 딸린, 거의 작은 포장마차 수준에 불과해서였다. 거기에 중고 국화빵 틀 같은 걸 들여놓고 뚜이가 직접 반죽해 구워내, 가뭄에 콩 나듯 드문드문 오가는 길손들에게나 겨우 푼돈으로 팔아대는 거였다.

하지만 그녀의 참신하고 기발한 착상에는 내심 절로 웃음 짓게 하는 데가 있었다. 나로서는 처음 대면하는 '똥빵'이었다.

"국화빵이나 붕어빵이 아닌, 똥빵이 다 있어요? 거참, 재밌네. 어디 맛 좀 봅시다."

하고 내가 쿡쿡 실소를 베어 물면서, 정말로 애기똥처럼 둘둘 말려 올라가는 형태와 색깔의 빵 하나를 냉큼 집어 먹어 보았다. 달착지근한

팥 앙금이 따끈 씹히는 맛이 그런대로 제법이긴 하지만, 우리가 흔히 아는 국화빵이나 붕어빵하고의 차별성은 거의 없는 빵이었다.

순전히 애먼 '똥'이 들어간 게 별나다면 좀 별나다고나 할까.

그럼에도 그 별난 명성은 이내 장터거리에 좍악 퍼져 나갔다. 배고픈 하굣길엔 어린 학생들이, 장날이면 나이 든 시골 장꾼들이 어김없이 길게 줄을 이을 정도로 뚜이네 똥빵은 불티나게 팔린다는 소문이었다.

그러던 어느 날 오판돌이 그 똥빵 한 봉지를 들고 와서 호기롭게 내게 말했다.

"성님, 이 빵 드셔 봤슈? 똥빵이라는디, 맛이 괜찮어유."

"그려? 똥냄새는 안 나고?"

"똥냄새가 나믄 훨씬 더 잘 팔릴 텐디 … 암튼 그 여자, 정말 억척이쥬? 청소부, 빵장사에, 장날 아닐 때는 남의 집 농사일까지 씽씽 다녀유."

"암은, 대단한 여자지."

"내일은, 우리 마늘밭에 와서 내 일손 거들어 준다구 했슈."

"그, 그래? 그게 정말이야?"

나는 화들짝 놀라 되받았다. 능구렁이 같은 오판돌은 그저 이물스레 싱긋거리기만 할 뿐, 더 이상 다른 말을 보태지는 않았다.

그 내일, 뚜이는 내내 반신반의하던 나의 조바심을 보기 좋게 씻어 주었다. 챙이 넓은 작업모와 간편한 옷차림으로 여며 무장한 채, 늘 혼자였던 오판돌의 마늘밭에 여보란 듯 나타났던 것이다.

정작 무덤덤하기만 한 밭주인보다도 내가 더 훨씬 고맙고 반가울 지경이었다.

"뚜이 씨가 여길 오니까 온 동네가 확 밝아지네. 이런 농사일도 할 줄 알아요?"

"그럼요. 벳남 우리 집도 이런 산골이었거든요. 여긴 우리 고향 마을과 닮았어요. 아니, 똑같아요. 맘이 편해요."

"정말 잘됐네. 그런데 뚜이가 여기 오면, 청소일이나 빵장사는 어떻게 하죠?"

"청소는 시간제 비정규직, 빵은 주로 장날이나 애들 하고 때만 파니까, 별로 괜찮아요. 그중에서 젤 좋은 건 밭에서 일하는 거여요."

"왜요? 가장 힘들 것 같은데?"

"고향에 온 것 같으니까. 똥냄새가 나니까요."

"아, 그래서 빵이름을 그렇게 지었군요?"

"네, 똥은 빵하고 똑같아요. 똥이 거름 돼 흙으로 돌아가면, 빵 재료가 그걸 먹고 자라잖아요."

"오늘은 뚜이 씨가 내 선생님이다!"

그리고 나는 마치 익숙한 내외와도 같은 두 사람의 똥내 나는 밭일을 방해하지 않으려 곧장 뒤로 돌아섰다.

그 마늘 수확작업이 끝난 해질녘이 되자, 오판돌한테서 다시 연락이 왔다.

"성님, 어서 내려오시우. 삼겹살 구우니께."

"그래, 그러자구."

나는 기다렸다는 듯 또 댓바람에 그쪽으로 내달렸다. 오판돌은 벌써 텅 빈 마늘밭 한가운데에 휴대용 불판을 피워 놓고 자글자글 고기를 굽는 중이었다. 그 옆에 편 돗자리에서 간단한 상차림을 돕고 있는 뚜이의 가무잡잡한 얼굴 또한 영락없는 그의 아내의 모습이었다.

그로부터 불타는 한 계절을 훌쩍 건너뛴 농익은 가을철로 접어들었을 때, 오판돌네 소 외양간은 웬 운치 깃든 황토방으로 따뜻하게 바뀌었고, 아주 싹싹하고 바지런한 뚜이가 그 안주인으로 착실하게 들어앉았다. 그녀가 데려온 철부지 어린 딸내미는, 온 산골 노인들의 귀여움을 독차지하는 노리개로 반짝반짝 빛났다.

헛개나무 집

봄 햇살이 싱그러웠다.

하루하루 초록으로 물들어가는 산천이 이제는 아예 잡티 없는 천연 물감을 확 뿌려놓은 듯 만화방창이다. 이에 발맞춰 사방이 산으로 에워싸인 산뱅이 마을 여기저기서 새로 집을 짓거나 앞으로 짓기 위한 터닦기 공사가 한창이었다.

그저 마냥 조용하고 고즈넉하기만 하던 산골 오지에, '산 좋고 물 맑은 데'를 찾아 들소처럼 들쑤시고 들어오는 외지인들이 눈에 띄게 흔해져서, 낯선 그들이 그만큼 야금야금 이 땅을 보란 듯 잠식하고 있다는 증거이겠다. 몇 명 안 되는 노인들뿐인 원주민이 시름시름 다 세상 뜨고 나면, 이 산자수명한 산촌은 아예 나와 같은 도시 이주민들로 대신 한가득 채워지고 말리라.

아랫말 초입께의 '가든' 건물은 그 견고한 철골 구조물 위에 그럴듯한 조립식 건축자재들이 얼기설기 올라간 게 엊그제만 같은데 벌써 높직한 2층으로 완공돼 가고, 내가 사는 함박골에서도 이미 두 군데에서나 요란한 공사가 벌어지고 있는데, 우리 호두밭 뒤쪽 산자락의 집터 닦기는 대규모의 임야 벌목작업까지 병행하고 있어서, 그 왁살스런 기계톱날에 와장창 자빠져 나가는 원시림이 정녕 처연하고도 안쓰러웠다. 그 무자비한 생태파괴와 아름드리 자연에의 훼손은, 결국 우리네 인간의 삶의 재앙으로 고스란히 되돌아올 텐데 하는 안타까운 심정이었다.

하지만 동북쪽 계곡 맞은편 자드락[1]의 집짓기는 이와는 사뭇 달랐다. 여기 산뱅이가 안태 고향이라는 노봉근이 어느 날 갑자기 귀향해 와선, 기왕에 자리 잡고 있던 자기네 재래식 농가를 꽤나 친환경으로 조리차하게[2] 재단장하고 있어서였다.

지금까지의 50여 반생을 객지 떠돌이로 살아오는 동안, 너무나 많은 시행착오와 실패의 연속을 두루 겪은 터라서, 이제는 남은 생이라도 좀 올곧게 편히 살고 싶어 큰맘 먹고 귀농을 결행했다는 그이는, 금방에라도 귀신이 나올 것 같은 거미줄 폐가로 험상궂게 방치되었던 으스스한 본가 분위기를, 일거에 황토방이 딸린 '언덕 위의 전원주택'으로 싹 바꿔 놓고 있는 꽤나 당찬 능력자이며 재주꾼이었다.

그것을 바라보며 맞이하는 나로서도 실로 꿩 먹고 알 먹는 격이었다. 인적 뜸한 배소(配所)나 다름없이 늘 격리된 외딴 산골에서 비로소 이웃다운 이웃이 생겼다는 기쁨 못지않게, 그 주인공의 원만한 인

---

1 자드락: 나지막한 산기슭의 비탈진 땅.
2 조리차하다: 알뜰하게 아껴 쓰다.

간 됨됨이나 만만찮은 과거의 인생 역정, 앞으로 꾸려갈 당찬 포부 등이 그렇게나 마뜩하니 믿음직스럽지가 않던 것이다.

정글 같은 도회지에서 용케 탈출해 나온 동병상련으로서의 따끈한 동지애마저 은밀히 공유할 정도였다. 부지런하고 호기심 많은 그쪽에서도 걸핏하면 내게로 이물 없이 달려와 이것저것 캐물어대고, 맨 처음 대면할 때부터 단박에 '형님'으로 붙임성 좋게 호칭해 부르던 살가운 성격도 나로서는 내동 싫지 않았다.

그런 그가 그동안 손수 지게 지고 뒷산을 오르내리며 일일이 굴피껍질 져 날라 지붕으로 올린 아담한 황토방이, 마침내 그 끝장을 보람차게 보았다는 전갈이었다.

노봉근은 조금 전, 형님과 함께 조촐한 자축 술잔을 나누고 싶다고 언덕 위 자기네 집 울 너머에서 큰 소리로 불러댔던 것이다.

"그래? 거, 좋지!"

나는 대뜸 다용도실로 들어가 아직 새것으로 말짱한 두루마리 휴지한 꾸러미를 찾아내 들고선 서둘러 노봉근네로 향했다.

황토방 한 칸 새로 들인 것도 어엿한 집들이라면 집들이겠지만, 그보다도 나는 우선 지난해 늦가을부터 어영부영 시작된 그의 새로운 산골살이를 제대로 인정하고, 새 이웃으로서의 도타운 정 주고받을 기회가 구색 맞춰 따로 없었던 터라, 오히려 내 쪽에서 마침 더 잘됐다 싶었다.

"선생님, 어서 오셔요."

허리께쯤의 낮은 돌담장을 두른 집 앞 밭두렁에서 여린 햇쑥을 캐던 노봉근의 아내가 반색하였다. 언제 보아도 시원한 이목구비에 착한 심성을 속 깊이 간수한 듯하지만, 조금 병약하다 싶은 가녀린 몸피나 눈가의 잔주름에서는, 또 어쩔 수 없는 저간의 신산한 그늘이 그대로 여과 없이 드러나 보이는 여자였다.

그녀가 방금 캔 햇쑥 바구니를 챙겨 들고 나를 뒤따랐고, 인기척에 달뜬 노봉근도 장작불 피우던 손길을 멈춘 채 이쪽으로 돌아보며 웃었다.

"야, 우리 집하고 딱 맞바꿨으면 좋겠구먼. 볼수록 주인장 몸에 착 달라붙는 새 집이 되었네!"

나는 진심으로 부러움 섞인 상찬을 늘어놓았다. 집치레가 끝난 집 안팎이 그렇게나 정갈하고 아늑하고 소담스러워 보일 수가 없었다.

헐고 무너진 데는 새로운 나무자재나 돌, 흙으로 채워 넣고, 그을음에 전 기둥과 서까래는 또 말끔히 닦고 벗겨낸 다음 자연색 니스로, 또는 페인트로 반드르르 새롭게 칠했을 뿐 아니라, 시커먼 굴속 같던 낡은 재래식 부엌이나 변소간, 거실 따위도 평소 생활하기 편리한 현대식으로 싹 뒤바꿔 놓았다.

몇 년 전 노봉근의 노모가 혼자 살다가 타계한 이후의, 그 을씨년스럽고 삭막하기 이를 데 없던 살풍경은 이미 온데간데없어지고 말았는데, 거기에 덧붙여 야트막한 돌담장 모서리에 잇대어 지어진 대여섯 평짜리 연붉은 황토방은, 자연과 함께 숨 쉬는 이 집의 완벽한 화룡점정이었다.

어디 그뿐인가. 본채 지붕과 똑같이 굴피껍질로 얹은 앙증맞은 개집이라든가 토끼장, 뒤란 쪽으로 꽤나 널찍하게 자리 잡은 닭장 등은, 집주인의 새로운 삶에의 집착이나 열정이 얼마나 낮잡아 부풀어 있는 가를 한눈에 충분히 보여주고도 남음 직했다.

"아, 뭐하세요, 고기 다 타는데!"

드럼통을 내리닫이로 절반 뚝 잘라 만든 불판 위에선 살진 돼지목살이 지지직 익어가고 있었다. 평소 육식을 별로 달가워하지 않는 내 까다로 운 식성을 배려해 싱싱한 대하와 고등어까지 노릇노릇 굽고 있는 걸로 미루어, 이들 내외는 모처럼 작심하고 나를 대접하고 싶었던가 보다.

집구경에 잠시 얼이 빠져 있던 나는 그제야 제정신으로 돌아와, 노 봉근 곁으로 어물쩍 다가갔다. 그리고 한마디 더 보태었다.

"몸에 맞는 집이 딱 이런 거라구. 너무 크거나 무겁지도 않고, 주변 환경과도 아주 자연스럽게 잘 어울리고! 역시 관리소장 출신이라 보는 눈이 다르시구먼."

"아파트 관리소장 그거 말짱 빛 좋은 개살굽니다. 입맛 까다로운 입 주민들의 마당쇠, 상머슴이라구요. 그래서 눈꼴 시린 그 수모 못 참고 이렇게 낙향한 거 아닙니까."

"내가 보기엔 금의환향인데 뭘 그래? 아무튼 내 기호에 쏘옥 들어맞 는 집이야."

"평생 처음 가져 보는 내 집, 그리 평가해 주시니 고맙습니다."

불판의 후끈대는 열기로 얼굴이 벌건 노봉근이 열적은 듯 돌아보며 이를 드러내었다. 그러고 보니 조금 전 이 집 대문간에 붙박여 있던 '노

헛개나무 집 39

봉근'이라는 문패가 새삼스러운 연민으로 다가왔다.

그래? 아무리 험한 객지살이에 시난고난 부대꼈어도, 아파트 관리소장까지 지낸 50 넘은 가장이 여태 내 집 없이 살아왔다구? 정말 그렇다면 역설도 이만저만이 아니고, 부모가 물려준 이 집 또한 제대로 된 '내 집'이 아니잖나!

머릿속 셈은 이리 바삐 굴리면서도, 나는 태연스레 맞장구친다.

"서울에서 내 집 갖고 사는 이가 뭐 그리 흔한가? 저마다 그 집 한 채 장만하려고, 한평생 아등바등 기를 쓰는 게 도시생활이잖아."

"그래두 내 아들놈한테는 조그만 연립이라도 사 줘서 장가보냈어요."

노봉근이 다시 활짝 변명처럼 던지며 막걸리 잔을 내밀었다. 우리는 푸짐한 안주를 앞에 놓고서 천천히 술과 정담을 나누어 나갔다. 두어 모금 목을 축이고 난 내가 다시 입을 열었다.

"그럼 노형 애들은 뒷바라지가 다 끝난 건가?"

"뭘요, 전문대 나와서 겨우 직장 잡아 장가간 큰놈 말고, 그 밑에 딸 내미는 아직 안 끝났지요."

"그 애 시집보낼 일이 아직 남았군. 요즘 애들은 다 제 앞가림 지가 알아서 하더라구."

"글쎄요, 그래 주면 얼마나 고맙겠어요. 형님네는 다 끝났지요?"

"그럭저럭 끝났지만서도, 자식은 평생 업이라잖아. 노형도 형제간이 많다고 했지, 아마?"

"5남 3녀, 8남매. 돼지새끼들처럼 바글바글했지요. 그 많은 자식들이 지금은 다 서울서 그런대로 일가를 이뤄 살아가고 있습니다."

"대단하구먼. 그게 다 노형의 음덕 아니겠어?"

"음덕은요. 다들 착실하고 저 잘나서, 운때도 잘 만나서 성공해 나
간 거죠. 지는 다만 밭 갈고, 씨 뿌리고, 낚시하는 법만 가르쳐 줬을
뿐입니다."

"아, 그게 어딘데 그래? 낯선 서울바닥에선 그게 전부라구. 그럼 노
형은 맨 처음 어떻게 시작했는데?"

"돼지우리 같은 가난이 지긋지긋해서, 수업료 못 낸 중학교 중퇴하
고 곧바로 가출해 버렸지요."

"아니, 그 어린 나이에?"

"무작정 상경. 등 비빌 언덕도, 붙잡을 지푸라기도 없는 날탕 주제에
그저 맨몸뚱이 하나만 믿고 …. 말도 마세요. 구두닦이에 중국집, 신문
팔이, 우유배달에, 세상 안 해본 게 없으니까. 그래도 별의별 고학으로
야간 고등학교까지 내 힘으로 마쳤으니까, 그런대로 괜찮은 셈이지요?"

"암은, 그만하면 성공한 인생이지. 정말 대단하다, 대단해."

나는 진정어린 속마음을 담아 그를 위로하며 다독였다.

그리 일찌감치 가출해 도시물을 먹었으니 여기 고향 쪽 사투리가 거
의 사라진 거였구나. 그다음의 청춘은 또 얼마나 단내 나도록 벅차고
팍팍했을까, 측은지심이 절로 우러났다.

내 예상은 조금도 어긋나지 않았다. 아니, 그보다도 훨씬 더 뼈아프
고 치열한 인생 역정이 또 이렇게 펼쳐지고 있었다.

"하지만 진짜 고생은 그다음부터였어요. 어렵사리 고등학교 마치고 얼마 후 군대를 갔다 오니까, 어느새 훌쩍 커 버린 동생들이 줄줄이 사탕처럼 맏형 찾아 올라오는 겁니다. 산 넘어 산이고, 강 건너 강이라는 말이 정말 실감나더군요. 시골에서 지게 동발이나 두드리고 다니던 둘째아우가 저처럼 또 무작정 상경이에요. 어찌어찌 연줄을 넣어 물류창고 경비원으로 용케 취직시켜 한숨 돌리고 있자니, 이번에는 또 나이 든 형들을 일찌감치 젖혀 두고 냉큼 미혼모 남편이 돼버린 셋째가, 그 어린 처자식 달랑 거느린 채 맨몸뚱이로 먹고살 길 찾아왔지 뭡니까. 그래도 제가 인덕(人德)은 있었던지, 또 여기저기 줄을 대서 모 제약회사 판촉사원으로 들여보냈지요. 그다음엔 넷째가 올라와서 어느 양복점 재단사 보조로, 그러다가 또 한참 뜸을 들인 후 막내아우까지 제대하고 와선 잘나가는 출판사 영업사원으로, 여기저기로 번갈아 자리 바꿔가며 들락거리는 사이, 그래도 세월은 훌쩍훌쩍 지나가고, 제가끔 자수성가해 결혼까지 해가며 보란 듯 일가를 이루더라구요. 야, 이게 사람 사는 재미요 맛이구나, 그런대로 참 많은 보람을 느꼈습니다. 그 긴 세월 동안 사글세 단칸방을 전전했지만, 감자처럼 주렁주렁 매달린 동생들이 다 제가끔 독립해 잘 살고 있으니까요."

"노형이 씨감자 노릇을 정말 잘했구먼. 그러니 뒤늦게라도 이리 금의환향할 수 있었지."

하지만 이 집의 진짜 소유주에 대한 궁금증을 끝내 숨길 수는 없었다. 내가 다시 이었다.

"그리 형제가 많은데, 그럼 이 집 등기는 노형 앞으로 확실히 해 놓은 건가?"

"아버님이 가실 때 형제들 다 모아 놓고 유언까지 남기셨는데요, 뭐. 집하고 집 옆에 딸린 조그만 밭뙈기는 봉근이 거다, 하구요. 등기를 하긴 해야겠지만, 이제 와서 새삼스럽게 ···."

"아니지. 물론 유언까지 안 가더라도 봉제사 모시는 장남 몫이 당연하긴 하지만, 뒤늦게 형제간들 동의받는 절차가 까다로워질 수도 있으니 가능하면 서둘러 마치라구. 괜히 쓸데없는 후환 남겨두지 말고."

그리고 나는 노봉근의 집에 대한 관심으로부터 벗어나기로 했다.

그 사이 노봉근의 아내는 또 그녀대로 이른 저녁식사 위해 푸짐한 밥과 반찬 따위를 마련해서, 우리가 앉아 있는 야외용 간이식탁 쪽으로 바지런히 옮겨 다녔다. 밥 생각은 전혀 없다면서 고기나 함께 들자는 내 말에는 아랑곳없이, 그녀는 조금 전 캔 쑥국을 포함한 참살이 건강밥상을 아주 짧은 시간 안에 뚝딱딱 차려냈다.

그리고는 주말부부인 내 처지가 늘 맘에 걸린다는 투로 묻는다.

"혼자 드시는 끼니때가 젤 성가시죠? 선생님네도 처음 집 지으실 땐 사모님이나 가족 분들이 다 함께였지요?"

"아, 그럼요. 시작은 용처럼 창대했으나, 그 끝은 아주 미미한 뱀꼬리가 돼 버렸죠."

나는 열적은 너털웃음으로 받아넘겼고, 고기 굽는 노봉근이 역성들 듯 옆에서 거들었다.

"형님네야 우리하곤 번지수가 다르지. 죽기 살기로 마지막 먹고살 길 찾아 내려온 우리하고, 그냥저냥 명작 쓸 궁리에나 바쁘신 작가 분네하고 어디 비교할 덴가?"

"아냐, 우리도 처음엔 죽기 살기로 덤벼들었네. 여기 함박골에다 뼈를 묻을 작정으로!"

조금도 더 빼거나 보태지도 않고, 진정 사실이 그랬었다.

원래의 고향땅이 아닌 이곳에다 새로운 삶터를 잡은 건 순전히 '물 따라 바람 따라'서인데, 아내와 딸내미를 데리고 내가 함박골에 처음 발을 들여놓았을 때, 우리는 이미 어떤 불가해한 유혹의 그물망에 단박 사로잡히고 말았다.

그래, 바로 이곳이야. 지칠 대로 지친 도회지 때를 말끔히 씻고 참다운 인생 역전을 새로 꿈꿀 수 있는 도원경!

숨은 낙원인 듯 울긋불긋 채색된 깊고 그윽한 뒷산이며, 사철 끊이지 않고 삼각주의 집터 양쪽으로 찰랑찰랑 흘러가는 두 갈래 좁은 계곡, 그 주변을 에워싼 문전옥답 다랑논들의 석축이며 늙은 감나무와 호두나무들, 그리고 무엇보다도 꽃봉오리 같은 안산 격의 야트막한 함박산이 그렇게나 가슴에 포근히 와 닿을 수가 없었다.

그래서 우리는 온 정성을 기울여 원주민들 낯익히고, 중장비 끌어들여 진입로 닦고, 견고한 콘크리트 다리를 놓고, 땀 흘려 나무 심고, 땅을 갈았다.

어디 그뿐이랴. 나는 수월찮은 수입원을 목적으로 한 여러 마리의 토종닭과 오리, 애완견, 토끼, 흑염소에 이르기까지, 어지간한 동물 농장이 부럽지 않을 정도로 시끌벅적한 가축 사육에 기진맥진 매달렸으며, 아내는 아내대로 아름다운 천연염색을 배운다, 이 지방의 특산품인 밤과 호두를 주원료로 한 건강 쿠키를 굽는다, 산천에 널려 있는 야생초 효소를 상품화한다, 어쩌면서 나름대로는 꽤나 넘성거려 법석을 떨어댔지만, 결국에는 모두 두 손 번쩍 들고 중도 하차하는 수밖에 달리 뾰족한 방도가 없었다.

단단한 생호두 껍질 벗기느라 몇날며칠 씨름하다가 온몸이 울긋불긋 호두독으로 칠갑하질 않나, 느닷없이 날아든 벌떼의 습격에 쇼크 먹고 병원 응급실에 실려 가질 않나, 별의별 안전사고와 예기치 않은 자연재해는 차치하고라도, 거대한 너울처럼 밀려드는 싸구려 외국산(주로 중국 농산물이기 십상이지만) 수입공세에는 도무지 배겨낼 재간이 없었다.

거기에 생전 지어 보지 않은 농사일(흙 갈고 김매고, 해충 퇴치에 수시로 무거운 예초기 돌리는 건 물론, 힘든 수확에서 갈무리에 이르기까지)에 겁 없이 약한 몸을 내던져 함부로 혹사한 결과, 냉큼 허리디스크에 걸려들고 말았다.

애당초 육체노동과는 거리가 먼 체질이었던 우리 부부는 곧 무모한 저간의 도전을 애꿎게 반성하며, 다시금 새로운 길을 모색하지 않으면 안 되었거니와, 아내는 다시 본래 떠나왔던 자리로 되돌아가 기왕의 '가르치기' 천직(天職)으로 복귀했고, 나는 나대로 본업인 '글농사'에 애면글면 매달리고 있는 것이다.

나는 내친 김에 속으로 품어왔던 제안을 불쑥 꺼내놓기로 한다. 계곡 맞은편 대각선으로 마주 건너다보이는 쑥대밭 같은 우리 호두밭을 가리키며,

"그런데 말이지, 저기 저 묵은 호두밭, 노형이 좀 이용하면 안 될까? 철따라 쉬엄쉬엄 잘 관리하면 아직은 수확이 괜찮은 편이야. 나무와 나무 사이 공간이 넓어서, 콩 같은 다른 작물도 적당히 심어 먹을 수 있을 테고."

"그거, 듣던 중 반가운 소식입니다요. 안 그래도 묵정밭 같아서 한번 부탁드려 볼까 망설이던 참인데, 먼저 말씀해 주시니 반갑네요. 좋습니다. 어차피 방치되어 놀고 있는 땅, 제가 열심히 가꿔 볼게요. 조건은 어떻게 할까요?"

"뭐, 조건은 없고. 그냥 지으셔."

"그래도 그게 아니지요."

노봉근의 아내도 환한 낯빛으로 반기고 나섰다. 농사를 짓고 싶어도 딱히 마땅한 농토가 따로 확보돼 있지 않은 처지에, 그녀인들 어찌 새수나게 느껍지 않겠는가.

노봉근은 당장 이튿날 아침부터 호두밭 정리에 들어갔다. 벌써 세해째나 창궐하는 청설모 운동장으로, 또는 잡초 우거진 쑥대밭으로 맘껏 내팽개쳐졌던 땅을 그는 불과 한나절 만에 말끔히 이발한 것처럼 새단장시켰는데, 우거진 가시덤불이나 잡목은 낫과 톱으로 제거하고 허

리께 높이로 봉두난발인 듯 말라 비틀어져 누운 잡초 무리는 무거운 예초기 탈탈 돌려 깨끗이 제거해 버린 결과였다.

그러고 나니 우리 땅과 붙어 있는 계곡 쪽 하천부지 기름진 자드락 공간까지, 웬만한 먹을거리 작물을 심고 가꿀 밭으로도 충분해 보였다.

그러나 노봉근의 생각은 달랐다. 나무를 심고 싶다는 거였다.

"치우고 나니 멀쩡한 빈 땅이 많이 생기는데, 이런저런 묘목들을 좀 심어도 괜찮겠죠?"

"그래? 들깨나 고추, 배추 같은 일용 작물이 아니고?"

"저나 집사람이 워낙 나무를 좋아해서요. 집에서 빤히 건너다보이고 해서."

"나도 나무 좋아하니까 별 상관은 없지만, 그게 어느 세월에 큰 키로 자라서 효자 노릇하지? 게다가 저 땅 욕심내는 이들 많아서 언제 팔려 나갈지도 모르는데?"

"그런 거야 아무려면 어떻습니까. 일단 심어 놓으면 누군가는 때가 되면 혜택 보는 날이 오겠죠."

"허, 그래? 아무튼 노형 좋을 대로 하시우."

어지간히도 늑늑한 성격이구나 싶어 나는 흔쾌히 고개를 끄덕였고, 노봉근은 내 허락이 떨어지기 바쁘게 휑하니 1톤짜리 소형 트럭을 몰고 마을 밖으로 나갔다. 이 작은 화물차를 마치 자기 몸처럼이나 부리고 다니는 노봉근은, 여기로 이사 오자마자 농업기술센턴가 어딘가로 부리나케 뭔가를 배우러 다니기 시작했는데, 아무튼 시골에서 먹고살기 위한 방편을 찾고자 다방면으로 무진 애를 쓰는 눈치였다.

하긴 기왕의 서울살이에서 쓰던 주택관리사나 공인중개사 말고도, 귀농준비 기간을 전후해서 미리감치 따 놓은 자격증이 원예종묘 기능사, 발효효소 관리사, 유기농 기능사 등 한두 가지가 아닐 만큼 여간 용의주도하고 바지런하지 않았으되, 문제는 그것들을 제자리에 마뜩하니 써먹을 수가 없다는 사실이었다.

솔직히 대개의 귀농인들 형편이 그랬다. 뭔가 먹고살 길을 찾아 백방으로 수소문하고, 뛰어다니고, 새로운 일에 기를 써 도전해 보지만 결과는 번번이 뒤로 나가떨어지기 일쑤. 그것을 소비해 줄 수요자 확보가 하늘의 별따기라는 거였다. 며칠 전 농업기술센터에서 뭔가를 열심히 교육받고 온 노봉근은 말했다.

정부에서 이런저런 명분으로 돈 들여 여러 가지 가르쳐 주긴 하는데, 그거 말짱 도루묵이어요. 담당 공무원들은 되레 농촌에서 뭐해 먹고 살려고 내려왔냐는 투의 복지부동으로 그냥 건성건성 마지못한 듯 귀찮아하고, 배우는 우리들도 국민세금 공짜로 얻어먹는 거니까 어쨌든 밑질 건 없다는 식으로 어영부영 시간 때우다 온다구요. 어지간한 분야는 기존의 기계화 부농들이 다 차지하고 있으니, 영세한 우린 그저 블루오션 쪽이나 기웃거리면서 파고들려니 어디 게임이 되겠습니까.

블루오션은 또 뭐야?

아, 틈새시장이오. 거기서 그렇게 말하지요.

관청에도 그놈의 영어바람 일색이니 이 나라 큰일 났구먼. 아무튼 그 틈새시장이라는 걸 구체적으로 예를 들면?

작지만 희소가치 있는 것들, 예를 들면 수제 천연비누라든가 염색, 마른 꽃을 이용한 압화, 분재, 체험관광, 약초재배, 허브차 제조, 꿀벌치기, 효소나 막걸리 만들기 등을 교육해서 그걸 사업화로 연결시키겠다는 건데, 처음 배울 때만 반짝할 뿐, 집으로 돌아오고 나면 이내 도로 아미타불이 돼 버린다니까요.

하긴 나도 이 산골로 처음 들어올 땐 별의별 계획이 다 있었지. 흑염소도 키워 보고, 토종닭도 쳐 보고, 매실이나 헛개나무도 심어 보고 … 하지만 결국 이 모양, 이 꼴!

나는 헛헛헛 쓴웃음으로 얼버무리고 말았다. 그건 사실이었다. 번잡한 도회지에서 지금까지의 모든 갈등과 오욕을 과감히 청산하고 시골로 내려오는 대개의 귀농인들은, 처음엔 누구나 없이 뼈가 바스러질 만큼의 비장한 각오로 임하기 마련이지만, 낯선 그 땅에서 한두 해 좌충우돌로 이리저리 부대끼면서 수많은 시행착오를 겪다 보면, 그렇게 '농사나 짓고' 사는 게 얼마나 힘든지를 금방 온몸으로 체득하게 된다.

수년간 작정하고 준비해서 제법 큰 규모로 영농단지를 꾸리는 기업형 농사 말고는 거의가 오그랑장사[3]로 끝난다는 얘긴데, 가령 돈 많지 않은 그들이 가장 손대기 쉬운 직종은 만만한 민박이라든가 펜션, 칼국수나 토종닭, 보리밥집, 계곡이 흐르는 산골카페, 된장이나 각종 효소, 주말농장을 겸한 천연염색, 비닐하우스를 이용한 표고버섯 재배나

---

3 오그랑장사: 이익을 남기지 못하고 밑지는 장사.

쌈채소 가꾸기 등이 대종을 이루기 마련이되, 그 어떤 것도 결코 만만치 않다는 것이다.

지금도 여전히 아랫말 초입에서 2층짜리 펜션을 그럴듯하게 운영하는 '김 사장님' 역시 엊그제 횡하니 바람 쐬러 와서 이렇게 신세타령처럼 늘어놓았었다.

하루에도 몇 번씩, 당장 때려치우고 싶은 게 저노무 펜션사업이우. 돼먹지 않은 손님은 마치 종 부리듯 한다니께요. 불 피워 달라, 고기 구워 달라, 술 좀 사다 달라, 안 시키는 심부름 없시우. 밤새도록 술 마시고 노래하고 피 터지게 싸움박질하고! 그중에서도 젤 드러운 건 그네들이 떠나고 난 다음날의 뒤치닥거리유. 별의별 희한한 쓰레기가 다 나와요. 구역질나는 멘스대에다 콘돔은 예사고, 변기는 온통 토사물과 휴지뭉치로 콱 막혀 당최 물이 내려가야지. 기술자 불러 그 변기 뚫을 때마다 가슴에서 열불이 나요.

그래도 먹고살려면 어쨌든 참고 견딜 수밖에 없는 게 아니냐고 김 사장은 쓰게 웃었다.

맞는 말이었다. 이 같은 모진 결심과 목표의식, 쇠심줄 같은 인내력이 아니고선 결코 성공하는 귀농, 귀촌의 꿈을 이룰 수가 없다. 뿌린 대로 거둔다는 자연의 섭리를 믿고, 그 자연의 일부로서 오래 참고 견디는 수밖에 달리 방법이 없는 것이다.

해가 설핏 기울 무렵 귀가한 노봉근의 차 뒤쪽에는 가시오가피니 산

사자, 엄나무, 산초 따위의 이런저런 묘목들로 들어차 있었다. 한눈에 봐도 나중에 뭔가 한두 푼 돈이 될 만한 '약나무'들이라는 게 어렵잖게 감지되었는데, 그중에서도 어딘지 낯이 익다 싶은 엄지손가락 굵기의 묘목이 한눈에 확 다가왔다.

"아니, 이건 헛개 아냐?"

내가 떨떠름한 표정으로 시답잖게 반응하자, 노봉근은 오히려 자랑스럽게 되받고 나온다.

"이거 심어 놓으면 간경화 환자들 발걸음이 줄을 잇는다면서요? 그래서 아예 백 주나 가져왔는데요."

"허, 사기 전에 물어보잖고? 이거 유행 지난 지 한참이야. 돈 되는 약나무는 다 유행을 타게 마련이라, 아무거나 되는 대로 심지 말라구!"

그리고 나는 우리 집 창고 옆 둔덕의 스물 몇 그루 헛개나무들을 손가락으로 가리켰다.

"저 장대처럼 키만 멀쑥한 것들이 헛개라네. 심은 지 10년이 됐는데도, 여태껏 열매 한 번 맺어 준 적이 없다구. 원래 물 좋은 다랑논이어서 영 배수가 안 되고 토질이 맞질 않아 그런가 싶었으나, 헛개란 놈이 원래 성질이 그리 까다롭고 못돼먹었더군."

"오히려 품격이 고상해서 그러는 게 아닐까요? 사람 손을 함부로 타지 않으려는 … ."

"아따, 터무니없는 헛개 신봉자 또 한 분 생겼구먼. 그래봤자 다 헛거야. 말짱 도루묵이라니까."

그리고 나는 별 볼일 없이 아까운 땅 면적만 차지하고 서 있는 저것들을 한시바삐 베어내야지, 다시금 속으로 다짐했다. 저 지난날 한 그루에 6천 원씩이나 주고 비싸게 사왔던 1백여 그루 나무들이 이제는 거지반 다 죽어 나자빠진 건 그렇다 치더라도, 지금 남아 있는 것들마저도 도무지 애초에 기대했던 수월찮은 부수입이나, 민간약재로서의 효용 가치를 좀체 충족시켜 주지 못하고 있었다.

결국 따지고 보면 내가 나한테 속은 거지, 뭐.

무슨 일이든 그놈의 터무니없는 욕심이 화근이라 여기면서, 나는 다시 노봉근한테 물었다.

"암튼 기왕 사온 거 어딘가 심긴 심어야겠지만, 아무 데서나 쉽게 살 수 없는 헛개 묘목을 도대체 어디서 구했지?"

"일부러 물어물어 찾아냈죠. 인근 지역에선 유일하게 거기밖에 취급하는 데가 없더라구요. 황금농원이라고, 헛개엑기스 공장을 겸하고 있는⋯."

"아, 거기! 법원 앞에 그럴듯한 영업소를 차려 둔 회사 말이지?"

어쩌면 나하고 똑같을까 싶어 어이없는 실소마저 쿡쿡 새어 나왔다. 형님이 어떻게 거길 다 아느냐고 노봉근이 두 눈알을 굴렸고, 내가 다시 말을 이었다.

"노형도 나처럼 보기 좋게 속아 넘어갔군. 사장이라는 그 친구, 지금도 여전히 비디오 홍보물 틀어 놓고서 입에 거품 물었겠지? 헛개의 요란한 약효와 수익성에 대해서⋯."

"열매는 물론 잎사귀도 전량 자기들이 수매해 주겠다고 하더라구요. 엑기스 공장에선 늘 원료가 모자라는 형편이라면서, 언제라도 납품하래요."

"나한테도 그랬어. 처음엔 간이라도 빼줄 것처럼 친절하고 싹싹하게 굴더니, 막상 잎사귀들 따서 납품하려니까 말이 싹 달라지더라구. 그걸 적당히 띄워 발효시켜야 한다는 거야."

그렇게 비싼 품 들여 누렇게 발효된 잎들을 납품해 봤자, 결국 인건비도 못 건지는 소액에 불과하더라는 이야기였다. 하지만 노봉근의 반응은 요지부동이었다.

"선비 출신인 형님과는 달리, 제 성분은 암만해도 완전 촌놈이거든요. 그 모든 걸 제가 직접 몸으로 밀어붙여 뛰면, 인건비고 뭐고 따질 것도 없어요. 두고 보셔요, 헛개 열매도 몇 년 안 가 금방 열리게 할 테니까."

"허, 그래?"

농부로서의 내 능력을 엉겁결에 무시당한 것 같아 조금은 떨떠름하긴 했지만, 고래심줄 같은 그의 고집을 끝내 가리틀어⁴ 꺾을 수는 없었다. 서둘러 나와 헤어지고 나서 삽과 괭이를 챙겨 들고 호두밭 쪽으로 댓바람에 올라간 그는, 해가 진 어스름 녘까지 열심히 땀 흘려 묘목들을 심어대는 기척이었다.

노봉근의 나무심기는 이튿날 아침나절에도 여전히 이어졌는데, 묘목 숫자에 비해 땅이 좀 모자랐던지 나중에는 자기네 집 둘레를 비잉

---

4 가리틀다: 잘되어 가는 일을 안 되도록 틀다.

에워싼 형국으로 일을 마무리했다. 그 마지막 수종(樹種)이 되레 내가 그토록 기휘해5 마지않던 헛개나무라는 사실에, 나는 짐짓 혀를 내두르지 않을 수 없었다. 그는 그만큼 그것에의 기대와 집착이 유별나다는 걸 한눈에 입증해 보여주었다.

어쨌든 노봉근은 참 열심히도 뛰어다녔다. 어지간하면 도시에서 둥지 틀어 살 일이지 먹을 것 하나 없는 시골엔 뭐하러 내려왔느냐는 복지부동의 못된 공무원들 핀잔에는 아랑곳없이, 그는 여전히 시청이나 면사무소 민원실, 농업기술센터, 농협 등으로 부리나케 쫓아다녔으며, 순전한 참살이 유기농법으로 온갖 채소와 작물들을 씨 뿌려 가꾸고 키워나갔다. 바지런한 그의 아내는 또 그녀대로 틈만 나면 산으로 들로 몸에 좋은 산나물을 캐러 다녔으며, 직접 가마솥에 콩을 쒀 메주를 띄우거나 간장을 달이기도 하고, 때깔 곱고 고상한 천연물감의 삼베나 비단천들이 무슨 화려한 깃발들처럼이나 마당 가득 펄럭이게도 했다.

이 부부가 이렇듯 달치도록6 바쁘면서도 안정감 있게 귀농생활을 실천함으로써, 그동안 주검 같던 함박골은 화들짝 깨어난 새벽처럼 늘 생기에 넘쳐났다. 그 실제에 있어서도, 이른 새벽이면 어김없이 헌걸차게 울어젖히는 노봉근네 수탉의 홰치는 소리는, 밤새 긴 정적에 휩싸여 있던 깊은 산골짜기를 금방 숨 가쁜 활력의 공간으로 일거에 확 뒤바꿔 놓곤 하였다. 그에 따라 개들도 덩달아 컹컹컹 짖어대기 일쑤였으며,

---

5 기휘하다: 꺼리고 싫어하다.
6 달치다: 몹시 안타깝고 들뜨다.

54

쉼 없이 흘러내리는 계곡의 물소리나, 한공중을 날며 노니는 산새들 우짖는 소리도 한결 더 시끌벅적 요란스러웠다.

그러면 불면으로 뒤척이던 나의 울적한 심사나 헛된 과거사에의 까닭 모를 회한도 괜스레 멋쩍어지고 신명으로 뒤바뀌어, 뭔가 새로운 소망이 거품처럼 부풀어 오르게 마련이었다.

노봉근은 그 근본부터가 나하고는 확연히 달랐다. 그가 가꾼 채소나 농작물은 잎이나 뿌리, 줄기, 열매를 막론하고 뭐든지 찰지고 굵고 양이 많았으며, 모진 황사바람과 폭염, 줄기찬 잡초와 해충들의 봄, 여름, 가을을 헤쳐 나오는 동안에도, 그의 여러 가지 묘목들은 거의 털끝 하나 다치지 않은 채 무럭무럭 잘 자라났다.

조류독감이니 구제역이니 하는 급살 맞은 짐승 역병들을 겪으면서, 내가 어지간히 조라떨어7 실패한 토종닭, 염소 사육도 그는 결코 실패하는 법이 없거니와, 그의 나무나 가축 식구들은 오히려 날이 가고 시간이 흐를수록 그 숫자가 늘어나고, 살림살이 몸집도 곰비임비 보기 좋게 불어나는 형국이었다.

그러므로 나는 모처럼 고향땅에서 보란 듯 성공하는 귀농인을 아주 가까이에서 직접 두 눈으로 지켜볼 수도 있겠다 싶었다.

그러구러 벌써 가을 한복판, 추석 지난 지 얼마 안 된 어느 날 해질 무렵이었다.

---

7 조라떨다: 일을 망치도록 경망스럽게 굴다.

"오늘이 저희 아버지 기일인데, 요새는 일찍 제사 모시니까 이따가 저녁 드시러 오세요. 괜히 혼자 잡숫지 말고."

말끔히 새로 이발한 모습으로 노봉근이 미리감치 찾아와 당부하는 것이었다. 겉으로야 '어, 그래?' 반기긴 했지만, 아무리 혼자 먹는 저녁밥상이 가년스레[8] 외로울지라도, 어찌 자발머리없이 남의 집 젯밥에 초저녁부터 냉큼 숟가락 갖다 댈 것인가.

"오랜만에 형제분들 모이는데, 괜히 내 걱정일랑 말고 깊은 정담들이나 나누셔."

"형님 맘이 정 그러시다면, 그럼 식구들이 다 가고 난 내일 아침에 모시러 오겠습니다. 혼자 드시지 말라구요."

"아, 알았네. 암튼 재밌고 의미 있게 제사 모시게."

나는 흔쾌히 웃으며 그를 돌려보냈다. 그러면서도 가슴 한켠에선 아무리 세상 풍속이 바뀌었다 해도, 초저녁에 제사 모시는 건 좀 심하지 않나 싶은 상념이 설핏 지나갔다. 예전처럼 기일(忌日)로 딱 들어서는 자정 이후에 정중히 제상을 차리지는 못할망정, 적어도 밤이 이슥히 깊어가는 술시(戌時) 무렵 정도는 돼야 할 터였다. 그래야 귀신도 낯익은 어둠 속 길을 훤히 찾아올 수 있지 않을 것인가.

아, 귀신이 어딨슈? 그러고 요즘엔 시골에서도 기제사 안 모시는 집이 얼마나 많은데! 귀찮은 그거 안 모실라고 죄다 교회 나가는 거 아직도 모르슈?

---

8 가년스레: 보기에 가난하고 어려운 데가 있게.

얼마 전 스치듯 자조하던 노인회장의 모습도 언뜻 지나갔지만, 나는 여전히 개운찮은 감정을 쉬 떨쳐낼 수는 없었다.

곧이어 낯선 자가용차 두 대가 연달아 노봉근네 집 앞 자드락길9에 당도하고, 노봉근의 다른 형제들을 포함한 며느리, 딸자식들이 뒤이어 줄줄이 차에서 내리는 게 보였다. 일찍이 객지에서 힘에 부친 가장 노릇을 도맡았던 노봉근이 그래도 뒤늦게나마 인덕 많은 정복(淨福)을 누리는구나 싶었다. 그의 집은 해가 지고 안팎으로 불빛들이 환히 밝혀지면서 더욱 왁자지껄 부산스러웠는데, 그로 해서 늘 적막하기만 하던 산골짜기는 모처럼 사람 사는 분위기로 다시금 넘쳐나는 것 같았다.

그네들의 분주한 동태를 멀찍이 구경하는 것만으로도 나는 충분히 기분이 좋아질 수 있었다.

하지만 그런 구순하고 도타운 느낌은 별로 오래가지 못했다. 이제쯤 노봉근의 말대로 이른 제사 끝내고 오순도순 식구들끼리 밥상머리에 비잉 둘러앉았겠거니 싶었는데, 그쪽에서 느닷없이 들려온 건 이런 엉뚱한 고함소리였다.

"형이 뭔데 이 집을 혼자 차지하냐구? 우리 8남매가 똑같이 뛰어놀던 곳이야. 갈가리 찢어서라도 똑같이 나눠야 해!"

"에잇, 드런 놈! 은혜를 원수로 갚는, 이 천하의 인간 말종!"

뒤의 격노한 음성은 물론 맏형인 노봉근의 것이었다. 일촉즉발의 형국으로 치닫고 있는 둘의 맞고함은, 골짜기의 공명을 따라 고스란히

---

9 자드락길: 자드락에 나 있는 좁은 길.

내게로 더 크게 전달되었다. 나는 얼어붙은 듯 어둠 속 마당가에 허수아비로 서서, 금방에라도 폭발할 것 같은 언덕 위의 수상쩍은 동태에 귀를 바짝 곤추세웠다.

이번엔 다른 아우가 만형한테 대거리한다.

"작은형 말이 맞잖아요. 큰형이 우리한테 해준 게 뭐 있다고, 마지막 남은 이 집까지 독차지해요?"

"너희들을 직접 먹여 살리진 않았지만, 여기저기 비굴하게 굽실거려 가면서 너희들 스스로 먹고살아가게, 일자리는 다 잡아 줬잖아!"

"형님 소릴 들으려면 그건 너무 당연한 거 아니에요?"

"네놈도 똑같은 하이에나구나. 마지막 힘을 모아 고향집 지키려 이리 기를 쓰는데, 네놈들이 작당해서 나를 헐뜯는다? 허허, 물에 빠진 놈들 건져 줬더니, 이제 와서 다들 내 보따리 내놓으라고? 내가 정말 헛살았다, 헛살았어!"

"그건 어디까지나 형님 사정이구요, 암튼 이 집은 안 돼요."

"이것도 유산이라고, 허허, 이런 순!"

그리고 우당탕탕 밥상 엎어지는 소리가 났다. 그릇들이 날아가고 항아리가 깨졌다. 혼비백산 흩어지는 비명과 욕설, 폭력이 엉망으로 난무하기 시작했다. 조용하던 산골짜기가 한순간에 아비규환의 소용돌이로 휘말려 버렸다.

'제삿날에 분란 난다'는 말이 액면 그대로 맞는다면, 제사는 어쩌면 하루바삐 없어져야 할 묵은 폐습인지도 몰랐다. 어둡고 음습한 한밤중

58

이 아니라, 햇빛 찬란한 대낮에 망자의 산소나 유택으로 직접 찾아가서, 진정한 추모의 정으로 머리 숙이면 그것으로 충분하지 않을까 싶었다. 저 못 먹고 못살던 공자 왈 맹자 왈 시절의 상다리 부러지는 제사상 대신, 망자가 생전에 좋아하던 녹차나 생수, 커피, 혹은 가벼운 술잔을 바치고 흠향하면서,[10] 아름답고 슬픈 날들을 웃으며 추억하면 그걸로도 한결 무방한 거 아닌가?

거기에 곁들여 싱그러운 햇사과를 와삭 깨물어 먹어도 좋고, 당신이 생전에 그렇게나 즐기던 담배를 슬쩍 에돌아 피워 물어도 썩 괜찮을 것이다.

나는 일단 살풍경한 가족 분란의 현장으로 조심스럽게 다가가지 않을 수 없었다. 볼성사나운 그들의 막말싸움을 뜯어말리고 중재할 수 있는 이는, 어찌됐든 이 깊은 산중에 나밖에 없다는 생각이었다. 여차하면 경찰이나 병원에 숨 가삐 연락하게 될지도 모를 일. 그리고 가능하다면 일방으로 몰리기만 하는 노봉근의 편에 엉거주춤 서 줄 사람 역시 애면글면 나밖에 없을 것만 같았다.

그러나 그럴 일은 이내 수그러들고 말았다. 내가 가파른 언덕길로 마악 올라설 무렵, 노봉근 내외를 제외한 무례한 손님(?)들이 썰물처럼 횡하니 현장을 빠져나갔기 때문이었다.

이 더러운 집 다시는 돌아보지 않겠다는 듯 두 대의 승용차에 허겁지겁 나눠 올라탄 그들은, 그대로 줄행랑치듯 좁은 내리막길을 거칠

---

10 흠향하다: 신명(神明)이 제물을 받아서 먹다.

게 달려 내려갔다. 저러다가 어둠 속 계곡에 흉기처럼 처박혀 와장창 박살나면 어쩌나 싶을 만큼 위태롭게.

이제 그 집에 남은 건 만신창이로 구겨진 집주인의 자존심과 깊은 마음의 상처, 참담하게 부서진 채 나뒹구는 몇 점 세간들뿐이었다.

이튿날 아침, 나는 서둘러 창고 옆 둔덕의 우람한 헛개나무들을 하나둘 베어내기 시작했다. 그 곁으로 사철 쉬지 않고 계곡물이 흐르는 이 땅을 잘만 닦고 다듬으면, 지금의 노봉근네보다는 훨씬 더 나은 집자리가 될 수도 있을 터였다. 그가 원한다면 나는 언제든지 쌍수를 들어, 무상으로 이 땅을 내줄 생각이었다.

직가스 장군

길은 집을 짓지 않는다

집 짓는 소리가 온 산을 울린다. 양지바른 산뱅이 골짜기가 또 진종일 쿵쾅거릴 듯하다.

저게 아닌데, 저 모양새는 결코 아닌데!

나는 몇 번씩이나 북동쪽으로 비스듬히 올려다 보이는 신축건물 현장을 일별하며 혼자 고개를 가로젓는다. 애초에 생각했던 것보다 훨씬 널찍하고 멋스럽고 거창한 골격이기 때문이었다. 대형 굴착기와 석공, 조경사까지 떼거리로 불러들여 널찍이 집터 닦고 단단한 석축 쌓고 갖가지 희귀 정원수 심는 데만 수개월이 걸리더니, 꽃 피고 새 우짖는 이른 봄부터 시작된 그이의 집짓기는 여름이 한창인 이즈음에 이르러서도 겨우 그 뼈대만 조금씩 이루어지고 있음에랴.

그것들을 떠받치고 있는 대지의 기단부 석축만 하더라도, 아래쪽에서 올려다보면 마치 웬만한 성채와도 같은 위압감을 던져주기에 충분하거니와, 누가 봐도 그럴싸한 무슨 사찰이나 수련원 같은 건축물로 짐작하기에 딱 들어맞지, 물 좋고 산 좋은 조용한 숲속의 평범한 전원주택으로 보아 주기에는 영 마뜩잖았다. 청기와까지 올린다고 했다.

"김 선생, 더운데 거기서 뭐하시우?"

때맞춰 나를 부르는 소리가 들려왔다. 다름 아닌 언덕 위의 건축주 '직가스' 장군이다. 질서정연하게 줄 맞춰 엮여진 서까래 골조 더그매[1] 위에서 곡예하듯 위태롭게 작업하는 목수들을 배경에 두고, 그이는 넉살 좋게 손짓하며 다시 소리친다.

"어서 와 냉커피나 한잔 하시구랴. 맨날 들여다보는 항아리 이제 그만 만지시고."

"아, 예. 그러지요."

안 그래도 이것저것 궁금해서 그쪽으로 몽긋거려[2] 걸음 하려던 참이었다. 나는 곧 내 맥쩍은 밥줄이기도 한 된장항아리 뚜껑을 덮고 돌아섰다. 그리고 가파른 언덕길을 올라 길쭉한 냉커피 유리잔을 받아들기 바쁘게,

"정말로 청기와를 올리시게요?"

밤새 지레뜸[3]으로 앓던 걱정거리를 냉큼 꺼내었다. 생판 남의 밥상에 감 놔라 배 놔라 내 상관할 일은 아니지만, 그래도 내내 단 두 집만

---

1 더그매: 지붕과 천장 사이의 빈 공간.
2 몽긋거리다: 나아가는 시늉만 하면서 앉은 자리에서 머뭇거리다.
3 지레뜸: 밥에 뜸이 들기 전 푸는 일, 또는 그 밥.

의 이웃으로 살아갈 깊은 산골의 주거형편이고 보니, 그냥 슬그머니 모른 척할 수도 없는 문제였다. 더욱이 '손바닥만 한 땅뙈기에 그저 등 따습고 바람 안 들어오는 정겨운 통나무집이나 황토방' 정도를 들먹이던 직가스의 맨 처음 다짐과는 영 딴판이지 않은가.

하지만 몽짜4 같은 직가스는 주저 없이 대답한다.

"내 손으로 직접 집짓기는 이게 처음이자 마지막인데, 기왕에 짓는 것 당차게 한번 지어봐야죠. 대장부는 역시 내 손으로 직접 집을 지어봐야 한다니까!"

"그렇지만 저는 암만해도 … ."

"여기 동네이름이 비록 양지바른 산뱅이긴 하나, 산세가 워낙 험하게 목을 조르는 형국이라서 그걸 제압하려면 어쩔 수 없는 노릇이오. 이 골짜기에 걸맞은 고래 등 하나 턱하니 버티고 서 있는 것도 괜찮지 않겠나 싶어서. 그래야 상하좌우에서 마구 짓누르는 억센 지기(地氣)를 단칼에 다스릴 수 있단 말이오."

"자연의 순리를 억지로 고치고 바꾸려다 보면 예기치 못한 무리가 따를 수도 있지요."

나는 내친 김에 엊그제도 감사납게5 슬쩍 다녀간 시내 환경단체 일꾼들의 심상치 않은 움직임을 의식하며 좀더 솔직히 털어놓는다.

"암만해도 요 앞을 오르내리는 등산객들이나 자연보호 운동하는 사

---

4 몽짜: 음흉하고 심술궂게 욕심을 부리는 짓. 또는 그런 사람.
5 감사납다: 생김새나 성질이 억세고 사납다.

람들 눈초리가 예사롭지 않더라구요. 오늘 아침엔 절에서도 젊은 주지 스님이 올라와 잠깐 살펴보고는 고개를 갸웃거리며 내려가던데요."

"지까짓 것들이 뭔데 남의 일에 참견한다는 겁니까? 이 나라는 엄연히 자유민주주의 국가요, 사유재산권이 철저히 보장되는 자본주의 사회로서, 구워 먹든 삶아 먹든 내 땅 내가 알아서 쓰겠다는데, 도대체 무슨 참견들이 그리 많다는 게요!"

"아니, 저도 괜히 걱정이 돼서 미리 귀띔해 드리는 겁니다. 요즘엔 환경민원이 들어가면 허가를 내준 행정당국에서도 아주 골치 아파하니까요."

"그러고 보니, 김 선생도 그러니까 산적 떼처럼 시시콜콜 시비하는 그놈들 편에 은근슬쩍 서 계시는 게 아니오?"

"가까운 이웃으로 살면서 무슨 말씀을 그리 섭섭히 하십니까? 혹시나 예기찮은 말썽이라도 생기면 어쩌나 공연스레 걱정이 돼서 그러는 거지요."

"암은, 그러셔야죠. 우린 누가 뭐래도 이 산마을을 지키고 가꿔 나가는 데 온 힘을 합쳐야 할 공동운명체니까. 나는 아우 같은 김 선생을 끝까지 믿고 의지할 겁니다."

"…….."

물은 이미 엎질러진 것, 더 이상 두남둬6 따지고 떠들어 봐야 무슨 소용인가 싶어 나는 곧 입을 다물었다.

---

6 두남두다: 애착을 가지고 돌보다. 편들다.

이 사람, 대추방망이 같은 직가스는 매사 이런 식인 것을! 일단 결정한 건 그 어떤 난관에 봉착하더라도 왕년의 예비역 육군소장답게 초지일관 직진으로 탱크처럼 밀어붙일 뿐 아니라, 남의 말에 바투 귀 기울이고 마음 깊이 헤아려 주는 덕스러움 같은 건 애당초 기대할 수 없는 위인이어서 더욱 그렇다.

모든 사고와 언행이 아주 단순하면서도 사늘하게 우향우 한쪽으로만 뻗쳐 있으되, 의외로 의심과 겁이 많고 아주 시시하고 하찮은 일에도 목숨을 걸다시피 덤벼드는 빈틈없는 이기심 덩어리.

그래서 나는 혼자 속으로 '직가스'라는 나푼한[7] 별명을 붙였거니와, 지난봄 볕 밝은 어느 날 독서 삼매경 때의 한 삽화가 그 결정적인 계기였다. 그동안 까맣게 잊고 지냈던 소설(임철우의 《직선과 독가스》) 책을 모처럼 집어 들고 마당가의 나무그늘 아래에서 한창 그 재미에 빠져들었는데, 제초제 분무기통을 등에 진 그이가 때맞춰 찾아들었던 것이다.

신선놀음이 따로 없구라. 된장 일로 늘 바쁜 양반이 무슨 책을 그리 열심히 읽으슈?

예, 봄빛이 하도 고즈넉해서 말이죠.

책하고는 아예 담을 쌓고 사는 무골이라는 걸 충분히 미루어 짐작하고 있던 터라, 나는 시답잖게 대꾸하며 기대었던 등의자에서 천천히 몸을 일으켰다. 아니나 다르랴, 그이가 다시 엉뚱한 심술로 스스로의

---

7 나푼하다: 가볍게 나부시 움직이다.

무식을 과시한다.

봄볕이 좋으면 서둘러 씨 뿌릴 준비를 하셔야지, 한가하게 책만 읽고 계시다뇨. 책이 밥 먹여 주는 건 아니잖소이까.

직접 밥을 먹여 주는 건 아니지만, 마음의 양식을 맘껏 제공해 주지요. 그런 면에서 책은 곧 정신의 밥입니다. 책 속에 길이 있다는 말이 결코 빈말이 아니라구요.

허, 그게 어디 말이 됩니까? 특히 그 소설이라는 거, 그거 다 말짱 도루묵 아니오?

아니, 왜요?

현실이 아닌, 순전히 허구로 지어낸 거짓말이니까요. 게다가 맨날 울고 짜는 사랑놀음이나 일삼으니까. 차라리 내가 걸어온 기막힌 인생 이야기를 소설로 쓰면 정말 기막히게 잘 팔릴 텐데요.

소설은, 그리고 문학은 그런 식의 단순한 거짓말이 아닙니다. 거짓말로 참말 하기지요. 그 속에 진실이 담겨 있지 않으면 결코 남이 읽어 주지 않습니다. 남이 감동할 수 없는 이야기는 소설 또한 될 수 없구요.

나는 읽다 만 책을 덮고 조심스럽게, 그러나 퉁명스레 따지듯 다시 계속했다.

그건 그렇구, 또 제초제 뿌리시게요?

잡초는 그저 초장에 싹 조져야지, 안 그러면 두고두고 전쟁을 치러야 되니까 내가 직접 통 지고 나섰소. 집 주변이 말끔해야 사람 사는 집 같지, 이 댁처럼 잡초가 무성하면 난 영 개운치가 않더라구. 허허허.

농약을 꽤나 싫어하는 나를 의식한 그이가 어쭙잖은 너털웃음으로 얼버무렸다. 마치 전쟁터에라도 나가는 군인처럼 발목을 꽉 조인 정글화와 방수복, 흰 안전모에 분진 마스크까지 준비한 완전무장의 그이를 흘깃 건너다보며 나는 여전히 지지 않고 받는다.

그래도 맹독의 제초제보다는 적당한 때 예초기 돌려 베어내면 잡초는 결국 잡히게 돼 있는데, 그러지 않고 그걸 냅다 뿌려대면 우리가 먹고 마시는 지하수, 채소 다 망칩니다. 물과 공기, 땅이 죽는다구요.

김 선생 얘기도 일리가 있긴 하지만, 뱀이나 모기, 개미들까지 함께 퇴치해 주니 일거양득이 아니겠소? 풀 잡고, 해충도 내몰고 ….

그게 바로 생태 파괴지요. 그리고 그걸 뿌린 다음의 그 불난 듯 흉측한 살풍경은 눈뜨고 못 봅니다. 전 절대 그런 독약 안 쓰고 농사지을 겁니다.

나는 자신도 모르게 상기되어 그이를 뱃성[8]으로 몰아붙이고 있었다. 그러면서 반사적으로 '직가스'의 이미지를 퍼뜩 떠올렸는데, 바로 이 사람이 직선과 독가스로 온몸, 온 정신을 칭칭 동여맨 건 아닐까 싶던 것이다.

《직선과 독가스》를 아직 다 읽어 본 건 아니지만, 거기에서 연상되는 이미지는 이상하게도 이 예비역 장군과 길수[9]로 딱 들어맞더라는 이야기이다.

---

8 뱃성: 갑자기 발칵 일어나는 짜증.
9 길수: 묘한 이치나 도리.

맞아. 내 의식 속에서의 당신은 오늘부터 에누리 없이 직가스야!

직가스가 이 깊숙한 산뱅이로 맨 처음 찾아든 건 재작년 봄, 따지기[10] 철이었다. 그러니까 어느새 2년 남짓 흐른 셈인데, 그날도 여전히 날씨는 쾌청하고 연초록으로 물들어가는 산천은 만화방창이었다. 미상불[11] 거짓말처럼 꽃들이 피고, 거짓말처럼 벌과 나비가 날고 새들이 우짖었다. 나는 넘쳐나는 그 은혜와 신생의 축복 속에서, 그 자연의 일부로 살아가기 위해 어설픈 닭장 짓기에 한창 열을 올리는 중이었다.

안, 녕하십니까?

톱질을 멈추고 흘깃 돌아보니 웬 말쑥한 노신사가 싱긋 웃으며 서 있다. 한눈에 봐도 꽤나 습습하고[12] 예의바른 분위기가 확 풍겨 나오는 사내였다. 나이는 나보다 예닐곱 살쯤의 윗길로 여겨지지만, 산전수전 두루 겪었을 풍상에도 그 어떤 인생의 그늘이나 상처의 자릿내가 거의 묻어 있지 않아 보였다.

무슨, 일로?

나는 엉거주춤한 자세로 찾아온 용건을 물었고, 노신사는 기다렸다는 듯이 개울가 나무그늘 밑 평상을 가리키며 말했다.

일을 방해해서 미안합니다만, 잠깐 땀 좀 들이시지요.

아, 예.

---

10 따지기: 얼었던 흙이 풀리려고 하는 초봄 무렵.
11 미상불: 아닌 게 아니라. 과연.
12 습습하다: 마음이나 하는 짓이 활발하고 너그럽다.

그리고 마치 주객이 적당히 뒤바뀐 모양새로 평상에 앉자, 그이는 손에 들고 있던 검은 비닐봉지 속의 캔맥주와 육포를 간지펴[13] 꺼내 놓더니, 캔의 마개를 톡 따서 내게 내밀었다. 그리고 당신 역시 호기롭게 시원한 캔맥주 뚜껑을 따 들고 말했다.

자, 우선 목부터 축이시고 나서 통성명합시다. 우리가 남이 아니라는 건, 전생의 인연이 착실히 알려 줄 겁니다.

글쎄요.

나는 여전히 어리보기 두 눈만 씀벅거리며 낯선 사내의 호의를 뜨악한 경계와 즐거운 호기심으로 받아들였다. 때마침 힘에 부친 갈증도 일던 참이라 몇 모금의 찬 맥주는 금세 시원하게 목울대를 넘어갔다. 낯선 사내가 비로소 넉덕스레 본론을 끄집어낸다.

실은, 여기가 바로 내 안태 고향이올시다. 이 몸이 태어나서 태를 묻은 곳.

아, 그러세요?

그래서 죽을 때가 조금씩 가까워 오니 자꾸만 이쪽으로 고개가 돌려지지 뭡니까. 수구초심이라고, 여우도 죽을 때면 제 살던 굴 쪽으로 머리를 돌린다잖습니까. 헛헛헛, 이 몸이 딱 그 짝입니다.

그리고 작자는 계속해서 자신의 만만찮았던 과거사와 앞으로의 포부까지 조금 부담스런 군대식 달변으로 펼쳐 나갔는데, 그것을 요약하자면 대충 다음과 같았다.

---

13 간지펴다: 가지런히 펴서 정리하다.

요컨대 김약술이라는 예비역 장군의 이 늙다리 사내는, 일찍이 때를 맞춰 퇴역하여 정부 산하기관의 한직을 조금 떠돌다가 어느덧 오늘에 이르렀는데, 이제는 정녕 조용히 인생을 돌아보며 앞으로의 여생 좀 보람차게 살고 싶다는 거였다. 그래서 꿈에서도 맘이 편안할 집터를 물색해 본 결과, 결국 여기 숨어 있는 고향땅으로 낙착되더라는 것. 어릴 때는 그토록 지겹게 어디론지 늘 애면글면 떠나 살도록 충동질했고, 급기야 변변찮은 가산 정리해서 이향한 부모님 따라 대처 타관 구름길로 흘러간 이후엔 두 번 다시 돌아보지 않았던 곳인데, 어느 날 문득 이곳을 떠올리며 애달아 그리워하게 된 건 참으로 요상한 조화라는 거였다.

개천에서 용 났다는 이야긴 바로 자신을 두고 이른 참 적절한 경우였으되, 어릴 적 이곳을 뜬 이후로는 한 번도 고향이라 여기지 않을 만큼 까맣게 잊고 살았으나, 결국 이렇게 자근거려 결심하고 말았다고 했다. 그래서 여느 등산객과 마찬가지로 두세 번 이곳을 오르내리며 암암한 옛 추억을 더듬고 다시 집지어 살터를 은밀히 모색해 봤는데, 자신이 어릴 적 뛰놀던 그 집터는 이미 눈썰미 좋은 김 선생이 터억 차지해 들어앉아 있으니, 이를 어쩌면 좋으냐는 엉너리 하소연이었다.

그 참, 묘한 인연이군요.

나는 우두망찰하여 혼란스런 웃음을 베어 물고 다시 이었다.

그런데 어쩌죠? 우린 전혀 이 땅, 이 집을 처분할 생각이 없으니.

암은요. 여기 오신 지 대여섯 해밖에 안 되셨다는 사실도 잘 알고 있습니다. 그 지독한 도시공해와 득시글대는 인총이 싫어 귀촌하신 분의 안락한 산중생활을, 이 못난 사람이 방해할 마음은 추호도 없습니다. 이 몸은 다만 ….

기탄없이 말씀하시지요.

저 야트막한 언덕배기 밤나무밭을 좀 분양해 주셨으면 해서요. 집터로는 지대가 조금 높고 서남향이긴 하지만, 그런대로 정성 들여 닦아 놓으면 등 따숩고 아담한 통나무집이나 황토방 정도는 능히 지어 볼 수 있을 것 같습니다. 어떻게 잘 좀 안 되겠습니까? 외람되지만, 땅 대금은 달라시는 대로 셈해 드리지요.

글쎄요, 너무 갑자기 듣는 말씀이라 ….

물론이죠. 지금 당장은 대답하시기 곤란할 테니, 이번 주말에 다시 오지요. 그 사이 식구들하고 상의하고 잘 따지셔서 꼭 좋은 결과 있었으면 합니다. 이래봬도 여기가 예전에는 여남은 가구가 살던 꽃동네였지요. 그런데 지금은 오롯이 선생님 댁 혼자시니, 저 같은 이웃 하나쯤 듬직하게 옆에 두고 살아도 크게 손해 볼 일은 아마 없을 겁니다. 더욱이 성씨도 저와 같고 조용히 살고 싶은 목적도 저와 똑같으니, 우린 분명 전생에서부터 보통 인연이 아니라 여겨집니다. 허허허.

그런데 어떻게 저 밤나무밭 주인이 저라는 걸 아셨습니까?

그런 거야 요즘 세상에 금방 찾아볼 수 있지요. 저 밤나무밭을 대지로 지목 변경하는 거나, 훤히 찻길 닦고 고압전기 끌어들이는 일도 지가 죄 알아서 처리할 테니, 그저 저 630평짜리 묵은 땅만 저한테 넘겨 주십시오. 선생님은 암만 봐도 농사지으실 분이 아니니, 하루라도 빨리 처분하시는 게 여러 모로 좋을 겁니다.

사실이 짜장[14] 그랬다. 처음 한두 해는 정녕 물불 가리지 않고 이런저런 농사일에도 겁 없이 덤벼들어 보았으나, 천성이 백면서생인 홀앗이[15] 주제에 끝없는 잡초와 병충해, 전혀 예기치 않은 안전사고나 풍수해 따위의 '전쟁'에서 그만 지쳐 나가떨어진 채 백기 들고 만 게 숨길 수 없는 오늘의 내 처지임에랴.

그래서 아내와 나는 이제 입에 풀칠할 마지막 수단으로 '세상에서 가장 맛있는 토속 옻된장' 만들기 쪽으로 메지대어 방향을 틀어잡고 있는 형편이었다. 그런데 그 밑천 장만이 영 수월치 않아서 속으로 애닳아 전전긍긍해 있던 판에, 이 엉뚱한 노신사가 마뜩하니 우리 앞에 불쑥 나타나 준 것이다.

아내는 뭐 되작거릴[16] 것도 없이 단박에 손뼉치고 나섰다. 하루가 다르게 각다분히 조여드는 생존의 위기감은 젖혀 두고라도, 사방이 첩첩 외로움으로 에워싸인 적막한 산중에서 어찌 그런 너볏한[17] 이웃을 만날 수 있겠냐는 게 그네의 거침없는 주장이었다. 그 또한 숨길 수 없는 속사정이었다.

애당초 외로움을 많이 타는 아내는 아예 그렇다 치더라도, 어지간히

---

14 짜장: 과연 정말로.
15 홀앗이: 살림살이를 혼자서 맡아 꾸려 나가는 처지. 또는 그런 처지에 있는 사람.
16 되작거리다: 이리저리 이모저모 살펴보다.
17 너볏하다: 몸가짐이나 행동이 번듯하고 의젓하다.

혼자 호흡하고 사색하기를 즐기며 지금 이대로의 삶의 방식을 흔들림 없이 유지하고 싶은 나 역시도, 하루해가 넘어가는 낮과 밤의 그 야릇한 어스름 무렵이면, 문득 놀치는 고적감이 뼛골에 사무치는 걸 이즈음 들어 자주 겪었다.

일은 곧 일사천리로 진행되었다. 3백여 평의 집과 채마밭을 빼놓으면 우리 재산의 거의 전부나 다름없는 언덕 위 밤나무밭을 더 이상 주저하지 않고 낮잡아 팔아 치우기로 했다. 그리하여 우리는 늘 안개와도 같이 모호하기만 했던 지금까지의 허랑한 전원생활을 완전 새수나게 개비, 세상에서 가장 맛있는 토속 옻된장 사업(?)을 알천[18]으로 시작해 보기로 했다. 이른바 건강 위주의 참살이 시대에 걸맞게, 맛과 속병에 두루 이로운 옻을 된장에다 접목시킨다는 계획이었다.

햇살 바른 안마당 가득 자갈을 깔고 질박한 항아리를 끌어들였으며, 메주 띄우는 황토방과 가마솥 작업장도 손수 돌과 나무, 흙을 실어 날라 재래식으로 오달지게 지어 나갔다. 햇콩을 입도선매하기 위한 절 아랫마을 출입도 부쩍 잦아졌다.

직가스 장군 김약술의 행동은 더욱 민첩하고 재재발랐다. 한번 마음먹은 일은 지체 없이 행동으로 옮기는 사람이었다. 탱크처럼 밀어붙이는 그 당찬 추진력과 저돌성 앞에선 그저 멍하니 혀만 내두를 수밖에 없었는데, 수완 좋은 그이는 우리와의 매매계약서 인주가 채 마르기도 전에 그 척박한 너덜밭을 말짱한 대지로 단기간에 바꿔 놓을 뿐 아니

---

18 알천: 재산 가운데 가장 값나가는 물건.

라, 경운기나 겨우 숨차게 오르내릴 정도의 거친 비포장 산길을 또 어떻게 관계 당국에 압력 넣고 달쳐 구워삶았는지, 어느 새 시원한 아스팔트 포장도로로 확 갈아 닦아놓는 거였다.

그 진입로에 해당되는 부분은 다름 아닌 절 땅이어서 반드시 이 산의 터줏대감이기도 한 안양사(安養寺) 주지의 허락이 떨어져야 할 것이나, 절 쪽에서도 그동안 간절히 바라던 숙원사업이었으므로 두말없이 쌍수 들어 동의한 모양이었다. 우회로로 이 길을 들어서서 편히 이용하는 등산객들 또한 마찬가지였다.

그다음 착수한 일로는 전신주였다. 기분 좋은 포장길을 따라 기장차게19 솟은 시멘트 전신주들이 줄지어 세워졌는데, 여태껏 그 흔한 전기 하나 용케 끌어오지 못한 채 겨우 소형 자가발전기에나 가끔씩 의지하며, 원시의 촛불로 밤을 밝혀 온 우리 같은 생무지20한테도 꽤나 고마운 개명천지가 찾아든 셈이었다. 들뜬 아내는 그것 보라며 새 이웃 하나는 정말 끝내준다고 연신 헝겁지겁하였다. 21

오늘도 산중은 요란한 공사 굉음으로 진동한다.

집을 짓기 시작한 이후 지금껏 단 하루도 조용한 날이 없었는데, 또다시 전기톱 돌아가는 소리와 망치질, 자재 실어 나르는 차 소리와 인부들 고함 따위의 소음, 먼지공해로 뒤덮일 터이다.

---

19 기장차다: 물건이 곧고 길이가 길다.
20 생무지: 어떤 일에 익숙하지 못하고 서투른 사람.
21 헝겁지겁하다: 매우 좋아서 정신을 차리지 못하고 허둥거리다.

"아무래도 우리가 큰 실수를 한 것 같네요."

벌써부터 기가 질린 아내의 푸념이 다시 이어졌다.

"이러다간 내가 지레 말라죽겠어. 저 소음공해도 심각한 문제지만, 밤낮없이 불야성을 이루는 전깃불도 보통 일이 아니라구요."

"그러게. 실수 같애."

나도 비로소 그동안 혼자 속으로 들볶인 후회를 속절없이 곱씹었다. 싯누렇게 익어가는 항아리 속 옻된장이 거의 숨을 못 쉴 지경으로 주변 사정은 정말 어지럽고 시끄러우니, 어찌 그런 바람서리 같은 한숨이 절로 나오지 않을 것인가.

너른 마당과 풀밭을 맘껏 누비며 아장대던 20여 수 토종닭들도 이제는 답답한 닭장 안에 꼼짝없이 갇혀 사는 신세가 되고 말았고, 너무 휘황한 한밤중의 전깃불은 무럭무럭 자라던 텃밭의 갖은 청정채소는 물론, 집 주변의 갖은 꽃과 나무들, 산새들의 단잠까지 저 멀리로 휘이 쫓아버렸다. 찰랑찰랑 쉬지 않고 흐르는 개여울의 버들치나 개구리, 물봉선도 어디론지 자취 없이 사라져가고 있었으며, 등산객들이 산을 오르내리며 달게 마시는 길모퉁이 옹달샘 역시 그 시원한 물맛이나 양, 냄새가 눈에 띄게 달라졌다.

나는 단단히 뼛성 나 있는 아내를 안심시키고자 다시 말한다.

"하지만 걱정 말라구. 환경단체 사람들이 드디어 활동을 개시했다니."

"글쎄, 나도 어제 버스 종점에서 그런 소릴 듣긴 들었지만, 그 사람들이 그런다고 그게 그리 쉽게 되겠어요? 바위에 계란 치기지."

"세상이 달라져서 그게 그렇지가 않아요. 시민공원이나 다름없는 등산코스 한켠에서 꼴사나운 생태파괴가 자행되고 있다고 여론이 들끓어 봐. 그땐 분명 무슨 조치가 귀찮게 뒤따를 거니까. 우린 모른 척 가만 기다려 보자구."

나는 꼭 그렇게 되기를 속으로 간절히 빌었다.

아, 그림 같은 이 땅과 집을 소유하기 위해 우린 얼마나 많은 땀과 눈물을 숨죽여 흘렸던가. 지친 도회의 삶을 미련 없이 청산하고 이 깊은 산골로 인연 따라 들어와 새로운 둥지를 틀었을 때, 우린 오직 자연 그대로의 순리에 가든히 충실하기로 몇 번씩이나 다짐했었다.

그래서 집도 어느 농투성이 노인네가 남기고 간 누옥을 헐지 않고 그대로 뼈대 삼아서, 집 주변의 흙과 나무와 돌로만 재건축해 아주 만족스레 살고 있거니와, 자연은 또 거기에 거짓 없이 화답하여 정녕 맑고 깨끗한 물과 공기, 아름다운 삶의 의미를 무한정 들이마시게 해주었다. 거기엔 이제 인심조석변(人心朝夕變)의 애증으로 늘 상처받고 괴로워하던 어제의 도회지 지옥은 가뭇없이[22] 사라졌다. 서로가 가리틀어 지치지도 않고 헐뜯으며 갈등하는 세속의 그 부질없는 일상 대신, 눈뜨면 온갖 은혜와 감동으로 넘쳐나는 자연의 섭리만이 우리를 포근히 감싸 안았다.

그리하여 우리 스스로 자연과 하나로 동화되는 풍성한 느낌 속에서,

---

[22] 가뭇없다: 눈에 띄지 않게 감쪽같다.

지금까지와는 전혀 다른 삶의 방식을 나름대로 즐기며 활짝 펼쳐왔다고
보아야 한다. 그런데 아닌 밤중에 이런 느닷없는 홍두깨를 만나다니!

요란한 다툼 소리가 직가스네 건축 현장에서 시끌벅적 들려온 것도
바로 그때. 거침없는 업자와 건축주 간의 맞고함, 삿대질이었다.

어떻게 저런 사태가 다 생겼지? 늘 고양이 앞의 생쥐 꼴로 직가스 앞
을 굽실거리던 현장소장이 왜 저리 수제비 태견 하듯 막가는 행패를 부
리는 거지?

나는 적이 궁금하고 괴이쩍어서 천천히 그쪽으로 발걸음을 옮겼다.
아니, 좀더 솔직히 표현하자면 신명나는 싸움구경을 놓치고 싶지 않았
다. 일찍이 구경 중에서 가장 재미난 구경은 남의 집 불구경과 싸움구
경이라지 않던가.

독기어린 현장소장이 한껏 핏대 세워 소리친다.

"아무리 내 돈 주고 부려먹는 갑을관계라지만 이건 너무 심하잖아
요. 그런 식으로 시시콜콜 간섭하고 개 다루듯 하려면 차라리 직접 업
자가 돼서 집을 지으셔야지, 왜 우릴 선정해 놓고 이리 골탕을 먹이느
냐 이거예요."

"이 사람이 보자보자 하니까, 점점 ⋯."

"이거, 아침에 먹고 나온 밥도 목에 걸려 토할 것 같습니다요. 너무
드러워서, 우린 철수합니다요."

옆에서 팔짱을 낀 채 곁꾼으로 서 있던 대목장이 늘쩡한[23] 가락으로

___
23 늘쩡하다: 느리고 굼뜨다.

눙치며 마침내 결심한 듯 연장을 챙기자, 다른 인부들도 지체 없이 그의 뒤를 따랐다. 배알이 뒤틀려 더 이상 작업을 않고 물러가겠다는 '노가다판의 곤조'가 눈앞에서 살벌하게 진행중이었다.

나는 이만큼 떨어진 거리에서 하릴없는 방관자로 묵묵히 서성일 수밖에 없었는데, 그동안의 직가스의 피새24 같은 쌩이질25과 지나치게 깐깐한 행티로 미루어 본다면 충분히 그럴 만도 할 터였다.

사실 큼지막한 손전화와 줄자가 늘 손에 쥐어진 그이의 입은 한순간도 쉬는 법이 없었다. 일단 시시콜콜 세밀하게 따져 시공업자와 계약 맺고 일임했으면, 가끔씩 현장에 나와 큰 줄기만 바로잡아 주며 친절하게 일꾼들을 독려해 주고는 그만인 다른 건축주와는 달리, 한시도 현장을 떠나지 않는 그이는 그침 없이 뭔가를 새로 요구하거나 지시하고, 가탈 부려 생트집 잡고, 이미 끝난 일 다시 뜯어고치고, 거의 멀쩡한 설계도를 수시로 바꾸거나 건축자재를 되돌려 보내고, 애써 무너뜨린 것을 다시 원점으로 되살리고 해서, 업자 쪽에선 벌써부터 바늘조차 들어가지 않을 직가스의 소갈머리 없는 철저함과 이기심에 지레 이골이 날 대로 나 있는 형편이었으므로, 이런 중도 불상사는 어쩌면 너무나 당연한 결과인지도 몰랐다.

맨 처음 기초공사를 닦을 때부터 그이의 '직선과 독가스'는 실로 유감없이 뿜어져 나왔거니와, 입에 씹히는 말이면 무슨 말이든 별 여과

---

24 피새: 급하고 예민하여 화를 잘 내는 성질.
25 쌩이질: 한창 바쁠 때 쓸데없이 귀찮게 구는 짓.

없이 씹어뱉고, 구린 방귀조차도 꾹 눌러 참는 대신 어디서건 속 시원히 밖으로 펑펑 쏟아내 버려야 직성이 풀렸다. 직가스는 곧잘 자신이 너무 솔직담백하고 원칙에 충실한 성격이기 때문이라고 우겨댔지만, 내가 보기엔 적어도 남들에 대한 까닭 모를 불신과 적개심이 천성으로 몸에 밴 탓이 아닌가 여겨졌다.

설비팀이 들어오면 그들과 또 어김없이 티격태격 언성 높여 말씨름하기 마련이고, 골조나 전기, 내장, 페인트, 지붕공사에 이르기까지 그렇게 의기양양 일하러 들어오는 일꾼들은, 또 어느 팀 가릴 것 없이 저마다 두세 번씩 호되게 직가스한테서 왕배덕배²⁶ 홍역을 치르게 마련이어서, 오죽하면 그 팀장들마다 애먼 나한테까지 슬그머니 찾아 내려와 '정말 더러워서 못해 먹겠다'고 담배 빽빽 피워대며 한숨으로 하소연했을까.

가쁜 숨 씩씩거리며 미련 없이 짐 싸들고 거칠게 차에 오르는 일꾼들을, 하 어이없는 표정으로 잠시 노려보던 직가스의 선언도 역시 칼날처럼 단호했다.

"알았어. 당신들은 오늘로서 끝이야!"

그리고 며칠 후, 전혀 새로운 시공회사를 그 빈자리에 지체 없이 채워 넣었다.

하지만 직가스의 불행은 결코 홀로 오지 않았다. 여느 불행의 경우와 똑같이, 파도처럼 떼를 지어 몰려왔다. 옳고 정당한 사회의 공익을

---

26 왕배덕배: 이러니저러니 하고 시비를 가리는 모양.

위해선 물불 가리지 않고 어디든 헌신해 뛰어다니는 환경단체 회원들이 그 열혈 활동을 시작한 것이다.

거창한 직가스의 신축저택에 보란 듯 청기와가 입혀지면서 바짝 다가온 완공 날짜를 향해 그 위용을 자랑스레 드러낼 무렵, 머리띠를 칭칭 휘두른 채 산을 올라온 그들은 손에손에 붉은 피켓까지 움켜쥐고서 이렇게 온 산을 흔들어댔다.

"환경파괴 일삼는 악덕 건축업자 물러가라!"

"우리의 시민 등산로에 호화주택이 웬 말이냐?"

기어이 올 것이 왔구나, 하고 나는 적이 사위스러운²⁷ 기분으로 그들의 드센 시위를 숨죽여 바라보았다. 뭔가 화끈한 돌발변수를 속으로 은근히 기다려왔던 터이므로, 생각 같아선 나 역시도 짐짓 그 대열 속에 힘껏 뛰어들어 함께 구호를 외치고 싶을 지경이었다.

그럼에도 직가스는 코빼기조차 내보이지 않았다. 미리 정보를 들어 알고 있었는진 모르나, 오가는 등산객들까지 합세해 제아무리 크게 소리쳐 항의해도 전혀 집 밖으로 얼굴을 드러내거나 해명하지 않았다. 한마디로 코웃음 치며 싹 무시해 버리고 있는 게 분명했는데, 내 예상은 그대로 적중했다.

한바탕 메아리 없는 소란을 피우고 난 시위대가 썰물처럼 산을 빠져 내려가자,

"허, 미친것들! 세상에 별 희한한 놈들이 다 있네?"

---

27 사위스럽다: 마음에 불길한 느낌이 들고 꺼림칙하다.

짐짓 아랫집도 잘 새겨들으라는 듯 처억 뒷짐을 지고 나와 혼자 큰 소리였다. 텃밭에서 잡초를 뽑고 있던 나를 향해 직가스가 다시 내뱉는다.

"남이야 구중궁궐을 짓든 초가망석[28]을 펴든 제깟 것들이 대체 무슨 상관이야? 허, 참. 김 선생은 어떻게 생각하시오?"

"그, 그러게 말입니다."

때 아닌 난리법석 뒤끝에 그냥 가만히 침묵하는 것도 버름해서[29] 나는 건성으로 맞장구쳤다. 언덕 위 직가스의 흥분된 투덜거림이 공명을 이루며 다시 들려온다.

"한 번만 그런 식으로 남의 재산권 침해했다간 봐라, 내 당장 경찰 불러 철창에 처넣어 버릴 테니!"

"…… ?!"

나는 더 이상 비사쳐[30] 대꾸할 말이 없었다. 어쨌든 적당히 사리에 맞긴 맞는 직가스의 논법인 것을. 비록 국유림과 하천부지, 사찰림에 비잉 둘러싸여 있긴 할망정, 직가스는 철저하게 자기 땅 안에다 집을 지으며 북 치고 장구 치는 제멋에 겨워하는 것을! 더욱이 행정 당국의 정식허가를 얻어, 정해진 법 테두리 안에서 사유재산권을 정당하게 행사하고 있지 않은가 말이다.

짐작했던 대로, 직가스의 집짓기 행보는 보란 듯 더욱 빨라지고 요

---

28 초가망석: 진도 씻김굿의 한 절차. 죽은 이들의 넋을 불러들인다.
29 버름하다: 마음이 서로 맞지 않아 사이가 뜨다.
30 비사치다: 직설적으로 말하지 않고, 에둘러 말하여 은근히 깨우치다.

란스러웠다. 절 입구와 버스 종점, 등산로 여기저기에 거친 비난의 플
래카드가 내걸리는 건 물론, 어느 지방신문까지 취재, 보도하는 지경
에 이르렀음에도 그이는 여전히 눈 하나 까딱하지 않은 채 새집의 마지
막 단장에 온 열정을 쏟아붓고 있었다.

어느새 만산홍엽의 늦가을이었다.

그리하여 마침내 높은 돌담장이 집 둘레를 에워싸고 정원수 많은 마
당에 잔디가 융단처럼 깔린 청기와집이 완성되었다. 그곳은 견고한 철
옹성이었다. 육중한 철대문 위와 돌담장 네 귀퉁이마다 정밀한 감시카
메라가 설치되고, 성능 뛰어난 날렵한 엽총과 사나우면서 영리한 진돗
개 두 마리도 새로 들여왔으며, 웬 스피커와 경보장치까지 대문께의
시멘트 전주 상단에 높직이 매달려졌다.

그곳은 또한 불야성(不夜城)이었다. 밤새 켜 놓은 보안등 불빛들이
여기저기 너무 많아, 우리 집 쪽에서 치켜 올려다보면 마치 거대한 유
람선이 밤바다를 유유히 떠가는 형상 같았다. 혹 누구는 산중 카바레
나 고급요정 같다고도 했고, 또 어떤 이는 개미 한 마리 얼씬거리지 못
하는 철책선의 경비중대 막사 같다고도 했다.

산 아래 안양사 주지가 나를 찾아온 것은 바로 그 무렵이었다. 마당
에 시나브로 흩어진 낙엽을 갈퀴로 끌어모으고 있는데,

"처사님, 안녕하십니까?"

평소에도 각별히 알고 지내는 그이가 공손히 합장하며 집 안으로 성
큼 들어서던 것이다. 나는 뜨악한 얼굴로 주지를 반겼다.

"스님이 이른 아침에 웬일로?"

"처사님한테 긴히 상의드릴 일이 좀 있어서요."

"어서 오세요, 스님."

바깥 기척에 바짝 귀를 곤추세우고 있던 아내가 반색하며 나온다. 그네는 스님과의 수인사가 끝나기 바쁘게 찻물을 끓이고, 곧이어 따뜻한 대추차를 내왔다.

툇마루에 앉아 그 달착지근한 차를 두어 모금 들이켜고 난 주지가, 시선은 여전히 직가스네에서 거두어들이지 않은 채 입을 열었다.

"굴러온 돌이 박힌 돌 뺀다더니, 아마 처사님네도 저 집 때문에 마음고생이 이만저만 아니실 겁니다. 우리 절에서도 그래왔으니까요. 헌데, 이제는 어떻게든 그 해결책을 강구해야겠습니다."

"아니, 어떻게요, 스님?"

불안과 기대가 재바르게 뒤섞인 아내의 두 눈이 반짝 빛나며 반문했고, 주지가 덤덤히 다시 입을 열었다.

"우리도 고유한 사유재산권을 행사해야지요. 절 땅으로 나 있는 이쪽 진입로를 막겠다는 겁니다."

"그럼 우리는요? 거길 막으면 우리도 꼼짝없이 갇혀 버리는데?"

"그래서 이리 상의드리러 오지 않았습니까. 운동단체나 등산모임과도 다 끝난 얘깁니다만, 저 어리석은 중생이 자신의 어리석음을 눈물로 뉘우치고 깨달을 때까지 진입로를 통금시켰다가 ….."

"그럼 우리는, 그동안 어디서 어떻게 살아야지요?"

바짝 지글거리는 목소리로 아내가 채근했고, 나는 나대로 옻된장 사업은 이제 말짱 도루묵이구나, 속으로 신음했다.

하지만 주지는 여전히 몽긋거리며 뜸을 들이더니, 이윽고 나머지 찻잔을 마저 비우고 나서 매조지 답을 내놓는다.

"모름지기 사람은 사람과 더불어 살아가야 합니다. 그 무슨 사업이든, 사람이 많은 데서 도모해야 승부가 난다 이 말씀입니다. 요 아래 종점 부근에 허름한 순두부집 있잖습니까. 그게 실은 우리 절 소유 부동산인데, 마침 이달 말로 임대계약이 끝나고 해서 혹시 처사님네가 그걸 맡아 운영하시면 어떨까 싶어서 말이죠. 그러면 이 깊은 산중에서 별 대책 없이 벌여 놓은 된장사업도 더 활성화되지 않을까 싶기도 하고, 순두부에 청국장, 된장, 다 콩으로 만드는 건강식품 아닙니까. 그 집 뒷마당도 꽤 넓은 편입니다."

"어머, 그래요?"

이 무슨 황당한 전화위복인가, 하고 아내는 금방 두 눈 가득 기쁨의 이슬이라도 매달 기색이다.

눈이 내린다. 길이 막힌 지 벌써 한 달 남짓. 안산뱅이는 이제 고립무원의 섬이었다.

하지만 외딴길이 비록 눈에 갇혔다고는 해도 그건 단지 생필품을 실어 나르는 차만 못 다닐 뿐 사람들 보행은 여전히 자유로웠는데, 그럼에도 직가스는 내내 바깥출입을 뚝 삼가는 눈치였다. 어지간히도 엄벙통31하고 자존심이 상해 얼굴 쳐들고 나다니기가 영 남세스러운 모양이었다. 우리는 그동안 본의 아닌 두 집 살림을 살며, 지금까지와는 전혀 다른 생활에 적응하느라 내동 정신이 없었다.

그러던 어느 해질녘이었다. 나는 모처럼 짬을 내어 안산뺑이 빈집으로 향했다. 맵찬 한겨울에 너무 오래 비워 두면 여기저기 집이 망가질 우려가 있는 데다가, 두문불출의 직가스는 도대체 지금 어떻게, 무슨 생각과 일상으로 숨 쉬고 있나 은근히 궁금하기도 해서였다.

우리가 서둘러 산에서 내려올 때 이미 그 집과도 한이웃으로서의 정나미가 적당히 떨어졌다고 봐야 하지만, 그래도 때가 되면 또 서로 이마 맞대고 시난고난 부대끼며 다시 정붙여 살아야 하지 않는가.

집은 역시 사람의 체취와 온기가 제대로 스며들어 있어야 집다운 집으로 유지되는가 보았다. 내 집이면서도 내 집 같지 않게 썰렁했다. 그러나 연기 그을린 서까래 밑에 거미줄이 함부로 쳐지고 온돌바닥이 얼음장같이 차가운 우리 집보다는 언덕 위 청기와집의 동태에 더 먼저 시선이 갔다.

거의 아무것도 달라져 있진 않아 보였다. 예전 그대로, 그 자리에 변함없이 우두커니 버티고 서 있었다. 알 수 없는 적막감이 사위스럽게 맴돌았다. 하염없이 희끗거리며 빗금으로 내려 쌓이는 눈발과, 가끔씩 쟁그랑거리는 처마 밑 풍경소리만이 그 적막을 흩뜨릴 뿐이었다.

나는 우선 고추바람 든 냉골의 구들장을 데우고자 서둘러 아궁이에

---

31 엄벙통: 어리둥절하여 정신을 차리지 못하는 판국.

불을 지폈다. 처마 밑에 가지런히 쌓아 둔 장작을 날라 와 불붙이니, 이내 활활 잘도 타오른다. 나는 아궁이 안에서 이글거리는 장작불을 응시하면서, 언덕 위에서 컹, 컹, 컹 공소하게 짖어대는 직가스댁 개 짖는 소리에 가만히 귀를 기울였다. 아까 내가 이곳에 발을 들여놓을 때부터 가끔씩 짖어댔으므로, 그 집주인 또한 이미 나의 출현을 어지간히 알아채고 있을 터였다.

그에 기껍게 화답이라도 하듯 언덕 위에서 뜬금없는 목탁소리가 정겨운 염알이[32]처럼 들려온다. 이건 웬 뚱딴지인가 싶어 귀를 곤추세우자니까, 목탁은 또 다른 염불합창 속으로 섞여들었다. 대중 불교음악이었다. 짐짓 장엄하면서도 어딘지 깊은 슬픔을 머금은 애조 띤 그 곡조는, 엉뚱하게도 절이 아닌 직가스네 청기와집에서 들려오고 있었다. 그 집 외등 전신주에 높이 내걸린 스피커를 타고 아주 나직하면서도 애잔하게, 눈이 소복이 쌓이는 산천을 축촉이 적셔 주고 있었다.

나는 흠칫 놀라지 않을 수 없었다. 절이라면 지레 길을 막은 안양사가 떠올라 이가 갈릴 텐데, 어찌 저런 염불소리로 빈 골짜기를 버성기어[33] 가득 채운단 말인가. 평소에는 법당 근처에도 쉬 가지 않는 위인이라는 걸 익히 알고 있던 터여서 나는 직가스의 심중을 더욱 종잡을 수가 없었다.

어둑발[34]이 사방을 감싸들고 있었다. 그러나 눈 내리는 밤은 그리

---

32 염알이: 남의 사정을 몰래 알아냄.
33 버성기다: 분위기 따위가 어색하거나 거북하다.
34 어둑발: 사물을 뚜렷이 분간할 수 없을 만큼 어두운 빛살.

캄캄하진 않았다. 불 든 아궁이를 등에 지고 앉아 나는 그 요상한 스피커 소리가 끝날 때까지 그렇게 우두망찰하여 움직일 줄 몰랐다.

그래, 오늘은 내가 먼저 찾아가서 인사드리자. 지난해 담근 산복숭아 술병을 들고 가, 우리 한번 이 깊은 설야의 인생담에나 빠져 보자.

바로 그때였다. 예불이 뚝 그친 스피커에서 감기 기운으로 목이 쉰 듯한 직가스의 탁한 음성이 곰살궂게 흘러나왔다.

"김 선생, 오랜만이오. 아까 해질 무렵에 이리로 올라오신 것, 다 보았소이다. 금방 다시 내려가실 줄 알았는데, 아궁이에 불 지펴 연기 나는 걸 보고 내 안심했지요. 어서 이리로 올라오시오. 내가 한잔 대접하리다. 참, 여기서 김 선생 댁을 내려다보면, 제일 멋있는 게 뭔지 아시오? 다름 아닌 굴뚝이오. 김 선생이 손수 흙과 돌로 쌓아올렸다는 그 운치 깃든 예술 굴뚝 말이오. 그 작은 등대 같은 굴뚝으로 뿌연 연기가 모락모락 피어오르면 난 그만 사족을 못 쓸 지경으로 꼼짝 못한다오. 그러니 자, 불단속 잘하고 어서 오시구랴."

이미 한잔 거나하게 걸친 듯했지만, 나는 개의치 않고 예의 그 술병을 찾아 들었다. 뽀드득뽀드득 발에 밟히는 밤 눈길이 정겹다. 안에서 버튼 하나만 누르면 절로 열리는 철제대문인데도, 직가스는 손수 걸어나와 쪽문을 직접 따 주었다.

머리 다듬고 면도한 지 오래인 듯 한눈에 보아도 몹시 까칠하고 덥수룩했다. 평소 얼굴이나 몸치장을 깔끔한 직선으로만 유지해 오던 것과는 너무 딴판이었다.

나는 가져온 술병을 식탁 위에 내려놓으며 말했다.

"안 그래도 찾아뵈려던 참이었는데, 갑자기 웬 염불소리가 산중에 울려 퍼지나 싶어 놀랐습니다."

"아, 그거? 여러 해 전에 저승 간 우리 마누라 생각이 나서, 괜히 한번 틀어 보았소. 그 사람이 아주 열렬한 불교였거든. 그 CD도 이 마군[35]이 남편 좀 개조하려고 선물로 놔두고 간 거요. 자, 앉으시오."

물기어린 가락으로 직가스가 식탁 의자를 가리켰다. 이 청기와집이 완공된 이후 정색하고 실내에 처음 들어와 보는 터라서, 나는 이래저래 궁금한 게 많았다. 그중에서도 직가스네 가족 이야기가 가장 알고 싶던 대목이라 나는 놓치지 않고 낚아챘다.

"아, 그러셨군요? 그럼 자제분들은요?"

"자제랄 게 뭐 있나? 딱 한 놈 아들뿐인데, 미국서 그럭저럭 잘살고 있는 친미파요. 나더러 그리로 들어오라고 성화지만, 난 절대 그렇게는 못한다고 했소. 죽어도 여기, 내 땅에서 죽어 묻히겠다고 이미 강다짐했어요. 자, 별 볼일 없는 개인사는 집어치우고, 우리끼리 건배나 합시다."

"그, 그러지요. 식사는, 하셨습니까?"

"그까짓 먹는 문제, 집이 완공되면서 지하 방공호 가득 전투식량을 골고루 비축해 놨으니 걱정 없소. 잔이나 받으시오."

그리고 직가스는 내가 가져온 술병을 열어 두 잔의 유리컵에 콸콸

---

35 마군(魔軍): 정도(正道)를 해롭게 하는 무리. 또는 그런 사람.

따라 부었다. 안주는 먹다 남은 땅콩 접시가 고작이었다. 둘은 가볍게 잔을 부딪쳤는데, 두어 모금 홀짝이고 난 직가스가 잔을 탁 내려놓으면서 감빨려[36] 감탄한다.

"햐, 이거 괜찮네! 쌉싸름 달콤하게 퍼지는 향이 양주는 저리 가라야. 이게 대체 무슨 술이오?"

"산복숭안데, 저는 아예 선도주(仙桃酒)라 혼자 명명해 놓고 있지요."

"김 선생이 직접 따 담근 거요?"

"그럼요. 산속으로 계곡 따라 조금만 더 들어가면 머루, 다래, 으름, 복분자 따위가 지천이지요. 제 입에는 그중에서도 이 야생 복숭아가 제일입니다."

"맞아, 무릉도원의 신선들이 마셨다는 술이 바로 이거였구먼. 허, 신선이 따로 없구랴."

"장군님도 얼마든지 신선이 될 수 있습니다. 새봄이 오면 저랑 함께 산에 들어가 이걸 많이 따오십시다."

"글쎄, 난 그런 쪽으로는 워낙 무식하고 둔한 인간이라서 ⋯ ."

직가스는 다시 잔을 채워 이드거니[37] 음미한다. 그리고 눈 내리는 밤의 창밖으로 시선을 던졌다가 다시 말을 이었다.

"참으로 운치 없는 이 몸은 도대체가 그럴듯한 취미나 기호 같은 게

---

36 감빨리다: 감칠맛이 나게 입맛이 당기다.
37 이드거니: 충분한 분량으로 만족스럽게.

없는 사람이오. 남들은 송이 철이면 송이 따라, 민어나 대게, 꽃게 철이면 또 그것 따라 산으로 바다로 마냥 쫓아다니는데, 난 아예 그런 걸 몰라요. 맛있는 먹거리를 탐하는 미식가라든가, 수석이니 분재니 바둑이니 골프니 하는 것들 역시 내 성격에는 영 들어맞지를 않고, 그렇다고 독서를 좋아하나, 온천을 즐기나 …. 그저 무취미, 몰개성의 참 재미없는 인간이 바로 나란 말이오."

"아, 예."

"내 인생을 관통해 온 건 오로지 남을 불신하고 경계하는 군인정신이었소. 나 아닌 남은 모두가 적이고 약탈자다! 흠, 그러면서도 나는 또 얼마나 의심 많은 겁쟁이인데! 그래서 이 깊은 산속에서조차 밤이면 대낮처럼 환히 불 밝혀 뭇 새와 산천초목을 괴롭히고, 그것도 모자라 높이 담장을 치고, 밤낮으로 감시카메라나 돌리고 …."

"그런 삭막한 정서를 털어내려고 여기 낯익은 고향으로 돌아오신 게 아닙니까. 그러니까 새봄이 오면 우선 텃밭부터 몸소 가꿔 보시지요. 직접 호미 들고 흙 일궈 씨 뿌려서, 농약 없는 청정채소를 한번 키워 보면 그 기쁨이 얼마나 크고 소중한지 스스로 체득하시게 될 겁니다. 그 씨앗들이 다투어 싹을 틔우고 무럭무럭 성장하는 모습은 세상 무엇보다도 귀하고 아름답게 여겨지지요."

"그러게 말이오. 이제 그리할 겁니다. 그게 여태 쉽지 않았던 건 …."

직가스는 알 수 없는 상념에 잠기면서 또 말끝을 흐린다. 이제 그만 술을 멈췄으면 싶은데, 그이는 아랑곳없이 잔을 비우고 나서 자학하듯 말을 이었다.

"집 주위를 대낮처럼 밝히는 보안등 빛이나 감시카메라 따위도 당장 치워 없앨 생각이지만, 난 지금껏 결코 내 손발에다 흙 묻히며 살진 않을 작정이었소. 왜냐하면, 우리 아버님이, 흙밖에 모르시던 남의 집 머슴이었거든!"

" ……?!"

"사실은, 김 선생네 집은 조리 부잣집으로 소문났던 정 씨네 본채가 들어앉았던 땅이오. 우린 지금의 닭장 자리인 하천부지 자그마한 행랑채에서 살았고. 그래도 그 당시엔 이 골짜기에 여남은 채나 되는 가구가 옹기종기 의좋게 모여 살았는데, 그중에서 정 씨네가 제일 부자였지. 지금 내가 들어 있는 이 밤나무밭도 우리 상전인 그 집 소유였소. 그래서 한사코 이 땅을 욕심냈던 거고, 집도 이리 불필요하게 고대광실처럼 지어 올린 거요. 허나 이제는 다 부질없이 지나간 옛일, 나도 가난하지만 더없이 정직했던 우리 아버님처럼 흙을 실컷 어루만지며 살고 싶소."

"그러셨군요. 그럼요, 그러셔야죠."

"이제 이 못난 인간의 궁금증이 좀 풀렸소?"

"별말씀을. 너무 취하신 것 같은데 저리 소파로 옮기시지요. 아니면 침대로 …."

"아니오. 오늘밤은, 김 선생네 흙집 온돌방에 가서 한번 자 보고 싶은데, 재워 줄 수 있겠소?"

"그럼요. 아, 그러구 말구요."

소복소복 내려 쌓이는 눈은 여전히 그칠 낌새가 보이지 않았다. 온 천지가 새하얀 차렵이불로 뒤덮이는 따뜻한 겨울밤이었다.

굴러온 돌이 박힌 돌 뺀다

직가스 장군이 변했다.

지난겨울 눈이 펑펑 내리던 날 밤의 그 회한어린 반성의 인생 실패담은 싹 씻은 듯이, 잎샘바람이 불어오기 바쁘게 그의 타고난 긍정과 낙관의 본성 또한 생나무에 물오르듯 다시 이물스레 스멀스멀 피어나기 시작했다. 그저 단순한 일직선의 독선 덩어리인 그의 성정이, 겨우내 옷 벗었던 산천에 풀빛 번지듯 다시금 신생(新生)의 봄기운을 앙세게[38] 올라타던 것이다.

그 첫 번째가 골치 아픈 진입도로 문제 해결이었다. 난마처럼 뒤얽힌 절 쪽과의 갈등으로 새로 낸 길을 전혀 쓸 수 없었던 그이가, 어느 날 여보란 듯 너무 태연히 자기 승용차를 몰고 누군가와 함께 무시로 오르내리는 거여서, 나는 처음엔 젊은 주지스님인가 싶었다. 그래 절 쪽에다 전화를 넣어 알아봤더니,

노인네가 귀촌해서 마지막 여생 보내겠다고 저리 번듯이 집까지 지

---

38 앙세다: 몸은 약하여 보여도 힘이 세고 다부지다.

었는데, 한사코 길을 막고 못 다니게 할 수는 없더라구요. 그 양반이 하도 저지레[39]를 반성하고 앞으로 잘해 보자 해서, 그만 너그러운 불심으로 바리게이트 열어 줬습니다.

저간의 민주고주[40] 협상과정은 생략한 채 스님은 아무렇지 않게 선선히 설명해 주었다. 아, 그래요? 아무튼 잘되었네요, 하고 어리보기처럼 통화를 끝내고 나서도, 나는 한동안 뒤통수를 한 대 얻어맞은 듯 멍한 기분을 쉬 떨쳐낼 수가 없었다.

직가스가 집 지을 때의 요란한 환경파괴와 독불장군 같은 여러 행티가 너무 미워서 앙앙불락하던, 그래서 마침내 널찍하게 새로 낸 찻길까지 뻬지게[41] 가로막았던 당시의 주지스님은 어디로 가고, 어떻게 저리 자비로운 부처님 마음으로 어느새 돌아섰단 말인가.

직가스 수완은 정말 알아준다니까!

나는 새삼 당신의 떠세한[42] 너울가지[43] 솜씨에 속으로 혀를 내둘렀다. 어쨌든 한이웃으로 사는 우리한테도 불편한 숙제가 절로 풀리는 셈이어서, 이래저래 막혔던 체증이 한꺼번에 확 뚫리는 기분이었다.

그 인사치레 삼아 직가스를 직접 찾았더니, 그이는 아예 절에서 거절할 경우까지 대비, 경매로 나와 있던 맞은편 너덜겅 야산도 이미 매입해 놓았다는 소식마저 덤터기로 씌워주었다. 3정보가 채 안 되는 깎아

---

39 저지레: 일이나 물건에 문제가 생기게 만들어 그르치는 일.
40 민주고주: 지긋지긋하도록 귀찮은 일.
41 뻬지다: 하는 말이 매우 야무지고 강단이 있다.
42 떠세하다: 재물이나 힘 따위를 내세워 젠체하고 억지를 쓰다.
43 너울가지: 남과 잘 사귀는 솜씨. 붙임성이나 포용성 따위를 이른다.

지른 바위산이라 그리 쓸모는 별로이나, 계곡과 붙어 있는 산 아래쪽은 그런대로 평탄작업을 잘하면 웬만한 집터나 옥수수밭, 무덤자리 몇 기는 충분히 나올 듯싶고, 무엇보다 여차하면 그 물길 따라 길도 새로 이쪽과 연결해낼 수 있겠다는 계산에서 그리하였다는 보충설명이었다.

"장군님은 정말 대단하십니다. 잘하셨습니다."

나는 뒤늦게 맞장구치며 그이의 반지빠른[44] 대처 능력에 새삼 감탄하였다. 그리고 곧 세 계절 남짓 폐허처럼 방치해 두었던 산중 우리 집 안팎을 말끔히 청소하고, 도로 따뜻한 온김 불어넣기에 며칠을 소비했다. 절 아래 산채식당이나 된장일은 어쩔 수 없는 우리 부부의 궂은 생업이 되고 말았지만, 그 바쁜 와중에서도 나는 꼭 해 저문 뒤의 밤 생활만은 정겨운 이 집에서 지내는 걸 오달지게 고집했다. 우선 꼼짝없이 갇혔던 차가 맘대로 산속 집까지 오르내릴 수 있으니 얼마나 다행인가.

그다음으로 변한 건 직가스네 식구가 어느 결에 한 사람이 더 늘었다는 사실이었다. 운전기사였다. 아니, 청기와집 저택을 관리하는 유능한 집사일 뿐만 아니라, 갑자기 공사다망해진 직가스의 개인비서 노릇까지도 두루 담당하는 것 같았다.

그날 아침의 첫 대면 때, 나는 속으로 한 번 더 놀라고 말았거니와, 40 가까운 나이에 스포츠형 머리와 각진 턱, 유난히 반짝거리는 매 같은 눈매가 어딘지 낯이 좀 익다 싶었는데,

"장군님한테서 선생님 말씀 많이 들었습니다. 텔레비전에서 점찍어

---

44 반지빠르다: 말이나 행동 따위가 어수룩한 맛이 없이 얄미울 정도로 민첩하고 약삭빠르다.

놓고 당신이 직접 연락해 오셨지 뭡니까. 워낙 인품 고상하시고 덕망 높으신 분이라, 덮어놓고 달려왔습니다. 북한에서 온 김영달이라고 합니다."

케이블 방송 탈북인 예능프로에 자주 출연했던, 인민군 장교 출신이라고 그는 덧붙였다. 그러고 보니 나도 몇 번인가 그 화면에서 초강초강하게[45] 생겼으면서도 언변 넉살스럽던 이 김영달을 얼핏 눈에 새겼던 것 같기도 했다.

"어, 그래요? 이런 깊은 산골에서 북한 동포를 다 만나게 되다니, 참 신기하고 반갑네요."

"저도 한때 백두산 밀영에서 근무했던지라, 깊은 산중생활에 익숙합니다. 여러 모로 잘 부탁드립니다."

아직도 군인정신이 말과 몸에 적당히 배어 있는 김영달이 꾸벅 고개 숙여 인사하고 돌아간 후에도, 나는 한동안 얼떨떨한 혼란을 또 쉬 떨쳐내지 못했다. 뭔가 정체불명의 곡두[46]에라도 날탕 홀려든 기분이었다.

그럼에도 어쨌든 잘된 일이라 여겼다. 적막한 산중에 오다가다 정 나눌 말동무가 생겨 좋고, 안 그래도 덩치 큰 집에 나이 든 직가스 혼자 거추없이[47] 사는 게 영 마뜩잖아 보였던 것이다.

그런데 그놈의 스피커 소리가 또 말썽이었다. 직가스가 시도 때도

---

45 초강초강하다: 얼굴 생김새가 갸름하고 살이 적다.
46 곡두: 허깨비. 환영(幻影).
47 거추없다: 하는 짓이 어울리지 않고 싱겁다.

없이 틀어 내보내는 난데없는 음악 소리였다.

아무래도 음악은 어폐가 좀 있겠는데, 당신 딴에는 그래도 이 산골짝에 더없이 잘 어울린답시고 아주 나지막한 음량으로 절간의 예불 소리를 틀어댔으나, 아침저녁 아랫집에서 무작정 반복해 들어야 하는 내게는 이내 지겨운 소음으로 변질될 따름이었다.

사흘째 되는 날, 나는 더 버텨내지 못하고 산책 나온 직가스한테 조용히 항변했다. 속에서는 몽짜로 열불이 났지만, 그러나 꽤 차분하고 절제된 어조로,

"저 예불 소리가 마음을 착 가라앉혀 주긴 합니다만, 그래도 가끔씩은 쉬어 가야죠. 그보다도 저는 솔직히 그냥 자연 속에서 우러나오는 물소리, 바람소리, 새소리가 훨씬 더 듣기 편합니다."

농담 비슷 입을 열었더니, 그이는 되레 황당하다는 기색으로 되묻고 나섰다.

"아, 김 선생이 예술 하시는 분이라 저런 그윽한 불교음악을 당연히 반기실 줄 알았는데, 그게 아니었어요? 그럼 이거 어떡한다?"

"어떡하시긴요, 수고스럽게 안 틀면 간단하죠."

"그건 좀 곤란하고, 조용한 클래식으로 바꾸면 어떻겠소?"

"아니, 이 고즈넉한 산골에서 종일토록 스피커 틀어 놓으시는 건 좀 … 전 맑고 건강한 자연의 소리 들으려고, 여기 숲속으로 일부러 찾아 들었는데요."

내 언성엔 적당히 버무려진 불만이 묻어 있으나, 직가스는 여전히 뜨

악한 표정을 풀지 않은 채 잠시 뜸을 들이고 서 있다가 다시 입을 열었다.

"실은 여기 골짜기가 너무 적막해 놔서 그래요. 저만큼 우회해서 오가는 등산객들만 아니라면, 이 골짜기에서 살아 숨 쉬는 인간은 우리 둘밖에 없지 않소. 아랫마을에서 사업하시는 김 선생 아주머니만 어쩌다가 가뭄에 콩 나듯 얼굴 비칠 뿐이니, 당최 사람냄새가 안 난단 말이오."

"새로 온 젊은 비서도 있잖습니까. 사람이 아주 싹싹하고 붙임성 좋아, 장군님하고도 이야기가 잘 통할 것 같던데요."

"암은, 똑똑하고 괜찮은 청년이오. 하지만 저 친구는 주로 밖으로 나돌면서 내 정치사업 도울 겁니다. 김 선생도 이래저래 좀 도와주시오."

" ...... ?"

"사람 사는 데는 그저 무슨 소리든 소리가 나야 돼요. 정겹게 모여 수군대는 수다가 됐든, 원수끼리 서로 싸움질하는 고함소리든 … 그래서 저런 염불이나마 스피커로 조용히 틀어 놓는 거 아니겠소. 아, 여기도 사람이 사네? 허투루 보면 안 되겠네, 하는 경각심을 산 찾는 등산객들한테 지레 갖게 할뿐더러, 단 두 집뿐인 우리 서로한테도 심심찮은 정서함양이 될 수 있을 거라 이 말이오. 헌데 김 선생이 좀 지겹다니 다른 걸로 쾌히 바꾸리다. 시끄럽지 않게, 고상한 세미 클라식으로!"

"맛있는 진수성찬도 지나치면 질리듯이, 듣기에 아름다운 음악도 마찬가집니다. 아무튼 전 자연 그대로의 소리를 사랑합니다."

"허, 참. 사랑씩이나!"

치룽구니[48]처럼 왜 그리 한심하냐는 듯 싱겁게 실소를 머금은 직가스는, 어쨌거나 그런 쪽의 음악을 한번 들어보기나 하라면서 자기 집으로 휑하니 뒷짐 지고 올라갔다. 그리고 얼마 안 있어 곧 높은 전주에 달라붙은 소형 스피커를 타고 낯익은 〈지고이네르바이젠〉이 나직이 흘러나왔다. 젊은 날의 상실의 한때, 내가 즐겨 심취했던 곡이었다.

저 양반이 어떻게 저걸 다 알지?

족집게로 딱 집어내듯 내 어쭙잖은 음악 취향이나 기호를 정확히 알아맞힌 직가스의 숨은 안목이 적이 놀라웠다. 시간이 흐르면서 계속 이어지는 곡들은 나를 더욱 갈음하듯 부드럽게 감싸 안았는데, 가령 신산한 삶의 굴곡이나 잃어버린 사랑의 아픔을 그립고 애잔하게 후비는 듯한 〈안단테 칸타빌레〉라든가 〈시인과 농부〉, 〈몰다우 강〉 따위의 귀에 선한 선율들이 잔잔히 물결쳐 들려올 때는 나도 이미 그쪽으로 기우뚱 마뜩해졌다.

그래, 저 정도라면 시나브로 들어줄 수도 있겠군. 저 작자 말마따나 죽은 듯 너무 적막한 이 골짝이 불현 살아 있는 생동감으로 넘쳐나는 듯싶었다.

심드렁했던 내 심사가 나중에는 오히려 꽤 만족스레 뒤바뀌는 걸 의식했다. 하루이틀 시간이 지나감에 따라 그 농도는 더욱 짙어져서, 허, 야외 음악당이 따로 없다니까, 하고 내 쪽에서 더 그런 음악소리를 은근히 기다리는 지경에 이르렀다. 그 사이 주변의 개나리가 무더기로 노랗게 만개하고, 새들의 지저귐도 한결 요란해졌다. 스피커의

---

48 치룽구니: 어리석어서 쓸모가 없는 사람을 낮잡아 이르는 말.

고상한 음악에 맞춰, 웬일인지 낯선 이들의 청기와집 출입도 부쩍 잦

아졌다. 여태 무덤 같던 직가스네가 무슨 잔칫집 분위기로 일거에 싹

뒤바뀌는 모양새였다.

눈치 빠른 아내가 내게 일러 주었다.

"이번 국회의원 총선에 나가려나 봐요. 그래서 절에다가 거액의 시

줏돈 바쳐 일거에 길 문제 해결하고, 환경단체 사람들한테도 발전기

금인가 뭔가 상당액 쾌척해서 제 편으로 구워삶았대나. 자본주의는

역시 돈이 좋긴 좋은가 봐. 당신도 이 기회에 저이 참모 노릇 좀 하면

어때요?"

"이 사람이, 농담이 심한 거 아냐?"

나는 또 얼결에 뒤통수를 얻어맞은 듯했다. 잘못돼도 한참이나 잘못

된 각치는49 정보가 아닌가 싶어, 나는 뜨악한 표정으로 다시 이었다.

"어쨌든 그건 말이 안 돼. 현직에서 은퇴한 지 오래인 데다가 나이도

벌써 70이라구. 그런 노인네가 아무리 민주주의가 좋고 권력 노욕이

심하다 해도, 도대체 경우가 아니잖아, 경우가!"

"경우가 뭐 어째서요? 얼마 안 남은 여생, 사랑하는 고향 위해 정치판

에 한번 뛰어들어 보겠다는데, 오히려 그 열정이 가상하잖아요? 여의도

에서 허구한 날 이전투구나 일삼는 젊은 깡패들보다야, 산전수전 다 겪

은 노익장이 나서는 게 훨씬 낫지. 오늘 아침 시내 나가면서, 그이가 나

한테 부러 부탁까지 합디다. 급료는 달라는 대로 드릴 테니, 인물 반반

---

49 각치다: 말질을 하여 화를 돋우다.

한 가사도우미 하나 구해 달라고. 아예 숙식을 함께할 수 있는 입주 가능한 여자면 더 좋지만, 여의치 않으면 시간제 근무로 출퇴근하는 것도 상관없다고. 그것만 봐도 손님치레할 일이 부쩍 많아졌다는 걸 알 수 있잖아요. 인생백세 시대라는데, 요즘 70이면 아직 팔팔한 청춘이라구."

"이 사람이 아예 소설을 쓰는구먼. 그래, 가정부는 쉬 구할 수 있는감?"

"요즘 같은 불경기에 그런 일자리는 금방이죠. 팔자에 없는 식당일만 아니라면, 나라도 후딱 발 벗고 달려가겠네."

"아무튼 당신은 ⋯."

생감을 씹은 듯 나는 잔뜩 눈살을 찌푸린 채 먼 산을 바라보았다. 그러면서도 어딘지 아슴푸레 짚이는 데가 있었다. 봄이 오기 바쁘게 그동안 어지러이 감사납던 집 안팎을 말끔히 쓸고 닦아 정리하고, 활달한 탈북청년 새로 채용해서 충실한 심복으로 심고, 고상하고도 정감어린 음악 선율이 그 둘레를 감싸 안도록 신경 쓰면서 낯선 손님들까지 수시로 불러들이는 건, 아무래도 국회의원 출마 같은 새로운 인생 전환을 모색하는 신호가 아니고 무엇이겠는가. 그렇게나 힘들었던 절과의 갈등도 쾌도난마처럼 한순간에 탕 끊어내고, 집에서 살림해 줄 가사도우미를 구한다는 사실조차도 그런 개연성을 충분히 뒷받침해 주고 남았다.

아니, 직가스는 이미 오래전부터 자신이 나고 자란 고향땅에 금의환향해서, 고래 등 같은 집 짓고 정치하는 걸 평생의 업으로 꿈꿔왔던 것인지도 모른다. 그이는 지금 그 막바지 평생 숙업을 여보란 듯 현실로 옮기고 있는지도!

직가스의 어쭙잖은 정치활동은 예상보다 더 빠르게 현실로 다가왔
다. 시내 한복판 빌딩에 널찍한 사무실을 임대해 너볏한 선거운동 본
부가 차려지고, 자원봉사 형식을 띤 운동원들도 벌써부터 암암리에 조
직되어 바삐 움직이고 있다는 거였다. 아직 본격 공천작업이 벌어진
것도 아닌데, 일찌감치 예비후보로 등록을 마친 직가스는 자나 깨나
집권 여당 쪽에 목줄 매어 뛰고 있다는 거였다.

그러던 어느 날 밤이었다.

"선생님, 계십니까?"

빠끔히 문을 열고 내다보니 김영달이었다. 가까운 데서 자세히 뜯어
보자 역시 종편방송 화면에서 몇 번 본 듯 낯이 익었다. 탈북 이주민들
이 떼로 나와 갖은 수다와 예능을 보여주는 프로였는데, 그러니까 직
가스 장군은 이 어쭙잖은 탤런트 청년을 자기 선거운동에 아주 적절히
이용해 먹을 심산인가 보았다.

바쁜 하루 일과를 다 마친 듯 가벼운 운동복 차림이었는데, 한 손엔
웬 두툼한 서류봉투가 들려 있었다. 이 늦은 시각에 웬일인가 싶어 뜨
악한 시선을 보낸 나는, 그러나 반가운 낯으로 그를 맞아들였다.

"어서 와요. 안 그래도 한번 이야기 좀 나누고 싶었는데 잘됐네요.
얼핏 통성명만 나누고 여태 차 한잔도 함께하지 못해서 ….."

"저도 장군님 모시고 다니느라 워낙 정신없었습니다. 그런데 마침
이 연설원고 초안을 주시면서, 선생님한테 교정 좀 부탁해 보라고 하
셔서 왔습니다. 워낙이 우리하고는 노선이 다른 분이라고, 참고삼아

선생님 정체성을 잠깐 말씀해 주시더만요. 그러니 부담 느끼지 마시고 그냥 한번 살펴봐 주십시오."

"허, 그래요? 일단 솔직해서 좋군요."

나는 문제의 서류봉투를 엉거주춤 내밀며 맞은편 윗목에 조심 주저앉는 김영달한테 다시 시큰둥 말을 이었다.

"나는 정치판하곤 아예 담쌓고 사는 사람이니 연설원고는 기대하지 마세요. 궁금한 우리 얘기나 합시다. 그래, 김 형은 어떻게 저 양반하고 인연이 닿게 됐나요? 이런 산골짝까지 들어오시게 된 사연이?"

"김약술 장군님이 새터민 정착지원단체 고문이시라는 거, 선생님은 여직 모르셨나 보죠? 워낙 통일문제에 관심 많으신 분이라, 장군님은 저희들이 남한사회에 적응해 뿌리내리는 데 있어서도 알게 모르게 힘을 많이 보태십니다. 저는 남한 온 지 5년 차로 여기저기 반공강연 다니는 것도 지겹던 터라, 장군님이 사람 필요하시다 해서 무조건하고 달려왔습니다. 역시 오길 잘했다고 생각합니다. 그런데 선생님은 왜 역동적인 남한사회 정치판을 그리 멀리하시는지요?"

"피땀으로 쟁취한 우리 민주주의 결과에 너무 실망이 커서지요. 허구한 날 이전투구나 일삼는, 모두가 그놈이 그놈 같아서."

나는 싱거운 차 대신 모처럼 알싸한 더덕술을 꺼내어 잔에 따르면서 열적게 웃었다. 김영달 역시 마침 술이 고팠던지 잠시 표정이 밝아지다가, 이내 본래의 얼굴로 되돌아간다.

"그럴수록 더 관심 갖고 썩고 병든 현실에 열성적으로 참여해야 하지 않습니까? 그러다 보면 언젠가는 좋은 결과가 만들어질 테니까요. 북한에 비하면 정말 양반입니다. 내 손으로 내 대표자를 직접 뽑는다는 게 얼마나 성스럽고 위대한 일인데요. 저도 이제 처음으로 대한민국 국민으로서 그 투표권을 행사하게 됐습니다."

"그럼 주민등록은 어디로 돼 있나요?"

"주소는 벌써 한 달쯤 전에 장군님 댁으로 옮겨 놨습니다. 저도 엄연한 이 마을 주민입니다."

"그래요? 거, 다행이네요."

하지만 나는 여전히 생감 씹은 듯 떨떠름했다.

직가스 김약술이 자신의 속된 야망을 위해 언제 또 허울 좋은 탈북단체에까지 손을 뻗쳤나 싶어서였다. 자신의 경력 란에 어떻게 해서든 한 줄이라도 더 보태고자 애쓰는 모습이 달치게 그려졌다. 그럼에도 또 한편으로는 그동안 보수 '꼴통'으로만 여겼던 직가스의 행동반경이나 색다른 관심사에 새삼 놀라지 않을 수 없었다. 그리고 여러 모로 상극일 것만 같은 이 두 사람이 어떻게 이리 찰떡처럼 구순한 동지애로 결속되었는지도 못내 궁금했다.

"그래도 장군님과는 뭔가 개인적인 친분이 따로 있었을 것 같은데요?"

"뭐, 특별한 건 없습니다. TV에 나온 제 인지도를 사셨을지도 모르겠지만, 무엇보다 장군님의 한반도 통일정책에 대한 고려의 결과가 아닌가 싶습니다. 저에 대한 인간적 연민 때문일 수도 있구요. 아무튼 저에겐 이런 산골에서나마 뒤에 든든한 후견인이 계시다는 건 엄청난 행운입니다. 다른 탈북 친구들은 하나원 나오자마자 금방 갈 곳 없는 미아가 돼 버리거든요."

"어느 정도 나라에서 정착금이 나올 텐데?"

"2천만 원 나오는데, 작은 임대아파트 보증금 떼고 나면 기껏해야 두세 달 생활비밖에 안 남습니다. 우린 그때부터 일용직 노가다든 식당 허드렛일이든, 닥치는 대로 돈을 벌지 않으면 안 되는 상황으로 내몰리고 말지요. 탈북자 바라보는 남쪽 사람들 눈이 얼마나 아니꼬운 편견에 사로잡힌 줄 아십까? 아프리카나 중동 난민들보다도 더 못한 푸대접으로, 거지도 그런 상거지가 없습니다. 거의가 사랑하는 가족 내버리고 몰래 도망쳐 나온 천하의 배신자 아니면 빨갱이 비슷한 유사 간첩쯤으로 취급하고, 오로지 돈밖에 모르는 잘못된 사회주의 쓰레기 보듯 한다구요. 정말 비참합니다."

"그래요? 이거, 내가 괜히 미안해지네. 따지고 보면 다 미래의 통일 일꾼들인데!"

"그러니까 선생님도 이번 선거에서 장군님을 적극 밀어주셔야 합니다. 저런 진정한 통일 전문가가 정계로 나가셔야 합니다."

"허, 거기도 벌써 대한민국 애국자 다 됐군. 암은, 그래야지요. 그래서 나도 여의도 정치패거리들이 아무리 싫고 밉더라도, 투표만은 절대 빠지진 않아요."

"하긴 정치판 이상한 건 한두 가지가 아니더만요. 어떻게 하루아침에 당 이름이 바뀌고, 당 색깔이나 로고가 지금까지와는 정반대로 휙 뒤바뀔 수가 있는지. 새로 당을 만들고 부수는 것도 제 맘대로 할 수 있는 나라, 참 이해가 안 되더라구요."

"그러니까 저리 허둥지둥 이합집산만 되풀이하면서 계속 헤매는 거지요. 자, 목마른데 잔이나 비웁시다."

마른 멸치 접시를 앞으로 밀어 주며 그의 잔에 내 술잔을 부딪쳤다. 알싸한 더덕향이 입안 가득 고이며 맴돌았다. 야, 기막힌데요, 하고 몇 모금 기울이고 난 김영달이 거푸 감탄하고 나서 다시 입을 열었다.

"아무튼 남이나 북이나 보통 큰 문제가 아닙니다. 북쪽은 김 씨 왕조 국가로 얼음처럼 꽁꽁 얼어붙어 있고, 남쪽은 너무 방만하게 제멋대로 풀려 있어 나라의 정체성마저 모르겠고 … 모든 게 극과 극으로 치닫기만 하니까요. 어떡하든 우리 민족끼리 하나로 굳게 뭉쳐도 모자랄 판국에, 그저 입만 열면 서로 으르렁대며 욕설만 퍼붓고 있으니, 우리의 소원인 통일은 언제 이루겠습니까."

"통일?"

이 친구는 뭔가 통이 큰 걸 생각하면서 탈북했구나 싶어, 나는 조금 뜨악한 표정으로 반문했다. 그가 고개를 끄덕이며 계속한다.

"그럼요. 통일의 날은 반드시 오고야 맙니다. 그래야 우리도 고향땅을 다시 밟을 수 있지 않겠습니까."

"고향은 어디요? 여기 내려올 땐 어디서 무슨 일을 했지요?"

"아, 예. 고향은 백두산 밑 무산이고, 마지막으로 복무했던 곳은 삼지연 밀영이었습니다."

"그래요? 이른바 김정일이 태어났다는 성지, 그 밀영 말인가요?"

"예, 맞습니다. 그땐 저도 노동당 골수분자였으니까요. 하지만 다 웃기는 얘깁니다. 새빨간 거짓말로 만들어낸 백두혈통의 본거진데, 저도 멋모르고 그냥 그렇게 도깨비놀음에 푹 빠져 충성했댔습니다."

"김 씨 왕조의 모든 게 가공으로 만들어진 허구라는 건 세상이 다 아는데, 그런 맹목적인 충성심이 어떻게 가능하지요? 새파랗게 어린 김정은이 어느 날 느닷없이 권좌에 올라선 걸 도대체 그쪽 인민들은 어떻게 생각하나요? 남한에선 그 사이 여러 번씩 정권 뒤엎고 혁명했는데, 옛날 그토록 가열찬 반골이던 북조선 사람들은 다 어디로 가고, 왜 여태껏 그런 게 없는 거지요?"

"그만큼 철통같은 그물망으로 보안이 엮여진 거대한 병영이기 때문입니다. 나라 자체가 군대인 데다가, 인민들은 어릴 때부터 마약 같은 세뇌교육으로 아예 그 싹을 제거당합니다. 거기에 중독되면 어른이 돼서도 묘한 집단최면에 걸려 도무지 헤어날 도리가 없어요. 하지만 이젠 조금씩 달라지고 있습니다. 아무리 견고한 저수지라도 그 둑을 부지런한 개미들이 열심히 들락거리다 보면, 그 작은 구멍으로도 얼마든지 둑이 무너질 수 있으니까요. 머지않아 곧 붕괴의 날이 올 겁니다."

"글쎄, 그렇게라도 통일이 된다면 얼마나 좋겠소. 남북한을 합쳐 놓은 국토면적이나 인구수는 가장 이상적인 국가 규모니까."

"하지만 우리가 통일되려면 맨 먼저 태극기부터 바꿔야 합니다."

김영달이 조금 엉뚱한 말을 또 불쑥 내뱉었다. 그는 곧 자기가 가져

온 서류봉투 안에서 볼펜과 메모지까지 끄집어내, 거기에 직접 태극기 모형을 낙서처럼 쓱쓱 그려 보이면서 계속했다.

"자, 얼마나 복잡하고 골치 아픈 그림입니까. 이 안에 제아무리 고 상하고 거창한 하늘과 땅, 물과 불, 해와 달의 우주 생성원리가 고스 란히 들어있다 한들, 우리 국민 중 안 보고 태극기를 척척 그려내는 이 가 얼마나 되겠습니까. 그보다 더 중요한 문제는, 우리 한반도가 처한 딱한 상황을 절묘하게 그대로 상징하고 있다는 사실입니다. 건곤감리 사괘는 영락없이 옛날부터 으르렁거리며 한반도를 집어삼키고자 이리 떼처럼 둘러싼 미국과 일본, 중국, 러시아를 그대로 나타내고, 가운데 양과 음의 동그라미는 남북으로 나뉜 반 토막짜리 기형국가를 또 그대 로 드러내고 있습니다. 아래는 파란색, 위쪽은 빨간색, 색깔까지도 어 쩌면 이렇게 절묘한지 …."

"듣고 보니 그 말도 일리가 있네. 선거 때만 되면 너도나도 이것저것 무조건 바꾸자고 야단법석인데, 장군님 선거공약으로 태극기 이용해 도 색다르게 먹히겠는데요. 한번 직접 말씀드려 보세요."

"선생님이 연설원고 봐주시면서 슬쩍 반영해 주시지요. 저야 뭐 단 순 심부름꾼에 지나지 않으니까요."

"나야 어떤 선거판에도 휩쓸려 본 적이 없는 사람이라, 국회의원 입 후보자 김약술 선생과도 그런 식으로 엮일 일은 결코 없을 겁니다."

"그래도 어쩌겠습니까. 미우나 고우나 한이웃으로 살면서. 아무튼 잘 부탁드립니다."

"내일이라도 내가 직접 만나 뵙고 마지막으로 말씀드려 보지요. 괜히 유복한 당신의 말년을 불명예스럽게 마감하지 마시라구요. 그런데 그쪽은 어쩌다가 남한땅으로 넘어오게 됐는지 그게 더 궁금하네요."

"운명적으로, 그리, 됐습니다."

김영달은 주춤 말을 더듬더니, 더 이상의 진심은 털어놓지 않으려는 듯 술잔만 지긋이 기울이다 만다.

내가 다그치듯 다시 곰파 물었다.

"나이로 보면 식솔 거느린 젊은 가장이었을 것 같은데, 그럼 가족은?"

"아, 아닙니다. 장가 못 간 노총각이었습니다."

"그래요? 허, 그렇다면 여기서라도 빨리 짝을 찾아야겠구먼. 안정적으로 맘 편히 정착하려면 무엇보다 가정을 먼저 꾸려야 하니까. 누구, 짝은 이미 정해져 있어요?"

"아, 아닙니다. 실은 ….."

"실은?"

"실은 몽매에도 그리던 한 사람을 찾아, 여기 남쪽으로 사선 뚫고 넘어온 겁니다."

김영달은 퀭한 시선을 허공에 던진 채 잠시 알 수 없는 상념에 잠겼다가, 기왕에 내친김이라는 듯 자조어린 쓴웃음을 입가에 머금으며 계속했다.

"정수정이라고, 하얼빈에서 예술단원으로 활동하던 외화벌이 일꾼이었죠. 그런데 한동안 소식이 뚝 그쳐 그곳으로 달려가 보니, 이미 한국으로 자유 찾아 잠입해 들어갔다는 소문인 겁니다."

"그래서요?"

"그래서 저도 두어 해 뒤 주저 없이 그 뒤를 따랐습니다. 어릴 때부터 고향에서 오라버니, 동생 하고 친히 부르던 남매 같은 사이였는데, 운명은 여기 남한땅에 와서까지도 끝내 우리가 함께 사는 걸 허락지를 않더군요."

"그럼 정수정이라는 그 여자를 용케 찾긴 찾았단 말인가요?"

잔뜩 궁금해진 나는 마른침을 꿀꺽 삼키면서 따지듯 캐물었으나, 김영달은 고개만 몇 번 위아래로 주억거릴 뿐 더 이상의 대답은 시원스레 들려주지 않았다. 무슨 말 못할 곡절이 귀살쩍게 숨어 있구나 싶어 나도 더 묻지 않았고, 김영달 역시 훌쩍 남은 술잔을 비우고 나서 이만 돌아가 보겠다고 쓸쓸히 자리를 털고 일어섰다.

봄을 시샘하는 꽃샘바람이 한차례 어두운 밤을 훑고 지나갔다.

이튿날 늦은 아침, 가볍게 식사를 끝내자마자 나는 서둘러 직가스댁을 찾았다. 암만해도 마음의 짐을 한시바삐 벗어 버려야 할 것 같았다. 위아래 가까운 이웃으로 살면서 그의 어리눅은50 정치 행티를 나 몰라라 끝내 외면할 수도 없는 터라, 연설원고든 선거운동이든 일단 나한테는 절대 기대하거나 강요하지 말라고 내 쪽에서 먼저 자빠51 못질해 둘 필요가 있었다.

---

50 어리눅다: 일부러 어리석은 체하다.
51 자빠: 결정적인 거절.

하지만 속마음은 그리 결곡하게[52] 스스로 다짐했으면서도 직가스를 정작 정면으로 마주하게 되자 내 입에선 불쑥 이런 말이 튀어나오고 말았다.

"장군님 연설원고는 조금 더 시간을 두고 검토해 보지요. 아직 정당 후보로 딱히 결정되신 것도 아니니 …."

"안 그래도 내가 삼고초려라도 해야 되지 않나 싶었는데, 우리 집에 직접 오시다니 이거 영광이오. 암은요, 김 선생께서 이 몸을 그런 식으로라도 도와주신다면 더할 나위 없이 고마운 일이지요."

"제가 할 수 있는 건 거기까지입니다. 허허."

그리고 나는 엉거주춤 응접소파에 걸터앉으며 새삼스런 눈길로 주위를 둘러보았다. 방금 전 대문을 열어 준 김영달의 밝고 명랑한 분위기에서도 단박에 감지했지만, 아내가 소개해 준 가사도우미까지 한식구처럼 따뜻한 기운으로 꽉 채우고 있으니, 집 안은 비로소 사람 사는 냄새가 물씬했다.

지금도 주방 쪽에서 한참 부엌일하는 도우미 아주머니는 며칠 전 처음 인사를 나눌 때에도 그렇게나 인상이 후덕할 수가 없었는데, 오늘 아침 다시 보니 환히 웃는 그 얼굴이 이 가정에 더없이 다잡아 잘 어울리는 것 같았다. 절 행사 같은 때 기껍게 자원봉사 다니는, 불심 깊은 과부 아주머니라 했다.

풍미지고 눈치 빠른 그네가 벌써 찻쟁반을 날라 온다. 나는 녹차를

---

52 결곡하다: 얼굴 생김새나 마음씨가 깨끗하고 여무져서 빈틈이 없다.

주문했고, 직가스가 다관을 추슬러 직접 차를 우린 다음 내 잔에 따뜻이 따라 주었다. 그것을 혀끝으로 음미하듯 두어 모금 마시고 난 나는, 오늘의 방문 목적을 조심스럽게, 그러나 솔직하고 스스럼없이 털어놓기로 했다.

"외람되지만, 전 사실 장군님이 정치하시리라곤 꿈에도 생각지 못했습니다. 요즘엔 초등학교 애들까지도 여의도 개떼들 어쩌구 폄하하면서 잔뜩 조롱하는 판에, 그것도 모든 현역에서 손 홀홀 털고 미련 없이 은퇴하셔도 모자랄 연세에, 새삼스럽게 왜 거기 뛰어드실 생각을 하셨는지 전 솔직히 이해가 안 갑니다. 지금이라도 많이 늦지는 않았습니다."

"걱정해 줘서 고맙소, 하지만 요즘 70은 한창 일할 청춘이 아니던가요? 그래서 운동 삼아 그동안의 내 인생경륜을 이 나라 미래의 통일사업에 한번 헌신해 보려는 거요. 앞으로 이 좁은 대한민국이 살아갈 길은 오직 민족통일밖에 없으니까. 그러니 김 선생도 적극 도와주시오."

"지금 정권 담당자들은 오히려 남북긴장만 일삼는 반통일 세력 아닙니까? 듣기로는 장군님도 그쪽으로 공천받기를 원하시는 걸로 아는데요?"

"거긴 이미 물 건너 간 것 같고, 아무래도 무소속으로 나가야 될 성싶소. 이래봬도 난 수구 꼴통 아닌 개혁적 보수주의자요. 아니, 김 선생 못지않은 중도 좌파인지도 모르지."

그리고 직가스는 사람 좋게 껄껄껄 웃어젖혔다. 그럼에도 나는 지지 않고 받아넘겼다.

"글쎄요, 어디까지 믿어야 할지 모르겠군요. 거의 한평생을 직업군인으로, 저 엄혹한 군사 독재시대에도 그 정권의 핵심인 현역장성으로 살아오신 분이 그렇게 말씀하시니까, 제가 많이 혼란스럽습니다."

"허허, 세상이 얼마나 무섭게 바뀌는데 아직도 호랑이 담배 피우던 시절을 얘기합니까. 토사구팽도 모르시우? 쓸모가 없어지면 다 내동댕이쳐진다는 거, 이 몸 폐기처분된 지가 언젠데 그래요. 그땐 또 어쩔 수 없는 내 나름의 생존방식이었다 치고, 이제는 이 나라의 모든 마인드가 민족통일로 바뀌어야 해요. 바로 그걸 이루기 위해 여의도로 한번 입성해 보겠다는 게 아니겠소!"

"그게 진심이라면 어쩔 수 없는 일이지요."

거실 한가운데의 대형 유리창 밖으로 분주히 움직이는 김영달을 바라보며 내가 받았다. 이 집에 들어설 땐 현관 주변을 물청소하느라 바빴는데, 지금은 외출할 차량 세차로 이리저리 바쁜 모습이었다.

어쨌든 저 성실한 충복도 선거가 끝나면 가차 없이, 일회용 종이컵 버리듯 내버려질 거라 생각하면서, 마당가의 김영달을 턱짓한 내가 다시 입을 열었다.

"저 친구가 지난밤 집에 와 연설원고 부탁하기에, 사실은 밤잠을 좀 설쳤습니다. 그래 결론은, 아무튼 한시라도 빨리 장군님을 찾아가 팔 걷어붙이고 뜯어말려야겠다는 쪽이었는데, 말씀 들어보니 저로선 역부족 같네요. 기왕 나섰으면 좋은 결과 얻으셔야죠. 저 친구도 비서

겸 참모 노릇 단단히 잘하겠더라구요."

"암은, 아주 야무진 젊은이요. 선거 끝나더라도 나랑 아예 한식구로 살 작정으로, 주민등록까지 우리 집으로 옮겨놨어요."

"그게 정말입니까? 한시적으로, 그 뭐냐, 요즘 그 흔한 비정규직으로 임시 고용하신 게 아니구요?"

"종신고용제요. 내 목숨이 붙어 있는 날까진 어떡하든 이 집에서 나랑 생사고락을 함께하기로 했소."

"야, 정말 대단하신 결심인데요. 인척도 아닌 저 청년의 무엇이 그런 어려운 결심을 이끌어냈나요?"

"오래 관찰하면서 알아보고 직접 겪어본 결과외다. 낯선 남한땅에 사랑하는 임 찾아 달려와 보니, 그 임은 벌써 남쪽 사기꾼한테 걸려 만신창이가 돼 있는 거라. 그 사기결혼에 실패하고 충청도 어디 소도시에서 다방레지로 전전하는 모양인데, 그게 그러니까 다름 아닌 은밀한 매춘이거든. 그래도 괜찮다고, 저간의 모든 과오를 용서하고 받아들이겠다고 저 김영달이 한사코 쫓아다니다가 지금은 적당히 지쳐 있는 형편이오. 그래 결국에는 그 한 많은 북한 처자도 이곳으로 데려올 생각이오. 그래도 북쪽에선 고등교육 다 받은 인텔리들이었는데, 여기 내려와 둘 다 그만 인생막장으로 내몰린 꼴이지 뭐요."

"그런 기막힌 사연이 숨어 있었군요?"

"저들에겐 이제 꿈에 그리던 이 남한땅이 오갈 데 없는 지옥이 돼 버렸소. 저쪽에서 무거운 처벌만 없다면 다시 돌아가고 싶다는 탈북민이 얼마나 되는지 아시우?"

"글쎄요, 그쪽엔 문외한이라서 ….."

"그것 보시오. 김 선생 같은 지식인도 그리 무관심이니, 저들의 실상이 얼마나 참담하겠소. 자그마치 응답자의 절반이나 그렇게 대답했답디다. 다시 돌아갈 수만 있다면 후회 없이 그리하겠다고. 그중의 30퍼센트는 기회만 주어진다면 제3국으로의 이주까지도 시도하겠다고 했소. 난 이런 사실을 접하고 충격이 꽤 컸지요."

"저도 충격입니다. 예전엔 여기 내려오면 영웅대접까지 받았었는데!"

"탈북민 3만 명 시대에 이른 지금은 동남아 노동자들보다도 못한 천덕꾸러기로 전락해 버렸소. 그래서 갈 곳 없이 헤매는 이들을 떳떳한 대한민국 국민으로 일떠세우고자[53] 내 한 몸이나마 정계로 나서기로 한 겁니다. 그저 케케묵은 남북 대결구도로만 치닫는 냉전시대의 편협한 안보의식에서 벗어나, 진정한 통일운동은 바로 저 탈북민들에서 시작해야 한다는 사명감이 생겨났다고나 할까. 아무튼 저 친구들의 문제 해결이 내 새로운 인생의 출발점이오."

그러나 직가스의 야심찬 새 인생의 시작은 그리 만만하거나 순조롭지가 않았다. 얼마쯤은 예상했던 대로 은근히 바라던 여당 공천에서 보기 좋게 미끄러졌을 뿐만 아니라, 처음엔 헝그럽게[54] 호응해 주었던

---

53 일떠세우다: 기운차게 썩 일어서게 하다.
54 헝그럽다: 여유가 생겨 마음이 가볍다.

자원봉사자들과 주변 이웃들의 선거운동이 갈수록 숨이 잦아들며 시들해지는 거였다.

하지만 직가스는 자신의 정치 소신과 신념을 결코 쉽사리 굽히거나 꺾지는 않았다. 보란 듯이 무소속으로 등록, 단기필마로 자유롭게 선거판에 뛰어든 그이는, 마치 물 만난 물고기나 마찬가지였다. 전국에 걸쳐서도 정치신인치고는 가장 고령에 속하는 나이임에도 아랑곳없이, 그이는 정부여당에 맞서 사사건건 각치며 물고 늘어졌다.

그런 떡심55 좋은 선거운동이 막바지에 이른 어느 날, 나는 그래도 더덜없는56 눈도장의 체면치레는 마쳐야겠다는 심산으로 시내 개인연설장으로 구경삼아 나가 봤던 것인데, 재래시장 옆 공터에서 고작 여남은 명 남짓의 노인, 백수들만 모여 있는 청중 앞에서, 그이는 고래고래 이렇게 외쳐대던 것이다.

— 사랑하고 존경하는 유권자 여러분, 당장 복잡하게 얽히고설킨 우리 태극기부터 바꿔야 합니다. 우리 남북한이 하나로 통일하려면, 반쪽으로 동강난 한가운데의 동그라미나 그것을 사방으로 둘러싼 사패, 즉 미국과 러시아, 중국, 일본이라는 이 네 강대국의 침략야욕부터 먼저 깨부수지 않으면 안 됩니다. 우리가 앞으로 살아갈 길은 오로지 민족통일밖에 없습니다. 그건 아주 간단합니다. 우리의 통일을 바라지 않는 이 네 강대국들이 감쪽같이 모르게, 남북의 지도자가 어느

---

55 떡심: '뚝심'의 북한어. 끈기.
56 더덜없다: 더하거나 덜함이 없다.

날 느닷없이 통일을 선포해 버리는 겁니다. 물론 그 전에 비밀스런 물밑 교섭이 치밀하게 전개된 결과로써 말입니다. 통일조국의 깃발 아래 나라가 하나로 뭉치면, 우린 가장 이상적인 국토와 인구비례로 세계 어느 나라도 무서울 것 없고 부러울 게 없는 최고의 선진 강대국이 되는 것입니다, 친애하는 시민 여러분! 남한의 놀라운 기술력과 자본, 북한의 무진장한 지하자원과 노동력이 하나로 합쳐졌을 때의 발전상은 정말 무서운 통일대박입니다. 부산에서 평양, 신의주를 거쳐 중국과 몽골, 러시아를 경유해 저 북유럽까지 시원하게 내달리는 고속열차를 한번 상상해 보십시오. 하늘과 바다로 아무런 걸림 없이 죽죽 뻗어나가는 물류 유통망이나 황량한 북한땅 곳곳에 세워지는 공장과 호텔, 쇼핑몰, 아파트, 각종 관공서와 학교, 병원, 연구소 같은 공공시설 등이 우후죽순처럼 죽죽 뻗어 올라가는 모습을 한번 상상해 보시고 그것이 우리의 현실로 굳어지면, 모든 경제지표가 당장 5대 강국쯤으로 치솟아오를 것입니다. 그러니 그 어떤 희생을 감수하고서라도 우리와 한 형제인 북한과 친해져야 합니다. 아무리 화나고 비위가 상하더라도 힘센 형님 격인 우리가 꾹 눌러 참아내야지요. 그 엄청난 통일대박을 이루기 위해선 그 어떤 장애물이 앞을 가로막더라도 끝까지 참고 어르고 달래어가면서, 저들을 끌어안아 보듬고 함께 나아가야 합니다. 걸핏하면 기분 내키는 대로 그동안 쌓아올린 공든 탑을 하루아침에 와르르 허물어 버리면 안 됩니다.

"저, 저 사람이 장군 출신 맞아? 누구보다 안보에 매진해야 할 위인이 완전히 시대정신에 역행하는구먼!"

멀찍이 팔짱끼고 구경하던 한 촌로가 혼잣말로 끌끌 혀를 찼다. 맞긴 맞는 말이네, 하고 그 옆의 다른 노인이 말결로 토를 달았고, 또 다른 백수 청중은 '정치하는 놈들은 다 사기꾼이야!' 하고 이내 자리를 떠버렸다.

하지만 직가스는 청중의 이런저런 반응 따위엔 아무런 상관없이, 맞은편에 이만큼 떨어져 서 있는 나한테 슬쩍 손을 들어 알은체를 건넨 다음 또 이렇게 연설을 이어나갔다.

— 당장 통일대박 날 것 같던 남북관계가 와장창 쪽박 나는 것 못지않게, 우리 사는 세상은 날로 험악해져만 가고 있습니다. 우리의 자살률이 세계 제일이라는 건 여러분도 잘 아시죠? 세계 제일이 어디 그뿐인가요. 노인빈곤율도 세계 제일, 가계부채와 국가부채 증가율도, 이혼율과 교통사고, 성인병 증가율이나 그 사망률도 세계 제일입니다. 실업률이나 낙태율, 노령화, 양주소비량, 저출산, 청소년의 흡연율과 학업시간, 불행지수 등이 두루 세계 제일입니다. 거기에다 요즘엔 왜 끔찍한 흉악사건이 그리도 자주 일어납니까. 애비가 어린 자식을 토막 내어 냉장고에 처넣고, 아들이 보험금 타내려 병든 노모를 생매장하는 세상입니다. 인륜과 천륜을 저버린 참혹한 패륜사건이 하루가 멀다 하고 벌어지는 무서운 세상입니다. 천하제일의 동방예의지국이 어쩌다가 이 지경이 되었을까요? 그건 무엇보다도 사형제도를 시행하지 않기 때문입니다. 인도주의니 뭐니 해가면서 값싼 동정심으로 무기징역만 살

게 할 게 아니라, 증거가 명확한 사형수는 자신이 저지른 흉악살인의 죄과대로 당장 죽여 없애야 합니다. 같은 하늘 아래선 도저히 함께 살 수 없는, 인간이기를 스스로 포기한 살인범을 왜 비싼 세금으로 선량한 국민들이, 그 몹쓸 인간이 제명에 죽을 때까지 힘들여 먹여 주고 재워 줘야 합니까? 제가 국회로 들어가면 가장 먼저 이 빌어먹을 악법부터 뜯어고치겠습니다. 부끄러운 세계 제일 수치들을 당장 자랑스러운 세계 제일로 끌어올리겠습니다. 그리하여 우리의 소원인 남북통일을 조금이라도 앞당기기 위해, 가장 먼저 헐벗고 굶주리는 북한 어린이들이 조금이라도 따뜻하고 마음 편하게 살 수 있도록, 우리의 먹을 것과 입을 것을 정성스레 보내도록 하겠습니다. 저 머나먼 아프리카나 중동, 네팔, 방글라데시보다도 더 못 먹고 못사는 동포가 바로 우리의 북한 어린이들입니다. 그럼에도 많은 국제기구나 자선단체에선 저 검은 대륙 아프리카엔 이런저런 성금과 생필품을 앞다퉈 보내면서도, 동토의 북녘 땅은 왜 한사코 외면하는지 정말 알다가도 모르겠습니다. 우리의 통일운동은 그런 하찮은 사람살이에서 시작되어야 합니다. 그래서 저를 돕는 선거 운동원들이 거의 다 자유 찾아 남하한 탈북 새터민들로 채워져 있는 것입니다. 친애하는 유권자 여러분, 우리 다함께 따뜻한 동포애로 이들을 감싸고 한형제로 서로 믿고 이끌며 살아갑시다. 그것이 곧 민족통일로 가는 첫걸음입니다.

"어머, 안녕하셔요?"

어깨띠를 두른 나이 든 한 여자가 가까이 다가와 반갑게 아는 체하였다. 흠칫 낯설어하며 건너다보니 직가스 댁 가사도우미 강 씨 아주머니였다.

아니, 집에 계셔야 할 분이 여긴 어떻게? 생각하면서 나도 열없게 웃으며 받았다.

"너무 귀부인 같아서 누군지 몰라 뵀습니다. 참 잘 어울리십니다."

"장군님이 하도 임시 마누라 노릇 좀 해달라고 하셔서 … 마지못해 나왔네요."

"무슨 말씀을요, 선거 막바진데 동원할 수 있는 방법은 다 동원하셔야죠. 잘하셨습니다."

나는 진심을 실어 마침가락으로 그네를 격려했다. 집에서 맞닥뜨렸을 때와는 영 딴판으로, 옷이 날개라는 말에 딱 걸맞게 한껏 음전하고 우아한 자태였는데, 거기에 미장원까지 곱다시 다녀온 듯하여 보통의 부엌데기하고는 한참이나 거리가 먼 분위기였다.

아내가 전해 준 대로 보험외판에서 정수기 대리점, 화장품 가게, 천연비누와 향초, 승복 만들기, 황토염색 같은 작업은 물론이요, 심지어는 비닐하우스 농사일이나 식당 파출부 노릇까지도 마다하지 않았던, 산전수전 다 겪은 아낙네로서가 아닌, 늦깎이 새 정치가 사모님 행세로 거기 떡 버티고 서 있었다.

곧이어 김영달이 달려와 인사했고, 그는 또 나와 반가운 악수 풀기 바쁘게 슬슬 자리 피하는 별 볼일 없는 청중들을 향해 이리저리 바삐 쫓아다녔다.

"잘 부탁드립니다. 우리 고장이 낳은 큰 인물, 김약술 후보를 밀어 주십시오. 기호는 5번, 다섯 손가락입니다."

하지만 직가스는 주변인들 거의가 미리감치 예상했던 대로 민망한 낙방이었다. 당사자 역시 선거에서 떨어진 사실에 대해선 전혀 괘념치 않는 태도로 일관하면서, 곧바로 다른 사업에 착수해 무람없이[57] 움직였다. 그것은 그이가 매입한 지 얼마 안 되는 비탈진 바위산을 흑염소 목장으로 개발하는 것이었다. 뭐 특별하게 대형 시설물이 들어서는 건 아니었지만, 그래도 굴착기 불러 너덜겅[58]을 평탄작업 하고, 거기에 큼직한 컨테이너도 두어 채 불러 앉히는 걸로 그 생뚱맞고 낯선 사업을 또 보란 듯 시작하였다.

컨테이너 주인은 물론 김영달이었다.

선거 끝나면 일회용 종이컵처럼 휙 버려지면 어쩌나, 나는 내심 걱정이 많았으나 정작 현실로 맞닥뜨리니 그것은 순전히 쓸데없는 기우에 지나지 않았다. 오히려 그들은 전보다 더 끈끈한 한식구로 결속되어, 빛과 그림자처럼 함께 움직였다.

가사도우미 강 씨 아주머니도 물론이었다. 아니, 그네는 이제 완전히 그 집 안방마님처럼 턱하니 온새미[59]로 자리 잡고서, 넓은 잔디마당 한쪽을 화려한 천연염색 비단 천들로 아름다운 깃발인 듯 휘날리고 있

---

57 무람없다: 예의를 지키지 않으며 삼가고 조심하는 것이 없다.
58 너덜겅: 돌이 많이 흩어져 있는 비탈.
59 온새미: 가르거나 쪼개지 아니한 생긴 그대로의 상태.

었다. 지난 시절 한때 시난고난 고생하며 경험했던 염색 일을 부업이 듯 그곳에서 다시 시작해 본다는 거였다.

"저러다가 부부되는 거 아니에요? 열 길 물속은 알아도 한 길 사람 속은 모른다더니, 원!"

그네를 소개해 주었던 아내는 하 어이없어하며 연신 콧방귀 뀌기에 바빴지만,

"지내 놓고 보니 직가스 장군, 보통 사람이 아니야. 대단한 '사람 농사꾼'이라구. 오갈 데가 마땅찮은 김영달이나 강 여사를 저리 악착같이, 알뜰히 챙기시는 것 좀 봐. 사람은 역시 속 깊이 겪어 봐야 안다니까."

나는 입술에 침이 마르도록 찬탄하기에 바빴다. 그것은 사실이었다. 그 콩켸팥켸[60] 경황없던 선거운동이 언제 있었더냐는 듯 가맣게 잊어버린 채, 직가스는 다시 그때 잠시 받아들였던 두 고용인의 먹고 사는 문제를 단박에 정규직으로 완전 해결해 주고 있을 뿐 아니라, 앞으로의 안정된 생계대책까지 치밀하게 준비, 배려하였다.

탈북민인 김영달의 경우, 도로개설을 염두에 두고 경매로 사들였던 너덜 바위산을 아예 김영달 앞으로 등기 이전하는 파격까지 실천해 주면서, 충청도 어디선가 난삽한 시골 다방일로 서럽고 고달픈 유랑생활을 겪고 있다는 그 정수정이라는 짝을 한시바삐 데려와 함께 살란다는 거였다.

---

60 콩켸팥켸: 사물이 뒤섞여서 뒤죽박죽된 것을 이르는 말.

나는 무엇보다도 그 대목이 가장 큰 관심사였다. 그래서 늦은 아침 숟가락을 놓자마자 그 바위산 현장의 김영달을 찾았다. 그의 새로운 삶의 터전이 어떻게 가꾸어지고 있는지도 궁금하고, 여러 모로 등 다독여 주며 그의 물선 객지살이를 따뜻이 격려할 필요가 있었다.

건너편 바위산 쪽은 여전히 포클레인 소리가 요란하였다. 낮게 비탈진 산길을 굽이돌아 졸졸거리는 개울을 건너자, 차가 드나들 수 있는 새 진입로 닦느라 정신없던 김영달이 흰 이를 드러낸다.

한쪽 손에 삽자루를 거머쥔 그가 깜짝 나를 반기며 컨테이너 쪽으로 친절히 인도하였다.

"선생님이 웬일이세요? 포클레인 소음공해가, 거기서도 심하지요?"

"소음은 무슨, 조용하던 산촌이 모처럼 생동감 있게 살아나는구먼."

나는 그가 손짓한 대로 파라솔 아래의 흰 플라스틱 등의자에 앉으며 받았다. 저 멀찍이 바라보면 가끔씩 직가스가 앉아 있곤 하던 자리로, 이를테면 그의 작전 지휘소나 다름없었다.

내가 다시 입을 열었다.

"안 해보던 일이라 많이 힘들죠? 북쪽에서도 겪지 않았을 텐데."

"직접 겪어 보진 않았지만, 더러운 잡초나 똥도 다 소중한 거름이 되는 북한땅에서 살았는데 무슨 험한 일인들 못해내겠습니까. 이런 야산을 지상낙원으로 바꾸는 건 식은 죽 먹기지요. 꼭 그렇게 만들고 말 겁니다."

휴대용 가스버너에 불 켜 물을 끓이던 김영달이 결기 찬 음성으로 응답한다. 이 믹스커피 괜찮죠 하고 내 동의를 구한 다음, 그가 계속했다.

"저 위쪽은 바위투성이라 바위 좋아하는 흑염소 방목장으로 만들고, 아래쪽은 토종닭이며 유황오리, 토끼, 풍산개 등의 작은 동물농장으로 해보려구요. 더 아래 물가 쪽은 흙이 좀 깔려 있어 밭을 일구고, 산을 비잉 둘러가면서 호두와 감, 밤나무도 골고루 심을 계획입니다. 저희 아버님이 다 허락하셨습니다."

"아버님이라면 …"

"아, 장군님을 아예 아버님으로 부르기로, 그것도 아버님이 쾌히 허락하셨습니다."

"그래요? 참 잘됐네요."

전생의 무슨 질긴 인연이 먼 남남끼리의 결속을 저리 쉽게, 우연처럼 불러올 수 있단 말인가. 적이 놀라며 감동한 내가 잠시 침묵을 지키자, 김영달이 다시 말을 이었다.

"솔직히 아버님이 아니었으면 전 제3국으로 또 도망쳐 나갔을지 모릅니다. 꿈에 부풀어 찾아든 우리네를 남조선 사람들이 이토록 멸시하고 푸대접한다는 사실을 미리 알았더라면, 아예 이 땅에 넘어오지도 않았을 거구요. 그런 비인간적인 눈길에서 조금이라도 벗어나 보려고, 어떻게든 이 땅에서 아등바등 살아보려고 제 어투까지 서울말로 애써 바꿨지만 아무 소용없었는데, 그런 절망 끝에 구세주처럼 나타나신 분이 김약술 장군님입니다. 그래서 전 죽을 때까지 아버님으로 모시기로 했습니다."

"그럼은요, 참 훌륭하신 분이지요."

종이컵에 타 준 김영달의 믹스커피를 받아 두어 모금 후후 불어 마신 내가, 흘깃 그의 눈치를 살피며 계속했다.

"이제 여기에다 새 살림집 짓고, 그 집 지킬 안주인만 모셔 오면 더 바랄 게 없겠군요?"

"그 친구도 곧 오기로 돼 있습니다. 약속했습니다."

"그래요? 어디서 어떻게?"

"북에서 저보다 한발 앞서 내려온 고향 친굽니다. 팔자 기구해서 그동안 고생 좀 했지만, 이제 그 고생 끝내고 저랑 힘을 한데 합치기로 했습니다."

"듣던 중 제일 반가운 소리군요. 야, 축하, 축하!"

"그리고 기왕 말 나온 김에, 여기 농장 이름을 선생님이 좀 지어 주십시오. 아무리 궁리해도 잘 안 나옵니다."

"안 그래도 여기 오면서 괜히 혼자 생각해 봤는데, 통일동산, 어때요? 농장이니 목장이니, 그런 평범한 이름 말고, 두루 원용해 쓸 수 있는 동산을 갖다 붙이는 게 괜찮을 듯싶은데 ⋯ ."

"통일동산? 그거 끝내줍니다. 그걸로 정하겠습니다!"

사방으로 험한 너덜을 품은 통일동산은 하루가 멀다 하고 부시게 달라졌다. 어찌 저런 곳에 번듯한 집터와 길이 닦여지고 사람 사는 데로 변할 수가 있지 하는 주위의 걱정과 의아심을 한순간에 뒤엎어 버리면서, 개울에 흄관을 묻어 트럭도 오갈 수 있는 찻길이 만들어졌으며, 그 너른 새길 위로 여러 마리의 어린 흑염소들과 토종닭과 오리떼, 토끼들과 풍산개 한 쌍이 차에 실려 들어갔다. 그곳에는 또 연일 갖가지 꽃과 유실수들이 심어지고, 채마밭이 일구어지고, 거친 마당에 석분과 잔자갈이 깔렸다.

한전에선 재빨리 시멘트 전주 심어 그곳으로 휘황한 전깃불이 흘러들어가게 조치했으며, 나는 그 입구에 미리 표지석으로 세워 두었던 바위에다 '통일동산'이라 친히 쓴 붓글씨를 석공 불러 새겨 넣었다. 소박한 내 선물이었다.

찬란한 꽃들이 지고 난 신록의 초여름이 온 산천을 술렁대었다.

그러던 어느 날이었다.

"선생님, 계셔요?"

문 열고 밖을 내다보니 밀짚모자에 작업복을 걸친 김영달이 똑같은 일꾼 복장의 웬 젊은 여자를 뒤에 달고 서 있었다. 처음엔 누군가 저어했으나 나는 곧 그녀가 다름 아닌 김영달의 고향 친구, 그 곡절 많은 정수정이라는 걸 얼른 간파했다. 차림새는 비록 밭에 나가는 수수한 농사꾼이었으나, 둥그런 작업모 밑 갸름한 얼굴은 한눈에도 북쪽에서 한때 인기 있는 예술단원으로 활동했음 직한 미모인데, 거기에 또 묘한 삶의 그늘이 주근깨처럼 옅게 끼어 있어서였다.

김영달이 그녀를 겸연쩍은 듯 소개했고, 그녀가 수줍게 고개를 까딱 숙여 보였다.

"안녕하세요?"

"정수정이라고, 전에 말씀드린 그 친굽니다."

김영달이 옆에서 거들었다. 내친김이라는 듯 그가 다시 잇는다.

"선생님을 주례로 모시고 올릴 결혼식은 암만해도 가을쯤으로 연기해야겠습니다. 저 통일동산에 자그마한 조립주택이라도 우리 손으로 번듯이 들인 다음에, 그때 올리겠습니다."

"아, 그래요. 아무튼 두 사람이 힘을 합치면 뭐든 잘해낼 게요."

"저희는 그때까지 저 컨테이너에서 살면서 전투하는 기분으로 임하겠습니다. 진짜 군인정신이 뭔지, 북쪽에서 해왔던 돌격대 작전을 여기서 그대로 수행해 보이고자 합니다!"

"그래요, 정말 장하네요."

나는 새삼스레 악수까지 청하면서 둘을 다독였다. 정녕 보기 드문 청춘의 당찬 새 출발이었다.

그렇게 여름이 가고 가을이 왔다. 하지만 김영달의 혼사는 다시 내년 봄으로 미루어졌다. 당장 먹고사는 문제가 우선이라는 게 그 이유였지만, 통일동산의 흑염소와 유황오리, 토종닭 숫자는 어느새 1백 마리씩을 훌쩍 넘어서고 있었으며, 이곳의 산중 풍토에 적합한 밤나무와 호두나무 단지도 바위산 아래 개울 쪽으로 알차게 조성되어 갔다.

어디 그뿐인가.

김영달은 거의가 골골거리는 노인들뿐인 산뺑이의 새 새마을지도자가 되어, 완전한 새터민으로 눈코 뜰 새가 없었다.

126

그 와중에서도 나를 유독 놀라게 한 것은 그의 너울가지 좋은 사업 수완이었다. 그동안 녹색체험마을 선정을 위해 주민 산채조합을 결성한다, 어쩐다 하면서 여기저기 관공서 출입을 부리나케 일삼아 오더니, 산뱅이 뒤를 병풍처럼 에워싼 넓은 국유림까지 거의 거저다시피 당국으로부터 쉬 임대받아낸 거였다.

　오리나 닭, 염소는 대장 어른부부만 잘 다스리면 아랫것들은 절로 다 조르르 따라다니게 돼 있다면서, 별로 힘들이지도 않고 '동물농장'을 꾸려나가는 타고난 통솔력에 걸맞게, 그는 나이 든 마을 주민들과도 아주 오순도순 소통을 잘했다. 꽤나 싹싹하고 바지런하고 정직하기까지 한, 요즘 보기 드문 젊은 지도자였다.

꿈

어머니의 방에서는 늘 냄새가 난다.

아무리 깨끗이 쓸고 닦고 향수를 뿌려대도 그 냄새는 좀체 지워지지 않았다. 똥싸개 어린애 같은 당신의 냄새는 한동안 집 안팎을 온통 살비듬 섞인 구린내, 비린내의 소용돌이로 몰아넣기 일쑤.

　가벼운 중풍에 치매까지 시난고난 앓는 어머니가, 지난해 늦가을 산속 내 집으로 퇴원한 지 벌써 한 계절이 지났음에도, 여전히 다른 곳엔 가실 생각조차 않으신다. 아니, 이젠 당신이 가뿐하게 찾아갈 곳은 달리 없다고 보아야 하리라. 며칠 전부턴 제사 때 피우는 향(香)을 동원하기에 이르렀는데, 나는 그 향불 앞에서 불현듯 '기왕 가실 거면 어서 …' 하고 혼자 은밀히 속닥이는 지경이었다.

　하지만 당신은 아침이면 어김없이 다시 일어나 새로운 하루를 맞이하고, 거짓말 같은 새 기억을 되찾으신다. 틀니 박힌 해말간 잇몸을 움직여 밥그릇을 싹싹 비우고 약봉지를 당신 무릎 앞으로 끌어당길 적에는, 인간의 생명에 대한 본능어린 집착은 대단하구나, 스스로 놀라곤 한다. 겉으로는 죽고 싶다, 한시라도 빨리 가게 해 달라 타령처럼 뇌이시지만, 속마음은 전혀 그게 아니다.

사람 목숨 질기다는 것도 오래전에 알았거니와, 금방 숨넘어갈 듯 경각을 다투다가도, 잔디나 질경이처럼 금방 본래의 자리로 되돌아가는 속성에는 차라리 어이가 없다.

그 질긴 생명력을 증명이라도 하듯, 매화가 환히 피었다.

꽁꽁 얼어붙었던 지난겨울의 모진 한파를 뚫고, 햇살보다도 더 투명한 청매(靑梅) 꽃숭어리가 그 희푸른 색깔을 은은히 뿜어내며 한껏 뽐내고 있다. 거기에 가까이 조금만 다가가도 맵차게 코를 찌르는 향기가 사방을 진동시킨다. 흔히 매화 향기는 눈이나 귀로 맡는다더니, 고상한 그 아취를 유난히도 더디 오는 이 봄에 더욱 진하게 실감하겠다.

그 짙은 향기가 이토록 맑고 청아한 기품을 드러내는 것은, 눈보라의 혹독한 추위를 홀로 언 땅에서 꿋꿋이 견디어냈기 때문임은 두말할 나위가 없다. 그래서 나는 이 매화를 따뜻한 봄나무가 아닌 북풍한설의 겨울나무로 부르는 걸 주저하지 않는다. 탐스러운 꽃망울은 그때 이미 강인한 줄기마다에서 경이로운 싹을 틔우고 있어서이다.

그런데 황(黃) 씨는 왜 하필 그 매화나무에 목을 맸을까.

바로 어제 아침, 뒤숭숭한 미망의 꿈에 시달리던 늦잠에서 부스스

130

눈을 떴을 때, 때맞춰 얄망궂은 전화가 달려왔었다. 안산뱅이 류 선생이었다.

황 씨가 죽었대요.

예? 누가, 어쨌다구요?

황종대 씨가 간밤에, 스스로 목숨 끊었다는구먼. 참 별일도 다 있지.

아니, 왜요? 어제 낮에도 멀쩡하셨는데? 저한테 놀러도 오셨는데!

그러게 말이오. 간밤에 마누라랑 농협 빚 때문에 이혼 어쩌구 다퉜다는데, 늘그막에 성질도 급하시지. 한밤중에 매실밭에서 발견됐대요.

허, 세상에나!

나는 우두망찰하여 벌린 입을 다물지 못했다. 그이와의 전화를 끊고 나서도 나는 여전히 꿈인지 생시인지 가늠치 못한 채 불의에 뒤통수를 얻어맞은 듯 얼얼한 기분이었다. 어떻게 그럴 수가 있지? 죽는 게 그렇게나 간단한 일이었어? 허허, 이런 황당한 일이! 하다가, 나는 절로 몸을 벌떡 일으켜 세웠다.

매실밭이라면, 혹시 우리 밭?

거의 확실한 예감이 번개처럼 뇌리를 스치고 지나갔다. 나는 부랴부랴 구겨진 운동화 뒤축을 바로 세워 신고 매실밭 쪽으로 내려갔다. 좁은 계곡 가로지른 다리를 건너, 나무 우체통이 홀로 서 있는 함박골 초입께의 산 아래 작은 농원.

아닌 게 아니라 우체통에서 50여 m쯤 떨어진 산비알 쪽 가장 큰 매실나무의 어깻죽지 같은 한 가지가, 반쯤 톱에 잘려 땅바닥으로 툭 떨어져 있다. 바로 저 가지에 그이가 목을 맸다는 건, 누가 봐도 금방 어림짐작할 수 있는 풍경이었다. 한밤의 어둠을 뚫고 달려온 119 구급대가 대롱대롱 매달린 그이의 굳은 시신을 끌어내리고자 서둘러 톱질했고, 무게를 견디지 못한 나무 가장귀[1]는 그 톱질이 끝나기도 전에 중도에서 우두둑 부러졌을 터였다.

나는 그만 그 자리에 붙박인 듯 꼼짝달싹할 수가 없었다. 그 많은 나무들을 다 젖혀 두고, 왜 하필 우리 매실밭이었지? 나하고 무슨 말 못할 유감 있기에 그런 섭섭하고도 무례한 선택을 한 거지?

황 씨에 대한 조금 전의 당혹스런 충격과 안타까움은 이내 언짢은 원망과 불길한 두려움으로 바뀌었다. 나는 당장 그 나뭇가지를 어디 안 보이는 곳으로 치워 버리고자 그쪽으로 성큼 발을 내디뎠지만, 어림없는 일이었다. 무리 지어 핀 매화송이들을 주저리주저리 매단 채 옆으로 비껴 쓰러진 그 나뭇가지 둥치가 만만찮게 클 뿐 아니라, 거기에 달라붙은 황 씨의 혼령이 금방에라도 생전의 다정다감한 모습 그대로 씨익 웃으며 손을 내밀 것 같아서였다.

나는 서둘러 집으로 내빼듯 되돌아서고 말았다. 그리고 오늘, 다시 그 황 씨한테 문상 가고자 집을 나서려는 것이다.

나는 비로소 어머니한테 어느 정도 사실대로 알리기로 마음을 다잡아먹는다.

"황종대 씨가, 지난밤에 갑자기 세상 뜨셨대요. 거기 문상 좀 다녀

---

1 가장귀: 나뭇가지의 아귀.

올 테니까, 그러니까 어머니는, 꼼짝 말고 집에만 계셔요. 아셨죠?"

"뭐시라? 누가, 밥을 먹었다고?"

"아, 밥은 식탁에 잘 차려 놨어요. 천천히 드세요."

나는 다시 집 안팎을 점검한 뒤 현관 밖으로 발밤발밤2 나섰다. 그러나 아무래도 어머니를 안심할 수 없어, 시내에 자리한 장례식장까지는 무리일 듯싶다. 나는 일단 황 씨네 집에 직접 가 보기로 한다.

도대체 사건의 이야지야3 전말은 뭐며, 지금 그의 아내는 어떤 공황 상태인가가 몹시도 궁금해서였다. 하마4 엄청난 죄책감에 시달린 나머지, 혹시 귀살쩍은 마음 따라 덩달아 음독이라도 저지르면 어쩌나 싶은 달치는 걱정이 회오리치며 덤벼들었다. 하루아침에 서로치기5 줄초상을 치르게 될지도 모를 일이었다.

하지만 황 씨네 집은 의외로 조용하고 고즈넉했다. 가족들 모두 장례식장으로 이동한 듯, 마치 아무 일도 일어나지 않은 것처럼 오솔하고 적막했다. 뜰 앞의 한 그루 매실나무(내가 매실밭 조성할 때 묘목으로 선물한)는 여느 때와 똑같이 화려한 꽃들을 흐드러지게 피워 하늘거렸고, 그 옆의 개 우리엔 올여름에 식용으로 내다 팔 실한 잡종견 몇 마리가 건조한 가락으로 컹, 컹, 컹 짖어댈 따름이었다. 오래된 펌프 우물가 복수초의 샛노란 꽃더미도 한겨울을 이겨낸 그 강인한 생명력을

---

2 발밤발밤: 한 걸음 한 걸음 천천히 걷는 모양.
3 이야지야: 이러쿵저러쿵. 이러니저러니.
4 하마: 바라건대. 또는 행여나 어쩌면.
5 서로치기: 같은 종류의 일을 서로 바꾸어 가며 해 줌.

유감없이 보여주고 있었으며, 창고 벽에 가지런히 내걸린 쇠스랑이나 호미, 삽, 곡괭이 같은 농기구들 역시 평소와 너무나 다름없어서, 나는 황 씨가 죽었다는 사실을 깜박 잊어버릴 지경이었다.

실제로 장난기 많은 류 선생이 엉뚱한 농담을 흘린 건 아니었을까, 한순간 꿈결처럼 착각하기도 했다. '죽음은 식전의 담배 한 모금보다 쉽다'고 쓴 이상(李箱)의 소설 한 구절도 문득 떠올랐다.

어쨌든 참 허망하네. 이리 허망하게 가려고, 황 씨는 이 든든한 전원주택을 지었던가?

나는 새삼 자신의 몸만큼이나 애지중지 아끼던 황 씨의 붉은 벽돌집을 눈여겨 살펴보았다. 금의환향, 그때는 분명 그랬었다.

저 사람, 여그 살 땐 남의 집 머슴이었슈.

시기심 많은 동네 누군가가 내 귀에 일러바치듯 속삭일 만큼 험한 한세상 살았던 황 씨는, 그래도 이리 번듯한 집 지어 고향땅에 여보란 듯 안착했었다. 그때 황 씨는 말했다.

내가 귀향하기로 결심한 건 순전히 김 씨 때문이여. 여기 산뱅이하고 아무런 연고 없는 저이가, 저리 척박한 산골짜기를 기막힌 명당으로 둔갑시켜 집 짓고 사는디, 예서 태어나고 자란 내가 다시 돌아와 살지 말란 법 어딨냐구 말이지. 고향 뜰 때 아무리 독한 맘 먹구 다신 돌아보지 않겠다 한을 품었더래도, 늙고 병들어 가니까 역시 또 고향을 찾게 되더라니께.

암은요, 그렇구 말구요.

내가 여기 낯선 산뱅이에 어렵사리 터를 잡아 집 지을 때 틈만 나면 집짓기 견학한답시고 곧잘 찾아오던 황 씨는, 그 몇 년 후 당신이 살 집을 지을 무렵엔 아예 나한테 반말로 쉬 벗틀 만큼 우리 사이가 이웃 사촌으로 부쩍 가까워져 있었다. 그래서 결국 동네에서 유일하게 나한 테 말을 놓는 사람, 하루에도 한두 번씩은 꼭 마주치며 살 수밖에 없는 말동무가 바로 나한테서의 황 씨였다.

그래도 그렇지, 하필이면 한밤중에 우리 밭으로 불쑥 찾아든 건 또 뭐요!

마당 한켠에 우뚝 버티고 선 매실나무를 눈썹춤6으로 유심히 건너다 보면서 나는 짧게 한숨지었다. 남한테 폐 안 끼치려면 죽을 때에도 철 저히 자기 나무라야지. 생각할수록 은근히 부아가 치밀었다.

"김 형, 아무도 없는 남의 빈집에서 뭐해요? 어서 갑시다!"

동네 고샅길을 내려오던 류 선생이 때맞춰 나를 향해 소리쳤다. 그 이는 평소와 똑같이 활달한 언행이었지만, 떫은 땡감을 씹는 표정만은 끝내 감출 수 없는 모양이었다. 나는 여전히 황 씨의 죽음을 현실로 받 아들이지 못하면서,

"여기 좀 보세요. 이 장작들 언제 다 때려고 이렇게 높이 쌓아올렸을 까요?"

집 옆구리와 뒷벽을 처마 밑까지 가득 채워 쌓아올린 장작더미를 손 으로 가리켰다. 류 선생이 허탈하게 웃으며 받는다.

---

6 눈썹춤: 남이 하는 일을 못마땅하게 여기어 눈가를 씰룩거리는 짓.

"그러게 말이오. 인생 참, 아무것도 아녀."

"어디서, 누가 맨 마지막에 발견했대요?"

"어디긴 … 그 나뭇가지는 내가 치워 줄게요. 그래도 마지막 가는 길, 김 형이 젤 보고 싶었던가 보지, 뭐."

"이래저래 기가 막히네요."

"자정이 지나도 남편이 안 들어오기에, 아줌니가 아무래도 예감이 이상해 손전등 켜들고 여기저기 비추고 다녔던 모양이라."

"부부싸움 원인은 뭐래요?"

"쌓인 빚 감당 못해, 여길 다시 뜨느냐 마느냐로 한바탕했다는구먼. 그게 하루이틀이 아니래. 벌이는 일마다 실패해서 부부가 그냥 이골이 난 거지 뭐."

"허긴 조류독감 때 그 많은 오리떼 다 매몰시키고, 버섯농사도 돌림병 걸려 몽땅 말아잡쉈지요. 사채빚 내서 시작한 조청사업은 또 어떻구요. 헌데, 그렇다고 세상 버리는 게, 그게 그렇게 쉽고도 간단한 거예요? 식전에 피우는 담배 한 모금만큼이나?"

"그야 간단하지. 아, 어떤 유명 여배우도 자기네 욕실에서 그냥 휙 장난처럼 가 버리잖우. 그나저나 날아온 돌이 박힌 돌 뺀다는 말은 말짱 헛거네요. 이제 이 산뱅이에서 우리 둘밖에 안 남았으니까."

"그러게요. 왜 그리 쉽게들 거짓말처럼 가 버리죠?"

마지막 여생, 악착같이 한 주먹만 더 살아 보겠다고 이 산촌으로 모여들었다가, 지난해 가을부터 올봄까지 줄줄이 세상 뜬 세 이주민 사내들을 염두에 두고 내가 말했다.

간밤의 황 씨는 그렇다 치더라도, 누구보다 건강에 자신 있던 아랫말 초입의 최 씨나 황 씨네 바로 뒷집, 한옥지기 배 집사의 느닷없는 죽음은 정말 거짓말도 그런 거짓말이 없었다.

최 씨는 자타가 인정하는 약초박사에 대체요법 자연치유사였는데, 마을 주민들과는 거의 담을 쌓고 살다시피 하던 그가 위암 말기에 걸린 건 지난해 늦가을, 겨우내 별 치료도 받지 못한(아니, 그 어떤 병원 치료도 스스로 거부한) 채 얼마 전 그만 꿈처럼 숨을 거두고 말았다.

이제 막 환갑 줄에 든 배 집사는 독실한 기독교 신봉자로 우리의 한옥에 대한 집념이 유난히 남달라서, 그는 아예 강원도 한옥학교에 가 그 기술을 배워 온 뒤 직접 황토방 딸린 근사한 기와집을 여보란 듯 지어냈던 것이다. 그러나 거기에 쏟아부은 육체와 경제 출혈이 너무 지나쳤던가, 그 안에 들어가 얼마 살아 보지도 못한 채 또 그만 속절없이 숨을 거두었다는 뜬금없는 후문이었다.

류 선생이 말했다.

"그러니까 김 형도 이제 술 적당히 자시고, 운동 열심히 하시우."

"요즘엔 몸이 먼저 알고 술을 거절합니다. 암튼, 전 어머니 때문에 장례식장까진 못 가겠는데, 어쩌죠?"

"그리 심하셔요?"

"평소엔 멀쩡하시다가도, 한순간에 뒤바뀌어 버리니까요."

"감옥이 따로 없으시구먼. 그럼 그 사정을 내 자세히 전하리다."

"발인은 내일이겠죠? 일단 제 인사나 대신 잘 전해 주세요."

그리고 나는 미리 준비해 온 조의금 봉투를 류 선생한테 겸연쩍게 내밀었다.

나무 우체통 앞에서 우뚝 걸음을 멈추었다. 가지 툭 부러진 산 밑 '황 씨나무'에 흘깃 시선을 던지면서, 나는 애써 평정심을 되찾아 조심스럽 게 우체통 문을 열었다. 그 안에 웬 새둥지가 들어앉아 있어서였다. 어 느 날 편지를 꺼내다가 느닷없는 벌한테 쏘여 혼쭐난 적이 있는데, 이번 엔 놀랍게도 벌보다 훨씬 큰 곤줄박이였다.

엊그제, 우체통 저 안쪽 한구석에 마른 솔방울 같은 녀석이 말똥말똥 작은 두 눈망울을 반짝이며 좁은 둥지 안에 가만히 앉아 있지 않겠는가.

저 녀석이 하필이면 왜 여길?

알들을 품고 있는 게 분명했다.

잔뜩 경계하는 놈의 시선을 피해 가벼운 우편물들을 얼른 꺼낸 나 는, 서둘러 문을 닫아 주고는 내동 설레는 마음으로 돌아섰다. 뭔가 좋은 일이 있을 것만 같은 삿된[7] 예감도 퍼뜩 지나갔다. 하지만 이내 앞으로의 우편물 접수는 어떡하지, 우려 또한 그에 못지않았다.

내가 사는 산속 집은 여기서도 계곡 옆길로 조금 더 올라가야 하기 때문이다. 구불구불 거친 산길을 작은 오토바이 타고 위태롭게 오르내 리는 집배원 수고가 미안쩍어서, 비좁은 삼거리 다릿목의 전봇대에 매

---

7 삿되다: 언행이나 생각이 바르지 못하고 나쁘다.

달린 절 소유 낡은 철제 우편함과 이웃해, 우리도 일찍이 자연스런 이 나무 우체통을 정성스레 세워 놓았던 것이다.

산천은 바야흐로 물 만난 만화방창이다. 겨우내 얼어붙었던 땅이 스르르 풀리면서 희뿌옇게 이내8 낀 듯하던 맞은편 산자락이 조금씩 연둣빛으로 물들더니, 이젠 어느새 집 주변의 온갖 야생화가 눈을 부시게 한다. 이 푸른 생명력으로 놀치듯 넘쳐나는 봄기운을 한공중에 날아다니는 새들인들 어찌 놓칠 것인가.

나는 흘깃 우체통 맞은편의 바위 같은 표지석을 훔쳐본다. 황 씨가 오며가며 발 뻗고 쉬던 자리. '함박덕'(咸朴德) 이라 쓰인 이 표지석에, 갖가지 약초가 든 불룩한 배낭을 그대로 짊어진 채 그가 등을 기대어 앉아 있다. 애써 그의 매실나무에서 눈을 떼었는데도, 그는 산지사방에서 평소 살았을 적보다 더 생생한 모습으로 불쑥불쑥 나타난다.

그는 언젠가 이 돌하르방 같은 표지석의 글자를 어루만지며 놀리듯 물었다.

무슨 문패가 이리 거창하우?

함박덕이라구, 우리 집 가훈이지요. 크고도 넓고 소박하게 덕을 베풀자는!

허허, 그게 그리 쉬운가?

그게 그리 쉬운 게 아니라면, 그냥 경계지역을 나타내는 큰 말뚝쯤으로 생각하세요.

---

8 이내: 해 질 무렵 멀리 보이는 푸르스름하고 흐릿한 기운.

친한 벗의 소개로 맨 처음 여기 함박골에 발을 들였을 때의 첫인상은, 대뜸 무위자연의 이미지 바로 그것이었다. 사람 손이 거의 닿지 않은 쑥대밭 그대로의 험한 신천지가 눈앞에 좌악 펼쳐지던 것이다. 지금 홀로 서 있는 표지석 근처에서 집 뒤의 깊숙한 골짜기를 웅숭깊게 바라보노라면, 더없이 검푸르고 그윽한 계곡의 풍광이 그렇게나 매혹적일 수가 없었다. 나는 가없이 검푸르고도 아득한 저 태고 시원의 자연을 거기에서 퍼뜩 발견했었다.

계곡에서 쉬지 않고 흘러 내려오는 계곡물은, 오늘도 상선약수(上善若水)의 의미를 담뿍 끌어안은 채 지상에서 가장 낮은 바다로, 바다로 마냥 흘러가고 있다.

하지만 흘러가는 것이 어디 물뿐이랴. 이 깊은 골짜기 어디 한 군데도 황 씨의 발길이 닿지 않은 곳이 없었다. 날다람쥐라는 별명에 걸맞게 그이는 틈만 나면 이 산 저 골짜기를 샅샅이 훑으며 흘러 다녔는데, 그 바지런함이 오죽했으면 시샘 많은 동네 아녀자들은 '저이가 이사 온 이후 온 산에 남아나는 게 없다'고 잔뜩 볼멘소리로 새무룩이 투덜댔을 것인가. 온갖 산채와 약초, 버섯, 도토리, 칡뿌리에 이르기까지, 그는 그 모든 푸른 산의 정기를 흠뻑 뒤집어쓰고 다니며 누렸다.

상념이 이에 미치자 나는 문득 전율어린 무섬증에 사로잡힌다. 매화 나뭇가지 줄에 목매달린 그의 마지막 정경이 눈앞을 휙 스치고 지나서였다.

"왔냐?"

별 볼일 없는 몇 가지 우편물을 쪽마루에 던지듯 내려놓자, 늙은 감나무 위의 까치집에 망연히 시선을 던지고 있던 어머니가 화들짝 반기는 표정으로 묻는다. 내가 우편물을 가져올 때마다 당신이 잊지 않고 습관처럼 내뱉는 외마디 질문.

왔냐?

기다려 봤자 아무 소용없을 당신은 도대체 무엇을 저토록 목 빠지게 기다리실까. 나는 적당히 질린 그 질문에는 지레 외면한 채,

"우체통 안에 새집을 지어 놨지 뭐예요."

혼잣말처럼 뇌까렸다. 하지만 어머니는 내 말을 전혀 알아듣지 못하고서, 당신이 조금 전 일별했던 감나무 위 까치집으로만 시선을 도섭 부려9 되가져 가며 또 집타령이시다.

"하찮은 까치도 저리 집 짓고 사는디, 나는 그 흔한 집 한 칸이 읎다."

"또 그 말씀이세요?"

모들뜨기10 눈으로 미간을 살짝 찌푸린 내가 계속한다.

"그럼 여긴 누구 집인데요? 어머니가 사시면 어머니 집이지, 집이 뭐 그리 대순가요?"

"아녀. 여긴 늬 집이여. 난 그냥저냥 그지처럼 니한티 얹혀사는 거여!"

"참, 내!"

나는 어이없어 쓴웃음 머금으며 입을 다물어 버린다. 매양 이 모양

---

9 도섭부리다: 주책없이 다른 모습으로 변하다.
10 모들뜨기: 두 눈동자가 안쪽으로 치우친 눈. 또는 그런 눈을 가진 사람.

이었다. 이즈음 들어 부쩍 지난날에 대한 회한이 깊어지고, 알 수 없는 분노와 자학, 우울증까지를 포함한 인생무상을 시도 때도 없이 욕설 비슷 드러내는 걸 보면, 당신은 이미 뭔가 이승과의 '정 떼기' 작업에 들어가신 게 아닌가 싶기도 하였다.

나는 우선 우체통 안의 작은 새둥지 걱정부터 해결하지 않으면 안되었다. 바지런한 집배원 역시 아직껏 그 존재 유무를 까맣게 모르고 있을 게 너무 빤해서, 그걸 사전에 알리는 일이 무엇보다 시급했다. 혹시나 책 같은 묵직한 우편물을 툭 던져 넣기라도 하면, 그 여린 새둥지는 단박에 풍비박산이 나 버릴 터였다.

나는 서둘러 '이 안에 새가 알을 품고 있어요'라 쓴 종이쪽지를 마련했다. 그리고 집배원한테 직접 알려줄 요량으로, 그가 올 시간에 맞춰 다시 우체통 곁으로 내려갔다. 다른 쪽 손으로는 어머니 손목을 슬쩍 그러쥔 채.

그 '요주의' 쪽지를 우체통 한 모서리에 갖다 붙이면서 아주 조심스레 안의 기척을 살폈더니, 이번에도 다섯 개의 앙증맞은 새알들만 옹기종기 포근한 둥지 속에 들어 있었다. 손바닥 하나쯤 겨우 드나들 수 있는, 그래서 아무래도 여러 가지로 불편하기 짝이 없을 비좁은 투입구를 통해, 놈은 그동안 저 아담한 둥지를 짓기 위해 얼마나 갖은 용쓰며 마른 나뭇가지와 풀잎들을 물어 날랐을까.

우체통 앞으로 어머니를 바짝 앞세운 내가 말했다.

"저기, 저 안을 잘 들여다보세요. 자그마한 새알들이 보이죠?"

"그려? 저게, 그러니까 새집이고, 새알들이라고?"

"그렇다니까요. 어머니 친구 생겨서 좋지요?"

"하이구, 망측해라. 어쩌자고 남의 집 안에다가 내처럼 또 집을 지었을까나?"

"참, 내. 못 말리는 우리 어머니!"

나는 머슬머슬한[11] 실소를 또 베어 물지 않을 수 없었다. 어머니는 언제쯤에나 저 망령의 집타령에서 벗어날 수 있을까. 신통스레 귀여운 새둥지를 보면서도 정신이 반짝 정상으로 돌아온 당신의 관심은 오직 한 가지, 저 30여 년 전에 문득 집 팔고 고향 떠난 데 대한 회한뿐이다.

그래서 그랬는가, 뭔가 언짢은 표정으로 고개를 갸웃거리며 우체통 안을 들여다보던 어머니의 다음 행동이 방심한 나를 홀연 뒤흔들어 놓았다. 순식간에 그 안의 새알 하나를 냉큼 집어내, 냅다 땅바닥에 내동댕이치시는 게 아닌가. 내가 잽싸게 당신 손을 붙잡지 않았다면, 어머니는 아마 나머지 알들이나 새둥지마저 모지락스레 꺼내어 몽땅 내던졌을지 몰랐다. 놀란 내가 소리쳤다.

"아니, 지금 뭐하시는 거예요?"

"……?!"

"좋은 구경시켜 드리려 했더니, 이거 원. 어서 집으로나 들어가세요!"

내 의외의 힐난이 너무 앙세었던지, 놀란 표정의 어머니는 슬금슬금 눈치 살피며 이내 집 쪽으로 몸을 피해 가셨다. 여린 나뭇가지 하나 꺾

---

11 머슬머슬하다: 탐탁스럽게 잘 어울리지 못하여 어색하다.

을 적에도 마음 아파하는 당신의 평소 심성에 비춘다면, 느닷없는 새 알 투척은 나에겐 꽤나 당혹스럽고 서글픈 일이 아닐 수 없었으나, 저만큼 멀어져 가는 당신의 새무룩한 뒷모습은 또 어쩔 수 없는 연민을 불러일으킨다.

하루에도 몇 번씩이나 뒤죽박죽 뒤엉키며 냉온탕 오가는 당신의 깊은 치매의 심연을, 속 좁은 방관자일 뿐인 내가 어찌 덕스럽게 셈들어 헤아리겠는가. 자칫 엉망이 될 뻔한 우체통 안의 새집을 다시 바로잡아 준 다음, 하나가 빠진 네 개의 알들도 본래대로 가지런히 모았지만, 어미 새가 이를 알아차리고 이곳을 아예 훌쩍 떠나가 버리면 또 어쩌나 싶은 바잡은 기우도 없지 않았다.

설마, 제 둥지 틀 때의 갖은 고초를 상기한다면 그럴 리야 없겠지.

놈의 집짓기 모습을 떠올리며 주춤 자리를 뜨려는데, 때맞춰 오토바이를 탄 집배원이 헐레벌떡 달려왔다. 나는 반가운 낯빛으로 그를 맞으며 빙긋 우체통 모서리에 나붙은 종이쪽지를 턱짓으로 가리켰다.

"당분간은 집으로 직접 갖다 주셔야겠네요. 그러실 수 있죠?"

"히야, 이런 데다 새집을 다 짓고, 별꼴이네. 아마 선생님한테 좋은 일 생기려나 봐유!"

재빨리 속사정을 알아차린 사람 좋은 집배원 역시 반죽 좋게 이를 내보이면서 내 뜻에 쉬 동의해 주었다. 그가 계속했다.

"아마 쇠붙이 우체통이었다면 꾸역꾸역 좁은 틈 비집고 들어가, 저

144

런 옴팡진 둥지 틀진 않았을 거구먼요. 따뜻하고 촉감 좋은 나무라서, 제 고향인 줄 알고 푸드득 찾아들어간 모양이네유. 선생님은 반가운 손님 오시어 괜찮겠지만, 저놈들이 부화해 날아갈 때까진 저만 꼼짝없이 생고생하게 생겼네유."

"그래도 우리 함께 저놈들 애비 노릇 좀 해봅시다."

"아, 그럼은요."

그리고 부르릉 달려 내려가는 집배원을 일별하고 돌아서는데, 이번에는 또 엉뚱한 개 손님이 꼬리를 마구 흔들어대며 내 곁으로 살래 다가든다. 절골 위 명도암(明度庵)에서 내려온 몽(夢)이었다.

"몽이 왔어? 어이쿠, 어서 와라."

"낑, 끼깅."

도무지 사람을 향해 달치게 짖어대거나 으르렁거릴 줄 모르는 녀석은, 그저 큼직한 등치에 어울리지 않게 침 뚝뚝 떨어지는 혀를 쑥 빼문 채 열심히 꼬리만 휘저을 뿐이다. 내가 허리 굽혀 살갑게 쓰다듬자, 녀석은 아예 벌러덩 드러눕듯 응석을 부리더니, 이리 뛰고 저리 내달리며 금방 신이 났다. 그러다가 문득 산길 쪽으로 시선을 던지며 우뚝 멈추어 선다. 예상했던 대로 노보살님이었다. 그러니까 몽이는 자기 주인님 외출을 살갑게 배웅하는 길이었나 보았다.

그네가 저 아랫말 버스 타는 데까지 함께 길동무했다가, 저 혼자 되돌아 절로 올라가거나 우리 집에 잠시 들르는 게 몽이의 몸에 밴 행동거지였다. 때로는 그냥 저 혼자 바람 따라 절에서 내려오기도 하고,

어떤 경우 아침에 눈 비비고 일어나 현관을 열고 나가면, 문득 몽이가 밤새 거기서 웅크려 잠을 잔 듯 길게 기지개를 켜기도 하지만, 그게 흔하지는 않았다. 어쨌든 몽이는 갈 데 없는 어머니나 나의 참한 이웃이요, 말벗이었다.

"보살님, 장에 가시게요?"

등이 굽은 몽이 주인이 지팡이에 의지한 힘겨운 걸음새로 가까이 다가오자, 내가 굽실 아는 체했다. 다리쉼 표지석에 어렵사리 등을 기대어 앉은 노보살님이, 휴우 깊은 한숨을 내쉬며 멀건 잇몸을 히죽 드러내셨다.

"아뇨, 병원 가유. 여기저기 안 아픈 데가 없으이, 내도 이젠 갈 때가 됐나뷰."

"별말씀을요. 요즘은 내남없이 백세시대라는데, 벌써 가시면 안 되죠."

말은 그러면서도 내 눈길은 연신 이즈음 들어 부쩍 쇠약해진 그네의 사그랑이 몸피나 얼굴 주름살에서 쉬 벗어나지 못했다. 맨 처음 뵈었던 십수 년 전만 해도 아직 정정했는데, 세월은 역시 아무도 붙잡을 수 없나 보다. 바지런한 중년의 새 공양주를 지난해 늦가을 새로 들인 이후, 이 노인네는 이제 어쩔 도리 없이 뒷방으로 물러앉아 오갈 데 마땅찮은 몸뚱어리 고단히 간수할 일만 남았음에랴. 절에서 박절히 내쫓지 않은 것만 해도 천만다행이지 싶었다.

잠시 가쁜 숨을 몰아쉬고 난 그네가 천천히 다시 입을 연다.

"그래, 집에 어르신은 건강하시쥬?"

"아, 네. 그래도 워낙 연세가 있으셔서요."

오락가락 자주 정신줄을 놓으신다는 귀띔은 덧붙이지 않았다. 세상 뜬 황 씨 이야기를 꺼내지 않은 걸 보면, 그네는 아직 그의 죽음을 까맣게 모르시는 걸까? 나도 모른 척 그냥 넘어가기로 하는데,

"황 처사님이 목숨 버린 덴 어디 매실밭이래유? 설마 우리 절 밭은 아니겠쥬?"

보살님이 천연덕스럽게 지나가는 풍문 확인하듯 묻는다. 지금껏 황 씨가 절 소유의 매실밭을 도지로 가꿔왔고, 그 밭이 황 씨네 집과도 바로 연결되어 있으므로, 그런저런 주변 정황으로 따진다면 솔직히 그가 마지막 가는 길 역시 백번 그곳이어야 옳았다. 그런데도 거기에서 한 숨 걸러 더 올라야 하는 우리 매실밭이었으니, 정말 알다가도 모를 일이었다. 게다가 살 만큼 산 노보살님의 '제발 우리 밭이 아니기를 바라는' 저 생뚱맞은 이기심 주머니는 또 뭔가.

나는 괜히 심술이 나서,

"대추나무도 벼락 맞은 게 훨씬 더 단단하고 오래 산다잖아요."

시큰둥한 동문서답으로 응수했다. 그리고 곧 화제를 우체통 새둥지 쪽으로 슬쩍 돌렸다.

"그나저나 우체통 안에다 새집을 지어 놨지 뭡니까. 새들은 사람이 오고 가는 것, 아무 관심도 없나 봐요."

"그래유? 봄이 농익으니 새들도 주체할 수 없이 물이 오르는구랴.

아무 데서나 알을 낳게."

"어디 새뿐인가요. 저 흐드러진 매화들 좀 보셔요."

나는 매실밭을 가득 채운 눈부신 봄 풍경을 가리켰다. 꽃구름의 터널을 이룬 채 온통 못 말리는 매화 천지로 뒤덮여 있다. 무슨 불꽃놀이가 저리 화려할 수 있을까. 떡가루 같은 흰색과 푸르스름한 빛이 뒤섞인 꽃들의 폭죽이다.

내가 잠깐 매화 꽃무더기에 한눈파는 사이, 버스시간에 쫓기는 보살님과 몽이는 벌써 자리를 털고 일어나 등을 보인다. 잘 다녀오시라 배웅하고, 나도 곧 집 쪽으로 내처 돌아섰다. 알 수 없는 불안감이 문득 가슴을 훑고 지나갔다. 내동댕이친 새알로 해서 어머니한테 큰소리친 게 은근히 맘에 걸렸는데, 그럴 적의 당신은 자칫 심한 버캐¹²의 우울감에 사로잡히거나, 아무 먹을거리든 마구 집어삼키는 알 수 없는 폭식증, 혹은 방문 쾅 여닫고 늘 방바닥에 펴둔 스펀지요 위에 새우처럼 모로 드러누워 꼼짝없는 '시체놀이'를 하기 마련이었다.

하지만 이번에는 달랐다. 뒤란 닭장 안에 들어가서 비루먹어 털이 숭숭 빠진 늙은 암탉을 붙잡아 한창 목을 비틀고 있는 중이었다. 나는 또 어쩔 수 없이 버럭 언성을 높인다.

"아니, 이번엔 또 뭐죠?"

"이놈이 제대로 살려믄, 하루라도 빨리 죽어야 혀. 지 식구들헌티 구박당하는 놈은 주인이 나서서 빨리 치워 줘야 하는 겨!"

---

12 버캐: 엉겨서 굳어진 감정 따위를 비유적으로 이르는 말.

너무나 흔연스런 표정으로 힐끗 돌아본 당신이 약육강식의 숨탄것[13]들의 생리를 콕 집어 설명하고, 에누리 없는 실증으로 보여주셨다. 나는 차라리 어이가 없었다. 나 역시 닭장 안에서 늘 등신 취급당하며 살아온 저 늙고 병든 암탉을 하루바삐 없애야겠다고 내심 별러 온 터여서, 어쩌면 오히려 잘되었다 싶기도 했으나, 닭 모가지를 비틀어 움켜쥐고 선 노인네의 옆모습은 흠칫 소름이 돋을 지경이었다. 가끔씩 마비 증세를 일으키는 왼쪽 팔다리의 불편함에도 아랑곳없이, 당신은 어금니를 콱 깨문 채 두 눈에 살기어린 쌍심지를 잔뜩 켜고 있는 중이었다.

나는 감정을 자제하며 다시 어르듯 재촉하였다.

"일단 거기서 어서 나오세요. 그런 건 어머니가 하실 일이 아니잖아요."

"아녀. 내도 이런 닭 모가지쯤 잘도 비틀 수 있으니, 니는 손에 피 묻히지 말거라."

"으이구, 정말!"

어이없는 혀끝을 내차면서 나는 재빨리 닭장 안으로 들어가, 당신의 오른쪽 손아귀에 들린 닭 목을 억지다시피 빼앗았다. 병약한 노인네 힘이라고는 쉬 믿기지 않을 만큼 완강하다. 당신의 이 막무가내 폭력성은 도대체 어디에서 비롯된 것일까. 내 손으로 건너온 닭은 이미 마지막 날개 퍼덕일 기력마저 잃은 채 온몸이 축 늘어져 버렸다. 나는 다른 한 손으로 어머니를 이끌고 한바탕 살생의 회오리가 휩쓸고 간 닭장

---

13 숨탄것: 숨을 불어넣음을 받은 모든 동물.

밖으로 서둘러 나왔다. 혼비백산 한쪽 구석으로 내몰려 있던 닭들이 그제야 안도하듯 쭈뼛쭈뼛 제자리로 돌아간다.

나는 감나무 밑 너럭바위에 축 늘어진 닭을 던지듯 내려놓고 어머니부터 챙겼다. 아직도 여전히 묘한 흥분 상태에 빠져 있는 당신의 격앙된 정서불안을 먼저 다독여야 했다. 한쪽 팔을 부축해 돌층계를 오르면서, 육류 드신 지가 엊그젠데, 하고 나는 농담처럼 물었다.

"그렇게도 고기가 드시고 싶었어요?"

"아녀. 갈 놈은 빨리 가야 하는 겨."

역시 너무나도 천연덕스럽다. 마치 아무런 일도 일어나지 않았다는 듯이, 아니면 조금 전의 살생 따위의 사달은 벌써 까맣게 잊었다는 듯이, 어머니는 또 이렇게 덧붙이셨다.

"밥 묵자."

"그러고 보니 점심때가 한참이나 지났네?"

나도 사위스레 배가 고파왔다. 어제 저녁에 끓여 먹었던 햇쑥국을 다시 덥히고, 김치, 시금치나물 등의 먹다 남은 반찬통들을 냉장고에서 꺼내어 그대로 통째 밥상 위에 놓고, 나이 든 두 늙다리 모자한테 가장 만만한 단백질 공급원인 계란만은 프라이팬에 탁 깨트려 새로 지져낸다. 맨 처음엔 흑염소와 토끼, 개들도 여러 마리 기르다가, 어느 때부턴가 그것들한테 매여 사는 게 너무 버거운 데다, 애지중지하던 개들을 더러 도둑맞거나 팔고 난 이후에는 오롯이 이 토종닭 사육만을 고수해 오고 있는데, 그것은 바로 이 무공해 유정란 먹는 재미 때문이라고 해도 과언이 아니다.

거기에 더러는 살진 닭 목을 몰강스레[14] 잡아 비트는 기회를 갖기도 하지만, 그걸 바잡아 죽이거나 칼질하는 과정이 아직도 고빗사위[15]로 낯설고 서툴기만 해서 여간 곤욕스럽지가 않다. 끓는 물에 통째로 데쳐 털을 뽑아낼 때의 이물감도 더없이 불유쾌하지만, 그것을 손질한 다음 배를 갈라 내장에 손을 쓰윽 집어넣을 적의 그 뜨뜻미지근한 열감이나 미끄덩거리는 감촉은 상념만으로도 지레 역겹다.

어머니와 겸상으로 늦은 점심 떠넘기면서도 내 머릿속은 여전히 저 비명횡사한 닭을 어떻게 처리할 것인가에 대한 궁리로 바쁘다가, 이내 땅에 묻어 주기로 결론을 내린다. 젊고 힘센 제 수컷 자식들한테 너무 거친 공격을 무시로 받아 온 데다가, 이미 폐계나 다름없이 볼품없는 몸피여서 괜한 수고로움만 더할 뿐이라는 생각이었다.

하지만 이제 어떻든 어머니가 육류 드실 때가 되었다는 데 대해선 의심의 여지없어, 나는 냉장고 냉동 칸에 고이 넣어둔 돼지목살 덩이를 꺼내 놓았다. 그리고 짐짓 넘나는 어조로 입을 연다.

"이따가 저녁엔 고기 구워 드릴게요. 맛나게 쌈 싸먹읍시다."

"뭣이라?"

"고, 기, 요!"

나는 힘주어 말했지만, 당신은 또 무슨 망념에 빠져 계시는지 건성

---

14 몰강스레: 인정이 없이 억세며 성질이 악착같고 모질게.
15 고빗사위: 매우 중요한 단계나 대목 가운데서도 가장 아슬아슬한 순간.

으로 음식물을 오물거리면서 퀭한 두 눈만 멀뚱거린다. 그러다가 당신은 또 눈살을 잔뜩 찌푸린 채 현관문 바깥의 한 지점으로 붙박인 듯 시선을 고정시켰다.

거기에 몽이가 꼬리를 흔들며 서 있었고, 놈의 입에는 죽은 닭이 통째로 물려 있었다. 어이쿠, 저 녀석이! 나는 젓가락을 상 위에 탁 내려놓고 급히 현관 밖으로 뛰쳐나갔다.

"야, 인마. 그거 안 내놔?"

"가만, 무슨 새가 저리 크다냐?"

엉거주춤 뒤따라 나온 어머니가 어리둥절한 표정을 짓는다. 몽이 입에 물린 게 당신이 죽인 닭이란 사실은 기억 속에서 벌써 지워진 모양이었다. 그럼에도 오랜만의 몽이 출현이 반가운 나머지, 당신은 앞뒤 가리지 않고 녀석의 먹을거리부터 찾아 주려 허둥댄다. 몽이가 올 때마다 당신이 가장 먼저 치르는 공양 선심이었다. 먹다 남은 생선, 고기류도 아낌없이 던져 주기 마련이었는데, 절에서 그런 건 절대 먹이지 말랬다고 단단히 일러도 당신은 전혀 소용이 없었다.

명도암의 노보살님은 그때 말씀하셨다.

스님이 고기맛 보믄 더 정신 못 차린대잖어유. 몽이도 똑같어유. 지금껏 절음식에만 잘 길들여졌으니께, 그리 아셔유.

아, 그래요? 그래서 저리 성질이 온순하고 짖지도 않는가 보죠? 낯선 손님 가림 없이 꼬리 치는 붙임성, 정말 끝내준다니까요.

결코 소리 내어 짖는 법 없이 개의 본성을 아예 잃어버린 것 같은,

152

외모는 아주 의연하고 준수하게 잘빠졌으되, 그저 조용하고 유순하기만 한 몽이의 타고난 성품을 두고 내가 빈정대듯 추켜세우자, 그네도 우스개로 비싯비싯 받아넘겼다.

재도 이제 부처님 다 됐슈. 법당 앞에서 하도 많이 목탁소리 듣다 보니께, 아예 짖는 것도 잊어불고 저리 안 하요. 세상 이치 다 깨친 것만 쿠로, 도둑놈 내쫓을 줄도 모르고.

개한테도 불성(佛性)이 있냐더니, 있는 게 맞구먼요.

지까짓 게 불성은요, 우리 절에 손님으로 와서, 끝까지 손님 노릇하느라 그러지유, 뭐.

그리고 그네는 명도암에서 몽이를 키우게 된 내력을 개코쥐코[16] 덧붙여 설명해 주었는데, 누군가가 슬쩍 버려 두고 간 개라는 거였다. 어느 날 저물녘 요사채 툇마루 쪽에서 웬 낑낑거리는 소리가 들려 나가 봤더니, 거기 기둥 모서리에 강아지 티를 훌쩍 벗어난 몽이가 얌전히 줄에 묶여 있었다고.

처음엔 별로 내키지 않았지만, 유독 정이 많은 젊은 상좌스님이 몽이라는 이름까지 덥석 지어 주며 절에서 키우자고 우기는 바람에 오늘에 이르렀단다. 그네는 그게 다 자기 몫의 일이라 성가셨지만, 이 또한 어쩔 수 없는 전생의 인연인가 싶어 길 잃은 녀석하고 티격태격 벗트는 사이, 이제는 시간이 흐를수록 한가족보다 더 엉겁[17]해졌다는 자

---

16 개코쥐코: 이러쿵저러쿵.
17 엉겁: 끈끈한 물건이 범벅이 되어 달라붙은 상태.

랑이었다.

"몽아, 이거 묵어라."

주방으로 거푸 들락거리던 어머니의 손에 잘게 쪼갠 햄 조각들이 들려 있었다. 현관문 옆에 아예 몽이 전용으로 놓아 둔 플라스틱 밥그릇에 그것을 소담스레 옮겨 주고 난 어머니는, 게걸스레 퍼먹는 몽이 머리 쓰다듬느라 여념이 없다. 젖먹이를 다루듯 하는 조심스런 그 손길이 곰살궂다.

그런데 이 느닷없는 중얼거림은 또 무슨 잠꼬대인가.

"개만도, 못한 것들!"

"예?"

내가 혹시 잘못 들었나 싶어 되물었지만, 당신의 시선은 이미 무엇엔가 단단히 덮씌운 듯 몽이 등 너머의 어떤 저주어린 곡두에 잔뜩 사로잡혀 있었다.

"저예요, 생각해 보셨어요?"

사회복지사였다. 산속에서 혼자 어머니를 병수발하고 사는 내 처지가 딱해, 그녀는 몇 달 전부터 잊을 만하면 곧장 잊지 않고 이리 전화해 온다. 자기가 잘 아는 가까운 요양원에 어머니를 보내 드리라는 거였다. 의료시설 좋고, 매끼 부실할 수밖에 없는 영양관리도 그쪽이 훨씬 더 효과적이라면서, 당신의 어머니를 3급 정도의 장애로 판정해 드리면 노령연금을 포함시켜 요양비용 또한 많은 경감 혜택이 뒤따를 거

154

라는 친절한 귀띔도 그녀는 놓치지 않았다.

누이처럼 자상한 그녀가 다시 잇는다.

"괜히 눈치 보실 것 없어요. 어차피 노모님 모시는 거하곤 아무 상관도 없는 일가친척들이잖아요. 늙어서 이용 가치 떨어지고 물려줄 재산마저 없어지면, 자식들도 다 등 돌리는 게 요즘 인심이잖아요. 문제는돈인데, 돈 없으면 부모형제도 몰라보는 막가는 세상이라는 거, 그렇게 겪으시면서 뭘 그리 망설이세요? 더군다나 요즘엔 요양원에 대한인식도 싹 달라졌으니까, 전혀 걱정 마시고 맡기셔요."

"예, 조금 더 생각해 보구요."

"그만큼 생각하셨으면 됐지, 또 미루시게요? 직접 모시고 가기가 뭣하시면, 내일이라도 제가 차 몰고 댁으로 갈게요. 아휴, 선생님은 생각이 너무 많으셔서 탈이라니까."

"아, 알았어요. 요즘 요양원들, 노인학대하는 데가 많다고 해서 …나중에 연락드릴게요."

나는 땡감 씹는 기분으로 전화를 끊고, 내처 좁은 산길을 허위허위[18]올랐다. 한 번도 이쪽 속사정을 달치게 털어놓고 이야기해 본 적 없는데, 저 여자는 어찌 저리 손금 보듯 이쪽 사정에 훤하지?

아무튼 고마운 일이다. 흥부네 자식들처럼이나 많은 형제들 중 이복지사만큼이라도 덧없이 늙어가는 나와 어머니를 배려하고 걱정해주는 핏줄이 또 누가 있단 말인가. 곳간에서 인심 난다는 말이 액면 그

---

18 허위허위: 손발 따위를 이리저리 내두르는 모양.

대로 맞는다면, 어느 날 문득 모자가 함께 숨 거두어도 찾는 이는 오직 저 인정 많은 복지사 아니면, 언뜻 스쳐가는 바람이거나 햇살 한 줌뿐일지도 모른다.

스르륵 뱀이 지나간다. 어미를 잡아먹는다는 살모사였다. 나는 우뚝 걸음을 멈추고, 괜히 탕탕 발로 땅을 울리면서 돌멩이를 찾아 던진다. 삼각형의 머리를 바짝 치켜세운 아름다운 암회색 반점의 살모사는 이미 다른 데로 숨어 들어가 버렸지만, 나는 여전히 안심하지 못해 얼른 우람한 조선솔이 서 있는 옛 무덤자리로 몸을 피한다.

아주 오래 묵은 폐묘(廢墓)였는데, 어쩌다 산을 오를라치면 어김없이 들르게 되는 이곳은 인생무상이 무엇인지를 단박에 깨닫게 해서 곧잘 마음이 묘하게 뒤엉키며 언짢았다.

모진 풍우에 씻기어 비스듬히 누운 비석에, 희미한 '형조참판 겸 총융사'(刑曹參判 兼摠戎使) 어쩌구 하는 관직이 새겨진 것으로 봐, 당시에는 꽤나 헌걸찬 권세를 누리며 방귀깨나 뀌었을 터이나, 세월의 앙금이 깊게 스며든 오늘에 이르러선 그 무덤 속 주인공의 형해는 온데간데없는 흙으로 녹아 사라지고 없다.

화려한 그 대(代)가 끊어진 지도 이미 오래여서 넓게 자리한 봉분은 거의 평지나 다름없이 무너져 내렸고, 그 무덤가 한복판으로는 억센 산뽕, 아카시아까지 턱 뿌리박고 서 있다.

어찌 그뿐이랴. 앙센 나무들을 타고 친친 휘감아 뻗어 오른 칡넝쿨의 산발한 위세는 '갈등'(葛藤)의 참모습이 뭔지 한눈에 낫잡아 보여준다.

얽히고설킨 등나무와 칡이 이름 그대로 명사화된 존재답게, 여전히 묘역 전체를 거의 다 뒤덮고 있는 두억시니[19] 칡넝쿨. 우리들 저마다의 가슴속 인간사도 저리 험한 갈등 넝쿨의 연속이지 않을까 싶었다.

생전의 황 씨는 그래도 이 폐묘 바로 뒤쪽에 당신의 무덤 자리를 메지대어 마련하고 나서 퍽이나 행복해했었다.

왕후장상도 고향 밖에 묻히면 저 꼴 나는겨. 그에 비하면 고향땅에 온전히 묻히게 된 난 그런대로 썩 괜찮은 편이지? 안 그려?

그럼요. 부부 합장으로 잠들 미래의 집까지 장만하셨으니, 성님은 참 성공한 사람이우.

딱 그만한 땅만 분할 측량해서 법원 등기까지 마쳤다고 납신거려 자랑하던 그이한테, 나는 진심으로 한마음이었다. 내일 아침이면 어김없이 그이의 예약된 오동나무 관은 이리로 실려와 생전에 정해 둔 묏자리에 편안히 묻힐 것이다. 나는 내처 마루턱을 치올라 황 씨 유택에 이르렀다.

저 어린 조선솔 한 그루 심어진 데 있지? 아니, 저 큰 소나무 말고 바로 그 뒤, 양지바른 곳. 거기가 내 장래 집이여, 하고 몇 번이나 일러 주었던 터여서, 나는 쉽게 그곳을 찾을 수 있었는데, 정작 올라와 보니 과연 명당이구나 싶다.

여남은 채의 산뱅이 마을은 물론 저 아래 제방 위로 가로지른 찻길이 한눈에 들어오고, 겹겹이 쌓인 먼 산들의 등고선도 연한 잉크 빛으

---

19 두억시니: 모질고 사나운 귀신의 하나.

로 유장하게 누워 있다. 햇빛 양명한 이 땅을 그이는 자주 오르내리면서 늘 아껴 다듬고 가꾸었던 터라, 잡초 하나 없는 자연산 잔디가 마치 융단과도 같았다.

그런데 바보처럼, 식전의 담배 한 모금보다도 더 쉽게 가요? 마누라하고 싸워 집에 들어가기 싫으면, 나한테 후딱 달려와서 쓴 소주잔 나누다가, 하룻밤 묵어가면 됐을 거 아뇨!

푹신한 잔디를 골라 앉은 나는 새삼스레 황 씨의 어처구니없는 치룽구니 짓을 속으로 질타했다. 그러다가 문득 밤 깊어 나한테 오다가, 또는 안마당까지 쭈뼛 들어왔다가 괜스레 부끄러워 부질없이 되돌아가다, 홧김에 그렇게 목을 맸을지도 모르겠다는 생각이 스쳐 지나갔다. 사람은 얼마든지 한순간의 홧김에, 또는 그냥 부끄러워서, 시원하게 복수하고 싶거나 사랑하는 이의 눈물이 그리워서 불현듯 자살할 수도 있는 존재이기 때문이었다.

황 씨는 언젠가 말했다.

—나, 죽을 고비 참 많이도 넘겼어. 낯선 객지 떠돌며 안 해본 일이 없었으니께. 수출용 다람쥐 잡이로 강원도 산골짝 뒤지고 다닐 땐 엉뚱한 간첩으로 내몰려 총까지 맞을 뻔했고, 오징어배 타고 먼 바다 들고 날 적엔 엄청난 풍랑에 휩쓸려 배가 뒤집히기도 했다구. 건설 노가다 판에 막노동 다니는 건 예사요, 그 현장에서 만난 도배장이 여자하고 힘 합쳐 함바집까지 열어 봤고. 그렇게 별의별 험한 고생 두루 겪다가 마지막 얻어걸린 게 대기업 화학공장이었어. 팔자에 없는 공돌이로

158

돈은 제법 끌어모았지만, 거기 공해물질이 십 몇 년 쌓이다 보니 내 몸은 완전 산업재해로 망가져 있는 거라. 그래서 회사 그만두고 한 많은 고향땅으로 내려온 거여. 이 골짝에 자기가 집짓는 거 보고 없던 용기 얻어서. 처음엔 한번 떠난 여길 다시 들어오는 게 죽기보다 싫었지만, 살아 보니 역시 잘했구나 싶어. 송충이는 솔잎을 갉아먹고 살아야 하듯, 나는 아무래도 산타고 농사짓는 게 제격인 모양이여.

사실이 그랬다. 자기 농토는 거의 한 뙈기도 갖고 있지 않으면서도 황 씨는 우리 호두밭을 포함한 남의 논밭농사와 매실밭 관리까지 대신 맡아 주는 건 물론, 철마다 온갖 자연 선물로 넘쳐나는 산속을 밤낮으로 노그라지게[20] 누비고 다녔다. 그러면서 수시로 나를 찾아 고장 난 연장 고쳐 주고, 어설프기 짝이 없는 내 농사법을 살뜰히 익혀 주고, 그리고 차나 술을 나눠 마시며 미운 정 고운 정을 그 누구보다 도탑게 쌓아왔다.

그런데 그렇게 싱겁게 가셔? 정말 그래도 되는 거요?

나는 차라리 헛웃음이 나올 지경이었다. 어쨌든 내일 오전이면 그이는 여기 이 명당에 고이 묻힐 것이고, 다시는 이 지상에 남지 않을 거였다.

나는 습관처럼 손전화를 켜 들여다본다. 어머니의 배회 감지기와 연결된 위치추적 서비스는 아직 이상 무. 당신의 목에 걸린 그것을 통해, 나는 당신이 지금 집을 벗어나 있는지 어떤지를 수시로 확인할 수 있

---

20 노그라지다: 지쳐서 맥이 빠지고 축 늘어지다.

다. 손전화를 접고 나자 나는 다시 머리를 감싸 쥔다.

사회복지사 말대로 따르는 게 백번 옳긴 해!

산속에 혼자 갇혀 사는 내 형편에, 앞으로도 주욱 치매 노모를 모시고 안갚음[21]해 사는 건 암만해도 무리라는 결론이었다.

시린 두 눈을 들어 먼 산을 바라본다. 아지랑이가 낀 듯 희뿌옇지만, 산지사방에서 들려오는 새 우짖는 소리와 꽃망울 터지는 봄의 정경은 여전히 눈부시다.

때맞춰 저 아래 절 쪽 오솔길로 내려가는 웬 젊은 남녀 목소리가 골짜기의 공명을 타고 해맑게 들려온다. 잿빛 승복을 걸친 사내는 명도암의 상좌스님이 분명한데, 그 옆에서 무슨 말인가를 엉너리 쳐 주절대며 자분자분 따르는 싱그러운 저 여자는 또 누굴까. 가끔씩 장난스레 스님 어깻죽지를 툭툭 건드리며 대화하는 걸로 봐, 두 남녀는 이미 예사 사이는 아닌 듯싶다. 잠시 후에는 숲속에서 뛰쳐나온 몽이까지 합세해서, 구불구불 휘어진 윤슬[22]의 사행천을 따라 앞서거니 뒤서거니 화사한 꽃길을 걷는 그들이 한 폭의 그림 같았다.

야, 저기도 봄이 한창이구나.

뭔지 모를 시샘마저 가득 담긴 눈으로 멀찍이 엿보는데, 우리 집으로 들어오는 삼거리에 이르자 스님은 부리나케 길가의 야생화를 이것저것 꺾어대는 몸짓이었다. 그리고 그것들을 한데 그러모아 여자한테 건넨

---

21 안갚음: 부모 봉양하는 일.
22 윤슬: 햇빛이나 달빛에 비치어 반짝이는 잔물결.

다. 그 애틋하면서 정겨운 풍경은 이내 벚꽃더미 너머로 숨어들어가 버렸으므로, 나는 그제야 엉덩이를 털며 자리에서 일어났다.

그리고 천천히 왔던 길을 되돌아 내려왔는데, 나무 우체통 앞에서는 몽이가 혼자 어슬렁거리며 짓까불고 있었다. 반가움에 겨운 내가 녀석을 불렀더니, 함박덕 표지석에 등을 기대어 앉아 있던 스님이 먼저 돌아본다. 아까 꽃들을 꺾어 여자한테 건넨 지도 한참이나 흘렀고, 그 여자도 이미 눈앞에 보이지 않는데 스님은 왜 여태껏 그 자리에 주저앉아 있었던 것일까.

그녀를 보내고 난 가슴이 그리 허전했나 싶어, 나는 부러 과장된 음성으로 스님한테 아는 체했다.

"거기 앉아 계셨군요? 근데 무슨 걱정거리라도 있으신가요? 안색이 좀 ….."

어딘지 비사쳐 놀려먹는 억양으로 심술궂게 묻자, 엉거주춤 허리를 펴고 일어선 스님은 낯빛이 조금 상기되면서 뚝 시치미를 뗀다.

"걱정거리는요. 우리 보살님이 요양원에 들어가셔서, 그게 맘에 걸려서 혼자 끓는 속 좀 삭이고 있었습니다."

"아니, 어젠 그냥 병원 가신다고 하셨는데요? 절에선 도저히 더 계실 형편이 못 되신가 보죠?"

나도 얼결에 뜨악해서 반문했다. 스님이 받는다.

"계시는 건 아무 상관없지만, 이젠 여기저기 고장 나신 데가 한두 군데 아니거든요. 거동도 불편하시고, 그걸 치료하시려면 어차피 의료시설 신세를 져야 돼서 … 그나저나 황 처사님 가신 데는 어딘가요?"

"아, 그거요?"

스님도 영락없이 그게 가장 궁금했던 모양이다. 때마침 몽이가 그 '황씨나무' 곁을 꼬리 치며 배회하고 있었으므로, 나는 잠깐 호흡을 가다듬었다가 계속했다.

"저 몽이 녀석이 무슨 냄새를 맡은 모양이네요. 바로 저 나무예요"

"가지 부러진 거 말이죠? 저도 처음부터 그런 예감이 들더라구요. 오며가며 신경 쓰이실 텐데 제가 치워 드릴까요?"

"아뇨, 제가 치울 겁니다. 장례 끝나면 …."

마음속으로는 그래주기를 간절히 바라면서도, 내 입에선 전혀 다른 말이 새어나왔다. 넘치게 신경 써주는 스님이 이드거니 고맙긴 하지만, 아무래도 꼭 그래야만 할 것 같았다. 그것이 망자에 대한 나의 최소한의 예의일 듯만 싶었다.

그쪽으로 발을 떼려던 스님이 주춤 멈추면서 말했다.

"하긴 두 분의 우정을 생각한다면, 제가 나서는 건 주제넘는 짓이겠네요. 그럼 그러세요."

"스님 덕분에 용기가 생겼습니다. 나중에 지가 치울게요. 고맙습니다."

"고맙긴요, 다 일장춘몽인데요, 뭐."

"맞아요. 모든 게 꿈이지요. 저 몽이 이름도 스님이 지어 주셨다면서요?"

"그냥 생각 없이 갖다 붙였어요. 그러니까 몽이가 되더라구요. 우린 누구나 없이 꿈을 꾸면서, 하루하루 자살하고 있잖아요."

"예?"

"누구나 하루하루 자신을 죽이고 있다구요."

스님은 알 듯 모를 듯 엷은 웃음을 입가에 머금으면서, 주춤 의아해하는 나를 향해 다시 말을 이었다.

"그 방법이 조금씩 다르다뿐이지, 인간의 자살행위는 한순간도 멈추지 않아요. 성내고 욕심부리고 누군가를 그침 없이 증오하면서, 그걸 해결하지 못해 잠 못 이루거나 술 마시고 번뇌에 빠져 지옥을 헤매잖아요. 그게 바로 자살행위가 아니고 뭐겠어요. 그러니까 화끈하게 가건, 아주 천천히 가건 결국엔 다 같이 가게 돼 있는 길, 순서만 다를 뿐이지요."

"그, 그렇지요."

"그럼 이만 올라가 보겠습니다."

스님은 가볍게 두 손 모아 합장하면서 명도암 쪽으로 몸을 돌렸다. 차라도 한잔하고 가시라 해도 그이는 번번이 그러지를 않아서, 이번에도 나는 그냥 가벼운 목례로 스님과 헤어졌다. 좁은 산길을 몽이와 함께 휘적휘적 올라가는 그이의 뒷모습이 새삼스레 무거워 보였다.

이튿날 아침, 황 씨의 장의차는 산뱅이 마을로 들어오지 않았다. 그이가 실려 올 것에 대비, 장의차가 지나갈 우리 집 우체통 앞길을 깨끗이 치우고 댑싸리 비질까지 해치웠는데, 아무래도 이상한 일이었다.

예상했던 시간이 훨씬 지나가도 끝내 오지 않기에, 얼마쯤 황당한 느낌에 사로잡힌 내가 서둘러 류 선생한테 전화 걸어 알아봤더니,

"유가족들이 수목장으로 치른답디다. 그래, 화장장에서 화장해 곧바로 그쪽으로 모셔 갔대요."

그이도 이쪽으로 올 줄 알고 내내 기다렸는데 그만 허탕치고 말았다는 후렴이었다. 나는 또 불의에 뒤통수를 얻어맞은 듯 얼떨떨한 기분으로 말끝을 흐렸다.

"그래, 요? 고향땅에 묻히고 싶어 내려오신 분이, 결국 그렇게 되셨군요."

그럼 그동안 애지중지 아끼며 가꿔 온 그 명당자리엔 누가 묻히죠, 소리는 꾹 눌러 입 밖에 내지 않은 채,

"그 매실나무는 명도암 스님이 치워 주셨으니, 괜한 부담 안 가지셔도 되겠습니다."

나는 류 선생의 엉뚱한 마음의 짐을 한순간의 거짓말로 덜어 주었다. 허, 그래요, 하는 그이의 쓸쓸한 헛웃음 소리가 긴 여운처럼 뒤에 남았다.

그렇게 황 씨가 가고 흐드러졌던 매화도 시나브로 지고 나자, 이번에는 집 주변을 에워싼 왕벚꽃 송이들이 폭죽으로 만발했다. 우체통 안의 곤줄박이 알들이 마침내 벌거숭이 새끼들로 깨어난 게 엊그제 같

164

은데, 오늘 아침 조심스럽게 들여다보았더니 놈들도 어느새 감쪽같이, 어디론지 사라져 가고 없었다.

나는 혼잣소리로 중얼거렸다.

"짜식들, 간다온다 인사도 없이!"

그러거나 말거나 벚꽃들은 여전히 속절없이 눈부시고, 그러면서 산지사방으로 눈처럼 흩날렸다. 길 위에 쌓이는 무수한 벚꽃, 송이들.

온 산천이 깊은 꽃무더기에 빠져 있는데, 아까부터 우체통 쪽에서 뭔가 낑낑거리는 소리가 들려왔다.

허기져 길을 잃고 헤매는 산짐승인가?

평소에는 보이지 않던 솔개 한 마리까지, 벚꽃 흩날리는 배경 뒤 드높은 창공에서 비잉빙 원을 그리며 날고 있어 뭔가 이상한 예감이 들었다. 바로 그때 우리 집 마당으로 몽이가 혀를 빼물고 들어선다.

"몽이 왔어? 조금 전 낑낑대던 녀석이 바로 네놈이었구나?"

나는 반갑게 손을 내밀었는데, 그러나 녀석은 다시 낑낑대 꼬리 치면서 발밤발밤 오던 길을 되돌아가려 애썼다. 여느 때와 유다른 녀석의 행동거지가 암만해도 수상쩍었다.

좀체 짖지 않는, 아니 짖을 줄 모르는 녀석이 저리 이물스럽고 긴절한 몸짓을 짓다니, 그 또한 예사롭지 않았다.

어머니를 과연 요양원으로 보낼 것인가 어쩔 것인가로 깊은 갈등에 사로잡혀 있던 나는, 헛잠에서 깨어난 듯 멍하게 몽이 뒤를 따랐다.

녀석이 꼬리 치며 걸음을 멈춘 곳은 다름 아닌 함박덕 표지석 앞이었다. 나는 부신 듯 눈살을 찌푸렸다. 바로 거기에서 활처럼 휜 등을 다리 쉬임으로 기대어 앉은 어머니 같은 웬 노파를 발견했기 때문이었다.

누구지? 넋을 놓은 표정으로 먼산바라기하는 생면부지의 그네한테 꾸벅 고개까지 숙이며 누구시냐 남볼썽으로 물었지만, 나는 전혀 그네의 정체를 가늠할 수는 없었다. 노파는 그저 말없이 묘한 실소만 입가에 머금을 따름, 솔개가 맴도는 하늘 저쪽으로 이내 시선을 거두어 버렸다.

백발의 노파 머리칼이 밤송이처럼 짧은 스포츠형인 게 인상 깊었다. 아마 그걸 감고 다듬고 관리(본인이든 보호자 가족들이든)하는 게 귀찮아서였을 터이다. 인생의 신산이 시난고난 묻어나는 조쌀한 노안은 자글자글 주름졌으되, 위아래 화사한 물빛 옷차림새는 마치 봄나들이라도 생게망게[23] 나선 행색이었다. 아마 그네를 데리고 나선 가족들 중 누군가가, 그래도 마지막 양심은 살아 꿈틀거려서 입성과 매무새를 곱다시 단장해 주었을 것이다. 그런데 두 다리를 쭈욱 뻗은 채 그대로 땅바닥에 주저앉은 저 가살스런 모양새는 또 뭐란 말인가. 한눈에 봐도 정상이 아니란 건 꽤나 확실해 보였다.

헛일인 줄 알면서도 나는 다시 묻는다.

"어디서, 누굴 찾아 오셨어요?"

"?!"

"길을 잃으셨나 본데, 그럼 경찰한테라도 연락해 드릴까요?"

---

23 생게망게: 하는 행동이나 말이 갑작스럽고 터무니없는 모양.

"… 버, 버."

노파는 흡사 짖지 않는 몽이와도 같이 내가 알아들을 수 없는 헛소리를 읊조리며, 저절로 흔들리는 고개만 버릇처럼 옆으로 가로젓는다. 때마침 주변을 서성이며 딴전 부리던 몽이가 가까이 다가들며 헐거운 그네 비닐구두를 핥았으므로, 둘은 서로 뭔가를 남몰래 소통하는 게 아닌가 여겨졌다. 그래서 나는 손전화를 꺼내어 부리나케 절을 찾았다. 젊은 상좌스님이었다.

혹시 이러이러한 할머니를 절에서 보신 적이 있느냐 물었더니,

"아, 그 치매 걸리신 보살님이오? 아직 안 가시고 거기 계신가요? 암만해도 못된 자식 놈들이 몰래 유기한 것 같은데!"

"그래요?"

"여기 새 공양주님이 하룻밤 재워드렸는데, 아침에 일어나 보니 벌써 안 보이시더라구요."

"알았습니다. 제가 당국에 바로 알려야겠네요."

그리고 전화를 끊은 다음, 나는 일단 이 갈 곳 없는 노인네를 가까운 집으로 모셔야 한다고 생각했다. 그다음에 차근차근 해결 방법을 찾아보고, 그에 따라 기민하게 대처하면 될 것이었다.

가십시다, 하고 나는 노파의 양손을 잡아 조심스레 일으켜 세웠다. 마른 장작개비처럼 가볍고 가든하다. 그네의 무심하던 두 눈이 놀라 휘둥그레 커지면서 내가 인도하는 데 따라 괴발디딤[24]으로 주춤주춤

24 괴발디딤: 고양이가 발을 디디듯이 소리 나지 않게 가만히, 조심스럽게 발을 디디는 짓.

따르신다. 바람결에 쏟아지는 벚꽃들이 마치 부푼 눈송이 같다. 그 부신 꽃길을 우린 천천히 지르밟으면서 집 안마당으로 들어섰다.

"오메, 동심이 니가 웬일이여?"

벚나무 그늘 밑 걸상에 앉아 졸다말다 해바라기하시던 어머니가, 불현듯 자리를 털고 일어나며 소리쳤다. 아니에요, 동심이 이모가 아니라구요, 하고 내가 손사래 쳐 한사코 부정해보지만, 어머니는 이미 노파의 손목까지 왁살스레 그러잡으며, 고향 갯가에 혼자 살고 계시는 당신의 사촌자매님을 반갑게 맞이하셨다.

나는 이러지도 저러지도 못한 채 두 노인의 이상한 해후를 망연히 지켜볼 따름이었다. 하 어처구니없어 피식 헛웃음까지 나왔다. 그러면서 몹시도 배가 고플 것 같은 낯선 손님의 허기를 우선 채워 드리고자, 비상용으로 마련해 둔 컵라면을 꺼내고, 허둥지둥 물을 끓였다.

두 가짜 사촌들은 여전히 벚꽃구경에 여념이 없으셨다. 내가 다 끓인 컵라면을 밥사발에 옮겨 쟁반에 받쳐 들고 밖으로 나설 때까지, 둘은 여전히 소풍 나온 모습으로 희희낙락이었다.

그러다가 문득 어머니가 노파한테 묻는다.

"우짜다가 그리 말을 잃었어? 아예 버버리가 된 거여?"

"…버, 버."

"허허, 우리 동심이가 우짜다가 이리 됐는고?!"

"시골 이모님이 아니시라니까요, 어머니. 그냥 길 잃으신 이웃동네 할머니예요."

168

내가 중간에 끼어들었지만, 어머니는 더 바짝 노파 곁으로 다가들며 주름진 손과 얼굴 만지기에 바쁘시다.

그러다가 내가 평상 위에 내려놓은 라면 그릇을 노파 쪽으로 급히 옮겨 주신다. 노파는 걸신들린 듯 그것을 단숨에 먹어 치우셨다. 아직 국물이 다 식지 않았을 텐데, 그릇째 후루룩 남김없이 마셔 없앴다.

나는 다시 난감한 혼란 속으로 빠져든다.

어디로 먼저 신고하지? 그러면 이 노인네는 또 어디로 가서 어떻게 사시는 거지? 자, 조금 더 생각해 보자, 하고 나는 두 어른이 대각선으로 놓이는 다른 그늘 밑 평상으로 가, 거기에 덥석 널브러져 누웠다. 팔베개하고 창공을 쳐다본다. 사방 벚꽃천지는 시리도록 눈이 부시고, 쨍그랑 금이 갈 듯 투명한 봄 하늘은 눈물 나게 짙푸르다. 거기에 흰 눈을 뒤집어 쓴 벚나무를 배경에 걸치고, 그 뒤 먼 허공중에 떠있는 솔개의 원무를 암암히 응시한다. 저 솔개는 분명히 하늘과 땅 사이를 절묘하게 연결해 주는 영험한 영매(靈媒)이리라.

나는 보이지 않는 땅 밑의 나무뿌리를 본다. 그 얽힌 뿌리들 밑으로 흐르는 도도한 수맥의 물소리와, 하늘의 천둥소리를 듣는다. 깊은 어둠 속 무덤을 헤치고 나와, 머나먼 구천을 떠도는 억울한 영혼들의 슬픈 애원성을.

그렇게 하룻밤을 꼬박 지새우고 나서도, 나는 아직 길 잃은 노인네의 정처를 정해 드리지 못했다. 아니, 어머니의 요양원 문제까지도 여전히 미해결의 오리무중인 채 눈부신 벚꽃 터널 속만을 헤맨다. 깊은 산의 적막 안에서, 그냥 이렇게 셋이서 미친 척 계속 살아 볼까?

　나는 자리에서 벌떡 몸을 일으켜, 목장갑을 찾아 양손에 끼었다. 그리고 톱과 낫을 들고 성큼 매실밭으로 향했다. 황 씨가 남겨 두고 간 부러진 매실나무 가지를 말끔히 치우기 위해서. 그러면서 나는 먼저 간 황 씨와 오순도순 인생을 이야기할 것이었다.

꽃 길

여인의 옷 벗는 소리로 눈이 내린다. 정녕 어느 시인의 아름다운 절창처럼.

그러나 나는 그렇게 내리는 창밖의 기막힌 설경에는 넋을 빼앗길 새도 없이, 지금도 여전히 몹시 고통스러워하는 가을이 곁으로 바짝 다가든다. 벌겋게 부어오른 왼쪽 눈에다 안약을 넣어 주기 위해서이다. 금방에라도 피가 툭 터질 것처럼 잔뜩 팽창된 안압을 앞으로 24시간 안에 적정 수치로 낮춰 주지 않으면, 녀석은 곧바로 실명에 든다고 아까 수의사는 말했었다. 급성 녹내장이라고 했다.

"자, 이리 온나. 어디 한번 보자."

녀석의 목둘레에 두른 플라스틱 깔때기를 벗겨내면서, 나는 조심스럽게 안압조절 약병을 집어 들었다. 4시간 단위로, 5분마다 한 번씩 이 조절제와 항생제, 소염제를 번갈아 눈에 넣어 주어야 하는데, 그때마다 마치 중세 로마병정의 투구처럼 보이는 이 투명한 둥근 테의 플라스틱 깔때기를, 일일이 손으로 벗겨내고 되씌우는 걸 되풀이하지 않으면 안 되었다. 이 깔때기를 차마 안됐다 싶어 머리통에 들씌우지 않으면, 가려운 눈 부위를 함부로 비벼대려고 녀석은 내내 안달복달하는 것이다.

야, 이거 암만해도 네 한쪽 눈이 멀려나 보다.

안약 방울을 똑, 똑 떨어뜨리면서 눈 밝혀 들여다보자니, 병원에서 치료받고 나올 때의 상태에서 조금도 더 나아지지 않은 것 같았다. 방울토마토처럼 툭 불거져 나온 눈시울이, 여전히 그대로 가라앉지 않은 채 새빨간 실핏줄을 이리저리 함부로 내뻗치고 있었다.

그래도 맨 처음보다는 많이 좋아진 건가?

딴은 오늘 아침에 벌어진 뜬금없는 사달을 상기하자면 아직도 어리벙벙 황당할 지경. 여느 때 같으면 벌써 일어나 꼬리 치며 잠긴 현관문 열어 달라고 안쪽 여닫이 중문을 부리나케 긁어댈 가을이 녀석이, 늦은 아침식사 시간을 훌쩍 넘기도록 통 기척이 없던 것이다. 한겨울로 접어들면서 녀석의 보금자리가 현관 안으로 옮겨진 이후의 아침인사가 바로 그거였는데, 아무래도 너무 조용한 게 수상쩍었다.

외출준비를 서두르던 딸내미도 그게 걸렸던지,

오줌 눌 때가 지났는데 이 녀석이 왜 꿈쩍도 않는 거야?

혼잣말처럼 중얼거리면서, 화장실 다녀오는 길에 슬쩍 중문을 열어보는 눈치였다. 그제야 가을이 녀석이 제 안락한 거처에서 마지못한 듯 어슬렁 기어 나오는 모양이었는데, 딸내미의 놀란 외침이 터진 것

172

도 바로 이때.

어머, 얘가 왜 이래? 얘 눈이 왜 이래!

왜? 뭐가 어쨌기에?

거실 소파에 한가롭게 앉아있던 나와 아내 역시 호들갑스레 놀라기는 마찬가지였다. 부리나케 달려가 보니 단박에 시뻘겋도록 퉁퉁 부은 왼쪽 눈두덩이 한눈에 들어온다. 고름이 잔뜩 낀 채 금방 핏물이라도 쏟아낼 것 같은 험상궂은 형상이어서, 적이 놀란 아내와 딸은 동시에 소리쳤다.

병원, 빨리 동물병원!

그래, 그래야지. 하지만 병원은 내가 알아서 데려갈 테니, 너무들 걱정 말라구.

이럴수록 더 차분해져야 한다는 듯, 나는 짐짓 태연한 어조로 그네들을 다독였다. 하지만 딸내미 솔(率)이의 다급한 의견은 달랐다. 지금 당장 자신도 함께 달려가겠다면서, 일단 시설 괜찮은 인근 도회지 동물병원에 맡기자는 결곡한 주장이었다.

그까짓 애완견 눈병 하나 갖고 별스럽게 수선 피운다 싶으면서도, 고립된 산골에서 가을이한테 이리저리 부대끼는 일 또한 생각만으로도 지레 성가시고 귀찮게 여겨지기도 해서, 나는 곧 못 이기는 척 슬그머니 넘어가 주었다.

따지고 보면 솔이가 가을이 주인인데, 주인님 말 들어야지 어쩌겠냐.

아닌 게 아니라 짜장 가을이의 실제 주인은 당연히 솔이라고 보아야 한다. 10여 년 전 지금의 함박골 집이 어렵사리 지어졌을 때, 이제 갓 여고생에 지나지 않았던 솔이가 그동안 용돈을 모아 깊숙이 숨겨 두었던 제 비상금을 탈탈 털어, 수십만 원짜리 비싼 강아지 한 쌍을 선물로 마련해 주었기 때문이다. 그중의 하나가 바로 이 가을이 녀석(같은 코커스패니얼 종의 사나운 수컷은 벌써 없어졌음)인데, 유난히 두 귀만 목덜미께까지 축 늘어질 만큼 감사납게 커서, 나는 곧잘 '순전히 이 귀값이구나' 하고 그 고가의 부당함을 우스개처럼 성토하기 일쑤였다. 분에 넘치는 그 가격으로 해서 '어렵기 짝이 없는 우리 형편에 이건 너무 지나친 호사가 아닌가' 하는 자괴지심이 절로 꿈틀대던 것이다.

그럼에도 내 속마음 한켠에서는 여전히 '이놈들을 잘 키워 새끼치기 하면, 아까운 본전 뽑기는 물론 한 밑천 톡톡히 덤으로 만질 수도 있겠다'는 참 엉뚱한 욕심이 뱀처럼 앙세게 똬리 틀었다고 솔직히 고백하지 않으면 안 된다. 당시의 나의 처지는 그만큼 낯선 산골살이에의 절박함으로 두서없이 마냥 쫓기며 굽질리고[1] 있었으니까.

그러나 그런 넉살 좋은 꿈은 보기 좋게 망신을 당하고 말았다.

가을이 녀석이 맨 처음 새끼 뱄을 때의 민주고주 보살핌이란 이루 말할 수가 없었는데, 아직 성견이 안 되어 채 여물지 못한 몸으로 덜컥 잉태해 버린 것부터가 큰 실수라면 실수였다. 웬만한 마당 넓이의 울타리 안에서 맘껏 뛰놀 수 있게 방목해 키우던 판이라, 덩치 큰 제 신랑이 아무 때고 덥석 올라타리라는 것도 보나마나 너무 빤한 사실이었으나, 그

---

1 굽질리다: 일이 꼬이거나 어떤 장애를 만나 제대로 안 되다.

런 것엔 별 아랑곳하지 않았던 내 불찰도 더없이 크다고 할 수 있었다.

어쨌거나 사달은 그다음부터. 산달을 다 채우지도 못하고 그만 양수가 터져 버린 가을이는, 결국 수술칼 들이대는 제왕절개로 새끼들을 끄집어내지 않으면 안 되는 응급상황으로 내몰리고 만 거였다.

딸내미가 서둘러 알아본 인근 대도시의 동물병원으로 우리는 부랴사랴 차를 몰았다. 병원에 도착하자 가을이는 곧바로 수술대 위에 눕혀졌다. 그리고 짧지 않은 시간, 마취에 깊이 빠져든 녀석은 자신도 모르는 사이에 여섯 마리의 떡두꺼비 같은 새끼들을 낳았다. 아니, 아기집에서 강제로 하나하나 꺼내어졌다. 야생의 개로서는 보기 드문 난산이었는데, 그 산모견이나 갓난애들은 또 에누리 없이 적어도 한 일주일쯤은 따뜻한 병실에 턱하니 입원해 있어야 한다고 의사가 말했다.

우리는 수굿하게 머리를 조아리며 그에 따랐다. 그 수술과 입원에 따른 병원비가 자그마치 1백만 원에 가깝다는 사실은, 귀여운 가을이 가족이 우르르 퇴원할 무렵에야 비로소 알 수 있었다.

그런 시난고난 끝에 우리가 드디어 집으로 다시 돌아왔을 때, 집 안은 온통 개판으로 돌변하기 시작했다. 어미를 포함한 일곱 마리의 개들이 조용하고 아늑한 거실을 아예 독차지하고 만 거였다. 그 또한 어쩔 수 없는 노릇이었다. 아니, 작고 앙증맞은 강아지들이 아장거리는 모습을 보면서는, 따뜻한 실내로 포근히 끌어안아 들인 걸 참 잘했다 싶었다.

틈만 나면 새끼들을 싹싹 핥아대는 가을이의 지극한 모성애도 그렇게 보기 좋을 수 없거니와, 아직 핏기가 채 가시지 않은 수술자국의 뱃구레2로 쪼르르 떼 지어 달려들게 해 젖을 빨리는, 새끼들에의 본능어린 어미의 헌신 앞에서는 차라리 어떤 외경심마저 절로 일 지경이었다.

으이구, 어지간한 사람보다 낫다, 사람보다 낫다.

나는 하루에도 몇 번씩이나 감탄어린 혀 차기에 바빴고, 새끼들은 또 그렇게 무럭무럭 아무 탈 없이 잘 자라났다. 그리하여 무탈하게 다 자란 그 강아지들을 처분하기 위해서 의기양양 애견센터를 찾아갔더니, 명견 구매담당자는 아주 사람 좋게 이죽거리며 말했다.

한 마리에 3만 원씩, 18만 원 드릴게유. 이것도 아주 잘 쳐드리는 겨!

눈이 내린다.

지금껏 용케 참아온 가을이의 변의도 마침내 소식이 제대로 밀려 왔는지, 낑낑 나부대는 행동거지가 아무래도 미심쩍었다. 머리통에 씌워진 방패 같은 깔때기를 이리저리 쿵, 쿵 박아대면서 도무지 안절부절. 나는 거실 한구석에 미리 깔아둔 헌 신문지 쪽으로 조심 인도한다. 그러나 녀석은 이내 생소한 그곳을 새무룩하게 외면하고, 나는 다시 서둘러 녀석을 욕실로 몰아갔다. 일부러 수도꼭지를 세게 틀어 놓고, 변기 물도 쏴아 소리 나게 흘려보내면서 녀석의 똥, 오줌 배설을 촉발시키려 용써 보지만, 그 또한 어림없는 헛수고에 지나지 않았다. 암만해도 흙냄새가 나는 현관 밖으로 바삐 뛰쳐나가야 할 것 같았다.

아무렴, 그동안 야생에 길들여질 대로 길들여진 네가 하루아침에 그

---

2 뱃구레: 사람이나 짐승의 배 또는 배 속을 이르는 말.

오래된 배변 습관 고쳐내겠냐?

한동안 두 눈이 시뻘게진 가을이와 실랑이하던 나는, 녀석한테 이리 심한 압박감 줬다간 안압만 더욱 부채질해 하마 눈망울이 터져 버릴지 모르겠다 싶어서, 후다닥 목줄 꿰어 현관 밖으로 나섰다. 녀석은 땅에 내려서기 바쁘게 화들짝 반기며 댓바람에 시원한 오줌줄기를 쏟아낸다. 그리고는 탈탈 털고는 그만이었다.

중요한 건 대변인데, 하고 나는 후미진 숲 쪽으로 좀더 깊숙이 끌고 들어갔다. 해는 이미 어둑발하게 지고 난 뒤였고, 퍼르퍼르 흩날리는 눈발로 해서 냉기 가득한 날씨는 손이 곱을 정도로 맵찼다. 하지만 가을이의 대변 소식은 여전히 감감이었다. 냄새 맡기의 명수답게 눈 덮인 낙엽더미를 이리저리 헤집으면서 엉뚱한 해찰3 부려대기에만 저 혼자 분주할 따름이었다.

"야, 빨리 안 눠?"

조금씩 짜증이 차오른 나는, 느슨하게 풀어놓았던 목줄을 휙 잡아채며 채근했다. 그러다가는 이내 실제로 말을 잘 알아듣는 상대이기라도 하듯, 나는 불뚝성을 가라앉히며 다시 어르고 달래는 데 열중한다.

"자, 어서!"

그러나 소용이 없었다. 녀석의 쓸데없는 해찰이 거의 10분도 더 넘어섰다 여겨지자, 여태 조비비며 기다리던 나는 또 한순간 울컥 화가

---

3 해찰: 마음에 썩 내키지 아니하여 물건을 부질없이 이것저것 집적거려 해침. 또는 그런 행동.

치밀었다. 치운 눈보라를 고스란히 맞받아가며 떤 그 사이의 부질없는 헛수고를 포함해서, 이즈음 녀석에게 꼼짝없이 매이고 갇혀 버린 데 따른 억울함이 은근한 분노로 뒤바뀌는 거였다. 나는 자신도 모르는 새 녀석을 몹시도 미워하고 있었는데, 사랑은 애당초 애증 그 자체인 지도 몰랐다.

가을이와 함께 반려해 온 저 지난 10년 세월 동안, 나는 참 많이도 녀석을 귀여워하거나 웃고 즐겼을 뿐 아니라, 또 얼마나 큰소리치며 구박하고 터무니없이 증오했던가. 심지어는 어디론가 멀리 스스로 사라져 주거나, 차라리 누군가 스르르 안락사라도 시켜 주기를 은근히 바란 적도 있었다. 우리의 몸과 마음속에 선악이 따로 없듯이, 나는 그렇게 녀석과의 가없는 애증으로 여태껏 알게 모르게 심신을 대껴 왔다고 보아야 한다.

가을이의 안락사를 맨 처음 떠올렸던 건, 녀석의 두 번째 큰 수술을 앞두고서였다. 제왕절개 후 두 해쯤 흘렀을까, 이번에는 아랫배 쪽에서 달걀만 한 웬 혹덩이가 물컹 잡히는 거였다. 그 여린 살에 또 칼을 대야 한다기에 나는 무심코 '차라리 안락사라도 시키는 게 쟤한테 편하지 않을까' 식구들한테 농담 비슷 흘렸던 건데, 그 말을 들은 아내와 딸내미는 순간 눈물까지 핑 비치면서 '어떻게 한가족이나 다름없는 가을이를 두고, 그런 악담을 꺼내느냐' 법석을 피워댔다. 그네들은 숫제 나의 평소의 알량한 박애주의나 인간미마저 옴니암니[4] 의심하려 들면서

---

4 옴니암니: 자질구레한 일에 대하여까지 좀스럽게 셈하거나 따지는 모양.

펵이나 서운해 하기에, 나는 얼른 웃음으로 얼버무린 채 그들의 처사에 그냥 말없이 내맡기고 말았었다.

그런데 오늘 아침 병원에서 꽤나 비싼 돈 들여 응급처치 받고 나오면서, 아주 잠깐 그 생각이 또 살짝 스치고 지나가는 게 아닌가. 형편없는 돌팔이 수의사 만나 피를 철철 흘리며 수술했던 종양 뗄 때도 물론 큰돈이 들어갔지만, 이번에도 보나마나 꽤 여러 차례 이 동물병원 문턱을 열심히 드나들어야 할 판이어서 더욱 그랬는지도 모른다.

그래, 어쨌든 미안하다. 미안해.

나는 이런저런 미운 생각을 접으며 가을이를 끌고 다시 집 안으로 들어왔다. 녀석의 똥 역시 이따가 잠들기 전 한밤중에라도 제대로 마려울 때, 다시 데리고 나가면 자연 해결될 게 아닌가.

그럼에도 이튿날 동물병원을 다시 찾았을 때, 가을이의 터질 듯 부푼 안압을 재어 본 수의사는 우리 가족이 온밤 잠을 설친 생고생과는 아무런 상관도 없이 말했다.

"결국, 실명할 수밖에 없겠군요."

"그, 그럼, 앞으로 어떻게 해야 되나요?"

벌써부터 눈물이 핑 돌고 있는 아내가 더듬거리는 어조로 되물었고, 그야 뭐 어쩔 수 없죠, 하는 표정으로 수의사가 시큰둥 받는다.

"얘가 워낙 늙어 놔서 말이죠. 견공 나이 10년은 사람으로 치면 환갑입니다. 녹내장이 온 것도 다 그런 노화에서 비롯된 건데, 솔직히 말씀드리자면 이제 서서히 마음 준비하셔요."

"그럼 한쪽이 실명하면, 다른 쪽 눈도 영향을 받나요?"

"시신경이 연결돼 있으니까 결국엔 그렇게 된다고 봐야죠."

그러면서 수의사는 또 열심히 가을이한테 주사 놓고, 처방전을 끊고 나서 다시 설명해 주었다.

"실명할 땐 실명하더라도, 우리 가을이 가여운 눈 치료는 계속해야 합니다. 우선 급한 건 심한 염증으로 눈동자가 곯지 않도록 시술하면서 안방수가 빠져나갈 길을 틔워 주고, 실명해가는 눈이 험한 모습으로 곯거나 찌그러지지 않도록, 눈 안쪽 조직을 인위적으로 괴사시켜 줘야 합니다. 그래야 남들이 얘 눈이 왜 이래, 하는 혐오감을 나타내지 않거든요."

"그 괴사 기간은 얼마나 걸립니까?"

내가 싱겁게 실소하면서 물었고, 수의사의 친절한 대답이 다시 이어진다.

"조직괴사 시술은 일주일에 한 번씩, 적어도 세 번은 해줘야죠. 그 결과는 한 6개월쯤 후에 천천히 나타납니다만, 상한 눈동자가 거의 안 보이게, 곱게 아뭅니다. 이런 고급 애완견은, 그래서 아무나 못 기르죠."

그래서 가을이는 다시금 마취주사를 맞은 뒤 곧장 수술실로 들어갔다. 아내와 나는 한동안 대기실 의자에 멍하니 앉아 있었다. 나는 내 혈압 조절에 안 좋은 자판기 믹스커피를 홀짝이면서, 한 번 조직괴사 시술하는 데 무려 10여만 원씩이나 들어가는 그 '억울한 돈'을 셈평5하

5 셈평: 이익을 따져 보는 생각.

고 있었고, 아내는 모르면 몰라도 가을이가 고스란히 치러내야 할 몽혼의 고통을 속으로 몹시 안쓰러워하고 있을 터였다.

그날 해질녘 집으로 돌아오는 길, 나는 지금껏 미뤄왔던 아랫말 굴다리께의 최 씨한테 들렀다. 위암 말기로 오늘내일 세상 뜰 일만 남았다는 그이의 문병을 위해서였다. 지난 늦여름까지만 해도 아주 멀쩡했는데, 평소 억척스레 부지런하고 깔끔한 성격답게 집 안팎을 짯짯이6 쓸고 가꾸면서 자연치유로서의 산행이나 농사일에 열심이었는데, 그런데 뜬금없이 뽕나무밭에서 쓰러져 병원 응급실에 실려 갔었다는 거였다.

그리고 거기에서 귀가한 이후 모든 병원치료를 거부하고 오롯이 자신이 처방한 민간요법에만 의지한 채 두문불출, 구들장 신세만 지고 있다고 했다.

그의 집 안방에 들어가 보니 영락없이 그랬다. 신선 같은 백발을 아무렇게나 산발한 채 뼈만 앙상한 무거운 육신을 아랫목 벽에 의지해 고주박잠7 자듯 비스듬히 누워 있었다. 일찍이 생산한 자식도 없이 부인 먼저 보내고, 오로지 혼자 독살이해 온 그이의 마지막 투병 모습이었다. 그래도 찾아오는 이 없어, 모처럼 맞닥뜨린 내가 몹시 반가운 모양이었다.

"바쁜 김 선상님이, 여긴 웬일이시우? 이리 구들장만 지고 있어 미안하우."

---

6 짯짯이: 빛깔이 맑고 깨끗하게.
7 고주박잠: 등을 구부리고 앉아서 자는 잠.

"아이구, 별말씀을요. 헌데 한시바삐 병원으로 가셔야지, 집에만 계시면 어떡하죠? 제가 모셔다 드릴까요?"

"아니, 아니우. 다 필요 없어요. 이미 늦었으니, 이리 가쁜 숨이나 다스리다가, 그냥저냥 가는 게지, 뭐."

내가 사온 인삼음료를 어서 스스로 따 마시라 손짓하면서 최 씨가 힘겹게 자조했다. 그리고 다시 힘겹게, 속삭이듯 말을 이었다.

"헌데 새벽에 찾아오는 통증이, 제일 무섭소이다. 내 부탁 하나, 들어주실라오?"

"아, 그럼은요. 무슨 말씀이든지 …."

"혹 김 선상님이 드시는 수면제 있으믄, 좀 갖다 주시우. 당최 잠을 잘 수가 없어서, 그래요."

"예, 있지요. 저도 불면증으로 고생하는 사람이라, 그 약은 항상 준비돼 있습니다."

그렇게 그이 집을 나선 나는, 그날 밤 다시 최 씨 댁을 찾아 열 알 정도의 그 약을 고수련8의 마음으로 착실히 전해 드렸다.

눈이 내린다.

여인의 옷 벗는 소리로 하염없이 내리는 눈은, 이제 함박골로 통하는 모든 길을 막아 버렸고, 헐벗은 벌거숭이였던 온 산천을 온통 흰 솜이불처럼 포근하게 뒤덮었다.

---

8 고수련: 앓는 사람의 시중을 들어 줌.

나는 실명한 가을이의 왼쪽 눈동자를, 말린 옥수수처럼 누렇게 색깔이 바래가는 그 병든 눈빛을 깊고 그윽하게 들여다보면서 말한다.

"너도 참 고생이 많구나. 내가 너를 잘못 만난 거냐, 니가 날 잘못 만난 거냐? 어디 한번 말해 봐. 우리의 기구한 팔자에 대해서. 응?"

" ……?!"

독한 약기운 탓인지, 아니면 푹신하게 내리는 창밖의 눈과 거실 온기에 지레 녹아들어서인지, 가을이는 아까부터 가물가물 여읜 졸음에 겨운 채 영 제정신이 아니다. 안구조직 파괴시술을 두 번째까지 어렵사리 받고 온 이후의 녀석의 일상이 늘 이렇다.

내리고 쌓인 눈 속에 섬처럼 꼼짝없이 갇혀 버린 우리는, 서로가 앙세게 매어 버린 공동 운명체로서의 길을 이렇게 오순도순 동행하고 있는 것이다.

"야, 인마. 계속 그리 헛잠에 취해 있으면 몸이 가라앉아서 못 써. 내 다신 안락사 얘기 안 꺼낼 테니까, 더 악착같이 살란 말이야. 알았어?"

"……?"

"인생, 아무것도 아니지? 아니, 너한테는 견생(犬生)이겠구나. 그 견생도 살아 보니 정말 별 거 아니지? 그래, 한 줌 허망한 흙먼지일 뿐이야. 자, 그러니까 이리 와 봐. 약 넣어 줄게."

나는 고즈녁이 턱을 괴고 있는 가을이 녀석을 내 무릎 앞으로 바짝 끌어당긴다. 그리고 4시간마다 한 번씩, 5분 간격으로 눈에 넣어 주는 안약 중 마지막 것을 집어 든다. 친절한 가납사니9 수의사는, 모름지기 가을이의 상한 눈이 곪지 않게 하려면 제때에 철저히 시간 맞춰 넣어 주라면서, 액체로 된 항생제와 소염제, 진통제 따위의 아주 작은 약병 세 개와 먹는 가루약 봉지를 처방해 주었었다.

그것들을 순서대로 가을이한테 먹이거나 눈에 넣어 준 다음, 나는 다시 내가 먹을 약들 챙기기에 들어간다. 혈당강하제가 들어 있는 당뇨, 혈압약과 통풍치료제를 입안에 털어넣는다. 약들을 열심히 챙겨 먹는 행위나 나이 들어 늙어간다는 게 어쩌면 이리도 너와 똑같을까.

다시금 비실비실 몽혼 같은 잠 속으로 빨려 들어가려는 가을이를 지그시 건너다보면서, 나는 또 혼자 생각한다.

그리도 잘 짖던 네가 갑자기 짖지 않는 모습으로 뒤바뀐 것이나, 두 눈 다 실명을 향해 바삐 내닫는다는 사실까지는, 제발 내가 널 닮지는 말아야 할 텐데?

저 어두운 죽음의 세계를 향해 함께 걸어가는 건 도통 어쩔 수 없다 하더라도, 살아 있는 동안만은 결코 아무런 노동 없이 마냥 빈둥거리지는 말아야 한다고 속으로 강다짐하면서, 나는 또 빙충맞게 가을이가 정말로 두 눈을 다 잃었을 때와, 영원히 짖지 않게 되었을 경우를 미리 상정해 보았다.

그러자 문득 단순명쾌한 해답이 나왔다. 나 같으면 당연히 안락사를 먼저 요구할 거라고!

당뇨는 합병증이 더 무섭습니다. 특히 실명의 위험을 늘 경계하셔

---

9 가납사니: 쓸데없는 말을 지껄이기 좋아하는 수다스러운 사람.

야 해요.

안과의사는 그날 내 눈을 깊숙이 들여다보면서 말했다. 눈앞으로 뭔가 콩알만 한 '헛것'이 실오라기 연기처럼 오락가락 떠다니는 건 어쩔 수 없이 참고 지내야 한다고 그는 덧붙였는데, 그런 요상한 비문(飛紋) 증세가 당뇨망막증의 전조라는 건 더 듣지 않아도 충분히 알 만한 일이었다.

마지막으로 안구건조를 막기 위한 '눈물' 약을 두 눈에 두어 방울 떨어뜨리고 났는데, 바로 그때 전화기 신호음이 요란스레 울렸다. 서울 사는 친구였다. 지난해 연말 송년회 자리에 당신이 오지 않아 많이 섭섭했다면서,

"자네, 녹내장 걸렸다면서? 야, 어쩌지? 요즘엔 의술이 많이 좋아졌으니까, 결코 실명 따위 불상사는 없을 거구만!"

대뜸 입에 발린 연민부터 자발없이 늘어놓고 있었다. 그때 그 모임을 추스르던 총무한테 '우리 집 개가 녹내장 걸려서 부득이 거기 참석 못하겠다'고 한 게, 그리 괴이쩍은 쪽으로 소문이 와전된 모양이었다. 나는 '내가 아니라 우리 집 개가 그렇다'고 드던지듯[10] 수정해 주며 쓰게 웃었다. 소문의 속성이란 원래 그런 거였다. 입에서 입으로 재재거리며 한 단계씩 건너뛰어 다니다 보면, 나중에는 더러 배가 산으로도 가고, 죽은 호랑이가 흔연스레 담배를 피워 물기도 하는 법이었다.

언젠가의 초여름에는 또 주렁주렁 매달린 매실 따는 농번기라 어떤

---

10 드던지다: 물건 따위를 마구 들어 내던지다.

모임에 굳이 참석 못한 적이 있는데, 그때도 역시 '매실나무에서 떨어져 병원 신세 졌다면서? 거, 조심하지 그려' 하고 잔뜩 물기어린 동정심 섞어 비나리치던[11] 것이다.

창밖에는 여전히 퍼르퍼르 함박눈이 흩날려 쌓인다. 그 눈송이 바라보며 가만히 지난날을 반추하자니, 가을이 녀석이 죽을 고비를 넘긴 건 참 여러 차례였다. 맨 처음 새끼 낳을 적의 제왕절개니, 달걀만 한 물혹 제거니 하는 큰 수술의 고빗길 말고도, 몰래 집을 뛰쳐나간 뒤 그만 길을 잃고 사지(死地)를 헤맨 적은 또 무릇 기하이던가. 한겨울의 깊은 산에 뛰어들어 동네 밀렵꾼이 쳐 놓은 올가미에 목이 걸린 경우를 세 번이나 되풀이하였거니와, 강아지 티를 훌쩍 벗어나 중견으로 막 들어설 무렵에는, 아예 닷새 동안이나 행방불명이었던 적도 있었다.

그때 우리 부부는 랜턴과 핸드마이크까지 동원해서 낯선 인근 마을들과 산골짜기를 샅샅이 다 뒤지고 다니며 '가을아!'를 목메어 부르짖다가, 끝내는 주인을 버리고 멀리 떠나 버린 놈을 에멜무지로 서운해하며 그만 포기하는 지경에 이르렀다. 그런데 그 마지막 날, 시름에 지친 우리가 붉은 노을을 등지고 저 아래 나무 우체통이 서 있는 진입로 초입으로 주춤 들어서는데, 귀에 익은 가을이 소리가 현관 쪽에서 우런 컹컹대지 않겠는가.

깜짝 반가운 우리는 단숨에 개소리 쪽으로 내달렸다. 도대체 어디를 어떻게 천방지축 싸돌아다니다 왔는지, 놈의 행색은 차마 눈뜨고 볼

---

11 비나리치다: 아첨을 해가며 환심을 사다.

186

수 없을 만큼 꼴불견이었다. 안 그래도 축 처진 두 귀싸대기와 머리털은 부라퀴[12] 같은 봉두난발인 채 온통 흙탕물에 젖어 뒤엉켜 있었으며, 몇날며칠을 싸그리 굶어 허기진 뱃구레는 거의 등짝에 착 달라붙은 모양새로 피골이 상접했다.

야, 그래도 대견쿠나. 그 많은 낮과 밤을 뚫고 어떻게 여길 다시 찾아들었지?

우리는 몇 번씩이나 놈의 타고난 의지와 귀소본능에 감탄하며 끌끌혀 차주기에 바빴다. 핼쑥해진 두 눈이 툭 불거져 나올 정도로 몹시 배가 고팠던 가을이는, 아내가 서둘러 퍼 준 따뜻한 물과 밥들을 남김없이 싹싹 비워 없앴다. 그 모습이 가년스레 재미있어서 나는 녀석에게 툭 꿀밤을 먹였다.

이 바보야. 그러니까 무작정 앞으로만 돌진하지 말고, 좌우를 잘 살펴서 갈 데 안 갈 데를 제대로 가려 다니란 말야. 넌 도대체가 균형 감각이 없어!

그래서 얼굴에 두 눈이 달려 있는 거라고 덧붙이면서, 나는 녀석이 가진 맹점(또는 장점) 들을 새삼 다시 되짚어 보았다. 가령 방목장 울타리 밑을 마구 헤집어 땅굴을 파서 냅다 도망치는 흙파기의 명수라든가, 지나치게 냄새를 잘 맡는 기막힌 후각, 또는 낯선 사람한테 맹렬하게 짖어대면서도 결코 사납게 물어뜯지는 않는 착한 성정 따위가 우선 떠올랐는데, 그중에서도 가장 결정어린 흠결은 암만해도 무턱대고

---

12 부라퀴: 몹시 야물고 암팡스러운 사람.

직진만을 일삼으려는 '돌격, 앞으로!'의 저돌성일 터이다. 제 몸집에 비해 엄청난 힘을 갖고 있는 이 녀석은, 어지간한 어른도 감당할 수 없는 산만함으로 막무가내 그저 앞으로만 뛰쳐나가려는 습성이었다.

이번에 무단으로 집을 나갔다가 저 풍찬노숙의 험한 꼬락서니로 뒤늦게 귀가한 것도, 다 거기에서 비롯된 결과라고 보아야 할 터이다.

최 씨가 다시 전화를 해왔다. 모기만 한 소리로, 혹시 수면제 있으면 조금 더 선물해 줄 수 없느냐고. 간밤에 우짖는 그이의 단말마가 하늘을 찌르더라는, 한 동네사람의 귀띔을 이미 전해 듣고 있었던 터라, 나는 또 주저 없이 가까운 면소재지로 달려가 잘 아는 개인병원 처방까지 받아가면서, 스무 알들이 수면제 한 통을 그이한테 갖다 드렸다.

하지만 보름쯤 흐른 후 사그랑이가 다 되어가는 그이한테서 세 번째 수면제 부탁을 받았을 땐 덜컥 겁이 났다. 견딜 수 없는 암세포의 모진 고통을 덜고 조금이라도 편한 꽃잠에 들기 위해 그걸 원하는 게 아닌가 싶어서였다. 지금껏 내가 갖다드린 그 약들을 그대로 한데 모았다가 한순간에 입에 탈탈 털어넣고 당신의 한 생애를 미련 없이 마무리, 갈망할 것 같은 예감이었다.

그럼에도 나는 그이의 긴절한 부탁을 결코 외면할 수는 없었다. 이번에도 못 이긴 척 스무 알을 또 선물했다. 차라리 죽음보다 더 안락한 세계를 꿈꾸시라면서. 나도 만약 최 씨 같은 경우에 봉착한다면, 어떻게든 안락사를 도모하고 또 도모할 것이었다.

눈이 내린다.

그러나 그 푹신한 눈밭에 나가 맘껏 뛰어놀 수 없는 가을이는, 결국 오른쪽 눈마저 그만 실명하고 말았다. 병원 수의사는 분명히 '적어도 6개월 이내에는 반대쪽 시신경으로 옮겨 붙진 않을 거'라 장담했는데, 팔자 드센 녀석의 운명은 그마저도 쉬 용납지 않는 모양이었다.

보람찬 새해 정초는 그런 가을이 녀석과 함께 맞이하였다. 무릎까지 차오른 눈과 한파에 꼼짝없이 갇혀 버린 채, 나는 따뜻한 거실로 완전히 거처를 옮긴 녀석의 정성스런 간병인 노릇을 톡톡히 담당하지 않으면 안 되었다. 네 가지의 안약을 앞이 안 보이는 두 눈에 시간 맞춰 넣어 주는 건 물론, 엄청난 식욕과 배변을 동시에 촉진하는 진통제 겸용의 이상한 가루약도 하루에 두 번씩 꼬박꼬박 먹여야 했는데, 이 많은 약들 덕분인지 처음엔 거의 눈도 못 뜬 채 죽은 듯 비실거리던 녀석이, 어느 날 아침부터는 불현듯 원기를 되찾아, 먹는 것도 싸는 것도 아주 재재바르게 왕성해지는 거였다.

깔때기 탓으로 이리저리 쿵쿵 부딪쳐 가면서, 평소에는 그리도 안 먹으려던 사료나 물을 내가 퍼 주는 대로 마구잡이 퍼먹어대는 걸 보고,

야, 그게 바로 회광반조(回光返照)인가 보다. 마지막 죽기 전에 깜박, 번개처럼 의식이 정상으로 되돌아오는 현상!

오히려 애틋한 안쓰러움으로 마음 한구석이 아렸다.

하지만 그것도 잠시, 녀석의 모든 행동거지를 일일이 내 손으로 거

들어줘야 하는 대목에 이르러선, 울컥 짜증이 이는 것 또한 어쩔 수 없는 노릇이었다. 가까스로 불면의 잠에 든 신새벽에 갑자기 똥이 마려운 놈을 현관 밖으로 모시듯 끌고 나가야 한다든가, 어디가 어딘지 분간하지 못해 아무 데나 똥오줌을 눠 버릴 때, 또는 하루에도 십수 번씩 녀석과 함께 안팎을 들고 날 때마다 쉬지 않고 손을 씻으면서, 똑같은 허접스런 고수련을 반복해야 할 경우가 그랬다.

그럼에도 밤이 깊어지면 가을이는 또 언제 그랬더냐 싶게 대개는 죽음보다 더 깊은 잠에 빠져 버리고 만다. 뱃구레가 들썩이지 않을 만큼 숨을 쉬지 않은 것 같다가도, 느닷없이 사람보다 더 큰 한숨으로 잠꼬대한다든가, 끙끙 앓는 신음으로 온몸을 진저리치며 뒤척일 때는, 또 에누리 없이 내 실팍한 동정심이 드세게 작동하게 마련이었다. 하루에도 여러 번씩 마음의 냉온탕을 들락거리면서 나는 그때마다,

제발 나를 시험에 들지 말게 하렴.

속으로 마구발방하곤 하였다. 사정이야 어쨌든 주사위는 이제 분명한 방향으로 드던져졌다. 언제까지나 이런 식으로 가을이와 함께할 수 없다는 건, 우리 가족 모두 의심의 여지없이 공유하는 사실이었다. 다만 그 미련 많은 운명의 시간을 조금 더 늦추고 있을 뿐이었고, 아무도 그 마지막 말을 먼저 꺼내지 못하고 있을 따름이었다.

그렇게 하루가 가고, 열흘, 보름이 지나갔다. 그리고 마침내 그 운명의 날이 조용히 다가왔다. 외출에서 돌아온 아내와 딸내미가 드디어 핑그르르 매운 눈물을 보이고 나선 것이다.

190

"이제 우리 가을이를 보내줍시다. 좋은 데로, 아주 편안한 꽃길로."

"그래요, 아버지. 가을이 고통을 이런 식으로 무한정 붙잡고 늘이는 건, 암만해도 우리 이기심 같아요."

그네들은 서로 미리 입을 맞춘 듯, 내가 미처 예기치 못하고 있던 말들을 선심 쓰듯 다투어 뱉어냈다. 가을이가 편안한 데로 가는 시한을, 이즈음의 엄동설한이 적당히 풀리는 잎샘의 봄쯤으로 지레 혼자 가늠하고 있던 나는,

"그래, 그러자. 그대들이 그리 결단해 주니, 오히려 내가 고맙네."

속으로는 꽤나 반가우면서도, 겉으론 촉촉이 물기어린 목소리로 받았다. 그리고 우리는 곧 가을이와의 애틋한 송별연을 조심스럽게 벌여 나갔다. 나는 시큼털털한 막걸리 잔을 들이켰고, 두 여자는 내가 따라준 술을 조금씩 마셔대면서 가을이한테 연신 이것저것 맛있는 걸 먹여주기에 바빴다. 평소에는 거의 먹이지도 않던 비싼 통조림 간식거리까지 작정하고 미리 사와 먹이는 걸 보면, 그네들의 결기어린 매조지 마음을 좀더 분명하게 확인할 수 있었다.

나는 술잔에 남은 막걸리를 손에 받아 가을이한테 먹였고, 녀석은 영문도 모른 채 아주 달게 그것마저 싹싹 핥아댔다. 그리고 우리는 그동안 가을이와 함께 누려온 과거지사를 일희일비 돌아보고 지껄여댔다.

그러다가 정작 이튿날이 되자, 우리 집 두 여자는 다시 고개를 살짝 내젓는다. 지난밤엔 셋이서 다 같이 안락주사 맞히러 동물병원에 가을이 데려가자고 강다짐했으나, 자고 나니 또 생각이 달라지는 모양이었

다. 그러구러 각다분하게 실랑이하는 사이 한겨울의 짧은 해는 어느새 정오를 넘기고 말았는데, 내일의 바쁜 일정에 쫓긴 아내가 또 문득 생각을 바꿔 지금 당장 병원에 다녀오자며 서둘렀다.

우리는 다시 행장을 꾸렸다. 죽은 가을이를 감쌀 홑이불과 종이상자, 가는 도중에 마실 물통 따위를 챙겨서, 우리 가족은 차가 서 있는 저 아랫마을 주차장까지의 자드락길로 바장이며[13] 다시 나섰는데, 내 손에 목줄이 쥐어진 가을이가 맨 앞장을 섰다. 녀석은 두 눈이 캄캄 안 보이는 처지이면서도, 여전히 힘센 일직선의 돌진만을 일삼는다. 새하얗게 눈 덮여 얼어붙은 길 없는 길을, 녀석은 참 열심히도 들까불면서 깊은 슬픔에 빠진 채 눈길만 내려다보며 걷는 우리를 태연스레 인도하는 거였다.

하지만 내가 잠깐 방심하는 사이 예기치 않은 돌발사태가 벌어지고 말았다. 저만치 뒤처진 아내와 딸내미를 무심히 돌아보다가, 그만 느슨하게 쥐고 있던 목줄을 어리석게 놓쳐 버린 것이다.

이상하게 흥분한 가을이는 냅다 '돌격 앞으로' 뛰쳐나갔다. 그러다가 이내 동네 사람들이 곧잘 개들을 목매달아 때려잡는 다리 옆 벼랑으로 스르르 굴러떨어져 내렸다. 놀라 외마디를 내지르며 뒤쫓던 나는, 얼핏 녀석이 일부러 비장한 투신이라도 감행한 줄 알았다. 숨 가삐 달려가 보니, 녀석은 잠시 얼어붙은 계곡 위 눈밭에서 어리둥절 헤매는 중이었다. 쌓인 눈의 탄력으로 몸은 별 이상이 없어 보였으나, 사방이

---

13 바장이다: 마음에 걸리는 것이 있어서 머뭇머뭇하다.

꽉 막힌 계곡 한가운데의 못 안이어서 그곳을 탈출해 나오는 것도 예삿일이 아니었다. 우리 가족은 갈팡질팡, 어찌할 줄 모른 채 서로들 '가을아!'를 공허하게 외쳐대기에만 온 넋이 빠져 있었다.

내려가는 길이 가파르고 험할 뿐만 아니라, 그 못이 비록 두꺼운 얼음으로 뒤덮여 있다고는 해도, 거기 위험한 너테[14]를 자칫 잘못 내디뎠다가는 개나 사람이나 다 함께 한겨울의 동태 꼴이 될 건 너무나 빤한 노릇이었다.

그러거나 말거나, 어찌어찌 혼자 기를 쓰다가 용케 그곳을 빠져나온 가을이는, 모처럼 제 세상 만난 듯 반대편 산기슭으로 냅다 다시 내빼기 시작했다. 절벽처럼 깎아지른 험한 된비알을, 한 치 눈앞도 보이지 않을 녀석은 그냥 뒤도 돌아보지 않고 위쪽으로, 가파른 앞으로만 내처 치닫고 있었다. 어렵사리 계곡을 건너 로프 타듯 칡넝쿨을 붙잡아 산에 오른 나는, 헉헉 숨을 몰아쉬면서 이미 보이지 않는 녀석의 뒤를 숨 가쁘게 추격했다. 미리 긴 장화를 신고 있어 조금 다행이긴 했지만, 그래도 두 발은 자꾸 눈 속에 파묻히기 일쑤였고, 우거진 가시덤불은 연신 내 앞길을 가로막으며 옷깃을 붙잡았다.

시야에서 멀리 사라진 가을이는 이미 어디론지 멀리 깊은 산으로 숨어든 게 분명했다.

야, 그렇게도 병원에 가기 싫든?

나는 여전히 가쁜 숨을 헐떡이며 혼잣속으로 넋두리했다. 비탈에 선

---

14 너테: 물이나 눈이 얼어붙은 위에 다시 물이 흘러서 여러 겹으로 얼어붙은 얼음.

굴참나무 줄기를 붙잡고 선 채, 녀석이 사라진 쪽을 우두망찰하게 바라보며 나는 또 한숨처럼 내뱉었다.

그래, 그게 더 나을지도 모르겠다. 밤새 언 산을 헤매다가 가물가물 동사해 버리는 게, 너한테는 더 편할지도.

헉헉대며 숨을 내쉴 때마다 뽀얀 입김이 거칠게 뿜어져 나왔다. 바로 그때 절 쪽 비탈길을 따라 올라갔던 딸내미의 다급한 외침이 들려왔다.

"가을이가 여깄어요! 찾았어요!"

"어, 찾았어?"

나는 신음처럼 반문하면서 또 서둘러 그쪽으로 내달렸다. 왠지 모를 안도와 실망감이 뒤죽박죽 내 가슴속을 훑고 지나갔다. 반대편 산 너머 마을로 부질없이 허둥지둥 차를 몰아갔던 아내도 그새 딸내미의 전화를 받고 달려와, 우리와 다시 마음 무겁게 합류했다. 그러나 산속의 가을이를 붙잡으려 너무 무리하게 힘을 쓴 딸내미는, 그만 푹신한 눈밭에 넉장거리15로 뻗어 버리고 말았다. 언 땅에 미끄러져 넘어진 엉덩뼈가 욱신거리고, 덤불가시에 찔린 온 삭신이 쿡쿡 쑤신다는 거였다. 그 사이 해는 벌써 가뭇없이 숨이 넘어가는 중이었다.

나는 단단히 가을이의 목줄을 움켜쥐며 탄식처럼 중얼거렸다.

"야, 너 참 대단하다, 대단해. 우릴 아예 갖고 노는구나?"

"그럼, 내일 가요. 오늘은 아닌 거 같애."

아내도 쓸쓸한 표정으로 말했다.

---

15 넉장거리: 네 활개를 벌리고 뒤로 벌렁 나자빠짐.

194

그 운명의 내일이 밝아오자, 거동이 불편한 딸은 집을 혼자 지키기로 하고, 나는 아내와 함께 다시 길을 나섰다. 가을이는 또 자신이 어디로 가는지도 모른 채 졸래졸래 눈밭을 달려 나갔고, 뒤따르는 아내는 녀석이 남긴 그 눈밭의 발자국을 연신 손전화에 찍어댔다. 차 있는 데 가까이 도착했을 때 싼 녀석의 마지막 똥 덩어리까지 비닐주머니에 착실히 주워 담은 다음, 우리는 천천히 동물병원을 향해 출발했다. 아내가 운전해 달리는 차 안의 공기는 몹시도 무겁고 우울하고 썰렁했다. 내 왼팔에 부드럽게 갇힌 가을이 역시 여느 때와는 달리 꽤나 헉헉대며 혀를 뽑아 물고 힘겨워했다.

그 힘에 겨운 울적한 분위기를 깨뜨리기 위해 아내가 음악을 틀었다. 어딘지 여린 듯하면서 간절한 울림이 있는 어느 여가수의 노래. 듣고 나면 다시 또 듣고 싶은, 꽤나 슬프면서도 아름다운 빗소리의 여운으로 가슴을 잡아채 흔드는 야릇한 곡조였다. 운전하는 아내는 볼륨을 한층 높여, 볼을 타고 흐르는 자신의 눈물을 그 노래로 문문히16 녹여냈다.

그네의 슬픔은 병원에 도착해서 더욱 앙세게 고양되었다. 수의사는 진료실에 들어올 것도 없이 차에서 곧바로 주사를 놓겠다고 했지만, 주사 놓은 지 4, 5분이면 아주 편히 잠들기 때문에 다들 그렇게 하는 게 관례라면서 당장 그리 행동할 태세였지만, 나는 아무리 말 못하는 짐승이래도 그러는 법이 어딨냐고, 가을이의 마지막 가는 길을 그런 막된 인사로 보낼 수는 결코 없다고 우겼다.

---

16 문문히: 무르고 부드럽게.

그러자 수의사는 마지못해 내 말에 고개를 끄덕였다. 나는 홑이불에 고이 싸인 가을이를 차에서 안아 내려, 좁다란 동물병원 진찰대에 눕혔다. 안 누우려고 잠깐 앙탈을 부리던 녀석은, 이내 부드러운 내 완력에 제압되어 잠자듯 잠잠해졌다.

걷잡을 수 없는 아내의 눈물바람과는 아무 상관도 없이, 이미 주사기를 오른손에 움켜쥔 수의사는 곧장 가을이 앞다리의 혈맥을 찾아, 거기에 쑤욱 주사바늘을 쑤셔 넣었다. 그런 지 2분도 채 안 되어 녀석은 두 무릎을 푹 꺾었고, 이내 전신을 파르르 떨며 완전히 무너져 내렸다. 그러면서 마지막으로 아주 잠깐, 노루꼬리 같은 꼬리를 살랑 본능처럼 흔들고는 영 그만이었다. 그 모습을 얼결에 눈여겨 훔쳐본 아내의 흐느낌이 더욱 높아졌다. 나는 지그시 이를 앙다문 채 잠깐 근육 경련을 일으키는 녀석의 작은 몸뚱어리를 조용히 쓰다듬었다.

그러거나 말거나, 수의사는 약병들을 담았던 어떤 제약회사 이름이 찍힌 큼지막한 종이상자를 서둘러 내밀며, 우리가 어서 가을이 사체를 담아 들고 문밖으로 나가 주기를 무언으로 닦달했다. 아내가 발칵 언성을 높였다.

"한 5분만, 좀 기다려 주면 안 돼요?"

"아, 네. 손님들이 올 시간이라서 ….."

때맞춰 경련이 멎은 가을이의 모든 온기가 거의 사라졌다고 여겨지자, 나는 인술과는 거리가 먼 수의사의 종이상자를 사양한 채, 녀석을 둘둘 홑이불에 말아 차에 실었다. 차 안에도 물론 미리 준비해 온 종이상자가 있었지만, 나는 그것들을 사용하지 않고서 부드럽고 따뜻한 무명천만으로 수의와 관을 삼을 작정이었다. 그래야 자연 회귀의 흙으로 잘 부식될 터였다.

집으로 돌아오는 길엔 내가 운전대를 잡았다. 싸늘하게 식은 가을이와 함께 뒷좌석에 올라탄 아내는 여전히 울적한 침묵 속에 잠겨 있었고, 나는 습관처럼 아내가 즐겨 듣는 유행가를 틀었다.

내 속엔 내가 너무도 많아
당신의 쉴 곳 없네.

나도 모르게 차창 밖 시야가 희뿌옇게 흐려졌다.

동네 초입의 얼어붙은 느티나무 곁에 차를 주차한 다음, 나는 정성스레 둘둘 말린 가을이를 두 팔로 안아들고 다시 눈밭 위를 내처 걸었다. 불과 10여 kg 정도밖에 안 되는 녀석의 평소 몸무게가, 그리 돌처럼 무거울 줄은 미처 예기치 못한 일이었다. 그 곱절은 충분히 넘고도 남음 직한 중량감이었다.

우리를 맞는 딸내미는 다행히 눈물을 보이지 않았다. 마음속으로 미리 잡도리한 것 같았는데, 나는 그 점이 은근히 고마웠다. 대문 옆 너럭바위에 잠시 안치해 둔 가을이를 향해, 솔이가 조금은 과장된 목소리로 쓸쓸히 인사했다.

"잘 가, 가을아. 가서, 편히 쉬어!"

나는 가을이가 생전에 자주 뛰어놀던 방목장 안의 한 귀퉁이, 매화

나무 아래를 녀석의 무덤자리로 삼았다. 우리 집 울안에서 가장 양지 바른 명당으로, 지금은 다른 데서 살고 있는 아들이 언젠가 먼저 간 가을이 짝을 묻어 주기 위해 파 놓았던 곳이었다. 아무래도 집이 너무 가까워 중도에 포기했었는데, 그동안 다시 메워지고 지나치게 꽝꽝 얼어붙은 탓으로, 곡괭이 자루가 툭 부러지고 나서야 겨우 두어 뼘 깊이의 땅이 파졌다.

"어머, 이 파란 냉이 싹 좀 봐!"

내가 퍼낸 흙 속에서 나온 냉이의 벅찬 생명력을 보고 아내가 놀라 탄성을 내질렀고,

"저 꽃망울 좀 보세요."

솔이도 질세라 내 머리 위로 길게 뻗어있는 매화나무 곁가지를 환희의 시선으로 가리켰다. 에이, 그럴 리가, 하고 눈을 들어 자세히 곰파 살펴봤더니, 거기 가지 끝마다 올망졸망 맺힌 설중매(雪中梅)의 꽃망울들이 진주알처럼 한가득 매달려 있었다. 우린 그 아래에다 사랑하는 가을이를 가든히 묻었다.

그리고 그날 밤, 참 공교롭게도 최 씨 또한 꽃잠을 자듯 안락하게 숨을 거두었다는 소식이 달려왔다.

산뱅이 이야기

"쑥 뜯으슈?"

돌아보자 이장님이다. 연세 많은 노인네라 이장 노릇 그만둔 지 꽤 오래지만, 나는 아직도 이전 입버릇대로 그냥저냥 '이장님'이다.

"아, 예. 쑥국 좀 끓여 먹으려구요."

"그거 보약이쥬. 햇쑥 냄새 맡으믄 잠자던 곰도 벌떡 일어난다잖어유!"

웃는 모습이 유난히도 천진하고 곰살궂은 당신은, 여전히 그 장난스런 웃음기를 입가에 머금은 채 약간은 안됐다 싶은 표정으로 그윽이 나를 건너다보는 중이었다. 나이 든 늙다리 사내가 엉거주춤 오금을 접고 앉아 어리보기로 쑥 뜯는 게 영 가년스러운가 보았다.

송충이같이 진한 눈썹과 굵은 주름살이 패인 관록의 노안(老顔)임에도, 조쌀한¹ 그이는 이 때 묻지 않은 웃음기로 해서 나를 포함한 동

---

1 조쌀하다: 늙었어도 얼굴이 깨끗하고 맵시 있다.

네 사람들을 늘 마음 편안케 해 주고도 남는 데가 있었다.

그럼에도 나는 작달막한 몸피의 그이 등허리에 또 어김없이 주황색 농약통이 짊어져 있다는 사실에 이내 기분이 언짢아졌다. 내가 시큰둥 입을 열어 묻는다.

"또 약 치시게요?"

"우리 같은 노인네, 약 안 치고는 농사 못 지어유. 하지만 이건 절대 제초제 아닌 소독약이니께 안심 푹 놓으슈. 고춧잎에 하도 벌레가 끼어 싸서."

"사정이 그렇긴 하시지만 ….."

애초에 살충제도 치지 않겠다고 약속하지는 않았지만 나는 조금은 난감하다는 투로, 그러나 그 고래심줄 고집을 더 이상 어떻게 막을 수 있겠냐는 심정으로 혼잣말처럼 중얼거렸다. 그러면서 속으로는 짧게 후회한다.

네 배미의 밭뙈기 중 두 배미를 그이에게 농사짓게 한 게 잘못이라면 잘못이었다. 그 안에 심겨진 어린 매실나무 안 다치게, 지렁이가 살아 꿈틀대는 유기농 땅이 안 죽도록 한다는 전제조건으로 쾌히 응낙했던 것인데, 정작 때가 되니 또 그게 아닌 것이다.

이장님은 시도 때도 없이 농약통을 지고 다니기 일쑤였다. 따라서 그 얄망궂은 주황색 통은 거지반 그이의 또 다른 분신이나 다름없는 상징으로 언제나 내게 다가올 수밖에.

사실이 늘 그랬다. 내가 맨 처음 함박골에 들어왔을 때는 이 네 배미의 기름진 매실밭이 전부 논이었다. 말 그대로 문전옥답(門前沃畓).
이 논들은 아주 오래전 이장님 선대부터 그이네가 소유해 경작해 왔던
터라, 그게 몇 차례의 소유권 이전을 거치며 우리 앞으로 넘어온 이후
에도, 첫 한 해 동안은 여전히 당신이 주인처럼 쌀농사를 지어 왔었다.

그런데 웬걸, 이 토박이 농사꾼은 허구한 날 농약 뿌려대기에 정신
이 없던 것이다. 온 시야가 안개 낀 듯 그악스레 독한 제초제며 살충제
를 마구잡이로 분무하는 형편이어서, 그 한 해를 속으로 끙끙 앓아온
나는 마침내 그 논을 매실밭으로 바꾸겠다는 핑계로 도지 경작권을 다
시 되돌려 받지 않을 수가 없었다.

당신이 그런 데에는 물론 생판 낯선 외지인한테 헐값으로 고향 땅을
빼앗긴 것 같은 공연한 피해의식이나 심술도 크게 작용했으리라 여겨
진다. 내가 맨 처음 당신을 맞닥뜨렸을 때의 그 씁쓸하고도 황당한 경
우를 상기하자면 더욱 그렇다.

이 외진 산골짝의 다랑논들을 살갑게 넘겨준 이는 갑자기 인도행(印
度行)을 서두르던 절친한 친구였는데,

난 머리 깎고 중이 될지도 모르니까, 그대가 그 땅 실비로 가져가.
삼각주 양쪽으로 좁다란 계곡이 철철 흐르는 절묘한 명당이야. 거기에
오두막이라도 한 채 짓고 살다 보면 썩 괜찮은 걸작이 하나 나올지도
모르니까!

제법 달관한 듯한 선심으로 선뜻 제안해 오던 것이다. 그러면서 거

기 산뱅이 마을에 가서 일단 그 현장을 한번 눈여겨 살펴보되, 현재 그 땅의 관리인 노릇하는 이장님을 찾으면 아주 친절히 안내해 줄 거라는 자상한 귀띔도 잊지 않았다.

도회지의 모진 세파에 지칠 대로 지쳐 있던 나는 당장 빛 부신 그 가을날 잰걸음으로 그곳에 달려갔다. 그리고 예의 이장님을 만나 먼 길 찾아온 용건을 조심스레 알렸더니,

아, 그류?

그이는 빈 옥수수 대를 베어내던 낫질을 우두커니 멈추고 더없이 사람 좋게 누런 이를 드러내었다. 그러면서도 그 짧은 순간 머릿속으로는 뭔가를 감사납게 탐색, 재빠르게 궁리하는 기색이 역력하였으되, 겉으로는 여전히 웃는 낯색으로,

힘들여 오셨으니 구경이나 한번 해보시우만, 그 땅 못 써유. 땅 바로 위 한공중으로는 고압선이 흐르고, 땅 밑으로는 사시사철 논물이 질척거리거든유. 저 산자락, 절 밑에 있으니까, 고압선 철탑 쪽으로만 주욱 따라 올라가 보슈.

개울 건너 비포장 산길을 시큰둥 턱짓해 가리켰다. 아, 그래요? 암튼 고맙습니다, 하고 나는 깎듯 인사하고 그이가 일러 준 대로 휘적휘적 산길을 오르기 시작했다. 점점이 흩어진 예닐곱 채의 산마을을 벗어나 서둘러 산굽이를 돌아들자, 금방 숨이 차오르는 가파른 고갯길이었다. 그 길을 걷다가 오른쪽으로 후유 고개를 돌리자니까, 거기 양쪽으로 흐르는 계곡이 한 줄기로 만나는 삼각주 주변에 아주 기막힌 집터

202

의 명당이 형성돼 있는 게 눈에 띄었다.

어디 그뿐인가. 거기에서 절 쪽으로 올라가는 길 맞은편의 키 큰 감나무 밑에는 허름한 너와집까지 한 채 폐가로 납작 엎드려 있어, 그것도 잘만 손질하면 새 집을 지을 때까지의 임시 거처로는 물론, 향수와도 같은 재래식 온돌방 생활도 앞으로 너끈히 누릴 수 있을 성싶었다.

그 바로 위 농익은 여자 엉덩이 같은 야트막한 언덕바지가 새로 지을 집터로 안성맞춤이었다. 그리고 무엇보다도 그 논들마다의 층층 돌담들이 조금 먼 거리에서 바라보면 영락없는 성채(城砦) 같기만 해서, 아담하면서도 장중한 아름다움의 정취를 한결 더 보태었다. 크고 작은 돌들로 층층이 쌓아올린 정경어린 석축들의 다랑논이 계곡 양쪽으로 볕바르게 앉아 있었는데, 계곡 왼편은 '언덕 위의 하얀 집'으로, 그 오른쪽 산자락 밑은 기름진 옥답으로 너볏하게 꾸미고 가꾸다 보면 정말 남부러울 게 없는 귀농(歸農) 살이를 충분히 누릴 수 있을 것만 같았다. 나는 절로 한숨처럼 내뱉었다.

야, 저기 저 땅이라면 더 이상 바랄 게 없겠구먼!

그곳을 감싸며 도는 좌청룡우백호의 유장한 산세하며 차르차르 물 흐르는 계곡 상류의 도원경 같은 풍광이며가 그렇게나 매혹적일 수가 없는 거였다. 동남쪽 볕바른 야산 밑의 다랑논들은 지금도 여전히 풍족한 농사를 지어먹는지 벼포기를 베어낸 지 얼마 안 된 그루터기가 바둑판처럼 질서정연하였다.

참 좋은데, 참 괜찮은 땅인데, 혼자 부러워하면서 나는 다시 가파른 산길을 오르기 시작했다. 그리고 곧 깎아지른 산과 산 사이를 가로질러 떠 있는 여러 가닥의 우악스런 고압선들을 멀찍이 발견하고 지레 기죽어 압도당하고 말았다. 한마디로 목불인견의 살풍경이었다. 강밭은 공중 전자파의 공해는 그렇다 치더라도, 우선 그쪽 골짜기 전체의 자연경관을 제멋대로 훼손하고 말짱한 하늘 선까지 함부로 망쳐 버린 데에는 더 이상 할 말이 없을 지경이었다.

어이구, 보나마나다.

나는 주저 없이 발길을 돌렸다. 호흡도 이미 적당히 가빠진 데다, 저런 흉물스런 고압선까지 머리에 이고 있는 오지라면 더 안 보아도 빤할 뻔 자라는 생각이었다. 괜스레 바쁜 발품 팔아 헛고생한 것도 은근히 부아가 났다.

서울로 돌아온 즉시 그런 사실을 액면 그대로 친구에게 알렸더니, 도통 영문을 몰라하며 두 눈만 끔뻑거리던 친구는 대뜸,

그 욕심쟁이 영감태기가 생판 날강짜를 부렸구먼 그래. 우리 논 부쳐 먹는 거 싸그리 빼앗길까 싶어서.

언성부터 높이고 나섰다. 그리고 어이가 없는지 헛웃음만 몇 번 허랑하게 치고 나서 다시 차근차근 설명해 주었는데, 고압선은 무슨 망측한 고압선이냐는 거였다. 마을 옆 야트막한 함박산을 끼고 마을에서 한 2백여 m만 돌아가면 바로 거기 양지바른 다랑논들이 두문동 같은 '우리 영지(領地)'라는 거였다. 내 그토록 속으로 탐하며 부러워하고 그림 같다 여겼던 그 명당임에 틀림없었다. 내가 다짐받듯 다시 물었다.

다 쓰러져 가는 너와집 폐가도 한 채 있던데, 정말 거기란 말야?

맞아, 바로 그곳이야. 지금은 아마 그 영감태기가 농막으로 쓰고 있을걸.

그래서 이번에는 아예 친구와 직접 동행해 의심 없는 그 현장을 두 눈으로 불 보듯 확인하기로 했다. 이번에는 아내도 물론 함께였는데, 이를 본 아내와 나는 단박에 탄성을 내지를 수밖에 없었다. 그렇게 한바탕 얄망궂은 우여곡절을 겪고 나서야 우리는 비로소 환호작약하며 선물인 듯 그 꿈의 영지를 낫잡아 넘겨받을 수가 있었던 것이다.

그리고 그 가을이 가기 전 경계 측량까지 후다닥 마치자마자, 나는 곧바로 집짓기 준비 작업에 들어갔다. 낯선 객지에서 열 며칠씩이나 노숙(露宿)이듯 낯설고 물설게 묵어가면서 비싼 중장비 불러들여 계곡을 낀 새 진입로를 닦고 다리를 놓아갔으며, 새 집터 닦기에 온 정성을 쏟아부었다. 눈이 벌겋게 충혈되거나 메마른 입술 부르트도록 조경을 겸한 새로운 석축을 쌓고, 마당을 조성하고, 나무를 심었다.

그러면서 이장님이 산 주인인 집터 뒤 된비알의 밤나무밭 경계선쯤에 우람히 버티고 선 두 그루의 오동나무 고목을 부신 듯, 또는 경건한 마음으로 우러러보곤 했다. 그 경계선에는 또 오랜 풍상을 견뎌낸 아름드리 소나무와 호두나무도 적당한 간격 맞춰 이 함박골의 수호신인 듯 터억 버티고 서 있었는데, 이런 고목들이 주위를 듬성듬성 에워싸고 있음으로 해서, 안 그래도 뒤숭숭한 불안감에 웬만큼 시달리는 나의 속마음이 적당히 위로받곤 했다.

그런데 어느 날 아직껏 팔리지 않은 서울 집에 다니러갔다 돌아와 보니, 그 우람하게 멀쩡하던 오동나무 두 그루가 말짱 베어 없어지고 말았다. 그 터무니없는 빈자리가 그렇게나 황량하고 허전할 수가 없었다. 가슴이 서늘하고 짠한 느낌에 한동안 사로잡혀 있던 나는, 어디 한번 그 자초지종이나 알아보자며 서둘러 이장님을 찾았다.

따지듯 묻는 내 어조가 조금 생뚱맞다 싶었던지 비싯비싯 얼굴 근육을 실룩이던 당신은,

그까짓 늙은 나무 좀 베었기로 왜 그리 새무룩하슈?[2] 그거, 그늘져 농사 방해돼서 없애 버렸네유.

아무렇지 않다는 투로 혼연스레 내뱉는 거였다. 나는 다시 말했다.

그 나무들 의지하고 벗트는 재미로, 험한 쑥대밭 일구면서도 힘든 줄 몰랐는데 … 봉황이 내려앉는다는 운치 깃든 오동고목이라 아주 멋져 보이기도 했고. 그런데 이제 어쩌죠?

허, 참. 어쩌긴유. 내년 봄에 그걸로 토종벌통 만들거들랑 김 선상도 집 주변에 몇 개 갖다 놔 봐유. 거긴 꽃이 지천이라 토종꿀도 많이 딸 거유.

아, 그러니까 토종꿀벌은 오동나무로 만든 벌통을 쓰나 보죠? 하지만 전 아무래도, 그 나무들이 눈에 밟혀서 ….

역시 글공부하시는 양반이라서 그런 하찮은 나무에도 정이 유별나시구랴. 허지만 이미 없어졌는디 어쩌겠슈. 우리 같은 농투성이한티

<hr />

2 새무룩하다: 마음에 못마땅하여 별로 말이 없고 얼굴에 언짢은 기색이 있다.

는 그게 실생활에 얼매나 쓸모가 있느냐 없느냐로만 판가름 나니까니 빨리 잊어뿔시우.

그러고는 그만이었다. 그이와 더 이상 맞상대해 봐야 쓸데없는 우이독경에 지나지 않는다는 걸 이내 간파해낸 나는, 그 씁쓸한 황망의 와중에도 '내년 봄의 토종꿀'에 대해 재빨리 순응하지 않으면 안 되었다. 여기 산골에서 과연 무엇으로 먹고살아갈 것인가에 잔뜩 신경이 곤두서 있던 참이라, 이장님의 그 우연스런 한마디는 뭔가 가뭄 끝의 단비 같은 암시로 내 귓전을 퍼뜩 때리고 지나갔던 것이다.

그래서 맥없이 돌아서는 길, 친절한 벗바리3에의 이 부탁만은 상냥스레 잊지 않았다.

아무튼 내년 봄, 토종 벌치기 실습은 이장님이 단단히 지도해 주셔야 합니다.

화살 같은 시간 덕분에 그 봄은 이내 새로 이사 온 우리 집 곁으로 성큼 찾아들었다. 그 사이 평소 이장님이 심심찮게 오가며 '모이(묘) 자리'라고 이죽거렸던 맨 위 다랑논들의 양지바른 언덕에는 보란 듯 자그마한 목조 전원주택이 척 들어섰고, 거기에서 멀찍이 떨어진 절골 쪽의 농막 같은 재래식 오두막도 말끔히 새 단장하여 내 전용의 작은 사랑채 겸 농기구 창고로 아주 요긴하게 이용되었다.

그럼에도 거의 무작정이다시피 달려든 귀촌살이에 한없이 부대끼며

---

3 벗바리: 뒷배를 보아주는 사람.

주눅 든 우리 부부는, 하루하루가 괜스레 바쁘고, 불안하고, 그러면서도 또한 턱없이 태평스러웠다.

그동안 나는 일용할 식품만은 뭐든 자급자족하려 드는 농촌 살림에 걸맞게, 겉으로는 꽤나 그럴듯한 닭장과 개집을 지었고, 쑥과 잡초로 뒤엉켜 있던 텃밭을 찰지게 일구어냈으며, 순수 도회지 출신인 아내는 또 아내대로 건강에 좋은 천연염색이다, 참살이 된장, 고추장이다, 아름다운 야생화 키우기다 해가면서, 그런 것들을 과연 어떻게 하면 썩 괜찮은 사업성으로 연결시킬 수 있을까에 온 관심을 집중시키기에 여념이 없었다.

그래서 우리 부부는 틈만 나면 전국 여기저기를 헤매며 그런 쪽에서 성공한 전문가 찾아뵙기에도 아주 열심이었는데, 무주에서 안개꽃 농장을 운영하는 박 씨 부부는 두 번씩이나 불쑥불쑥 찾아든 우리한테 집에서 손수 가꾼 풍성한 찬거리들로 아주 맛있고도 따뜻한 밥상을 그때마다 달게 차려 주면서 갖가지 채소와 꽃씨도 덤터기로 싸 주었다.

치악산 자락의 야생화 단지 여주인의 그 자상한 우리 꽃 설명과 너무나 외롭고 서투르기만 했던 맨 처음의 귀농 체험담, 헤어질 때의 작고 앙증스런 꽃선물도 결코 잊을 수 없거니와, 정선의 된장공장이나 횡성의 더덕밭, 고창의 복분자 재배기술 등에 대한 견학을 통해서도, 우리는 농사가 얼마나 고되고 힘겨운 일인가도 온몸으로 깨달으면서 새로 배울 수가 있었다.

모름지기 농사는 '경험'이었다. 책이나 이론이 아닌 노동으로써의 철저한 경험을, 결코 때를 놓치지 않고 제때제때 씨 뿌리고, 심고, 거름 주고, 김매고, 온 마음을 기울여 자식 키우듯 하는 생생한 경험을 통해서만이 비로소 약속된 결실이 맺어지는 거였다.

그런데 나는 왜 매번 뒷북이나 쳐대는 것일까.

황사가 부옇게 시야를 가리던 그날도, 나는 어렵사리 쇠스랑질 해 일군 텃밭 한켠에 뒤늦은 감자를 심고 있었다. 양쪽으로 고랑을 낸 두둑에 칸 맞춰 씨감자를 묻고 있는데,

아이쿠나, 봄이 온 지 언젠데 이제야 감자를 놓으슈?

뒷짐을 진 이장님이 예의 그 천진스런 웃음을 활짝 머금은 채 되알지게[4] 가리틀어 말을 걸어오고 있었다. 표정은 평소대로 활짝 밝았지만, 서툴게 농사짓는 내 짓거리가 여러 모로 참 한심스러운 모양이었다. 내 가까이 바짝 다가온 그이가 손가락으로 연거푸 지적해가며 계속한다.

장사는 사람을 놓치면 안 되고, 농사는 때를 놓치면 절대 안 된다는 말이 있슈. 이 말 명심하라구유. 그라고 씨감자는 반쪽으로 갈라서, 일일이 파란 싹을 떼어내고 심어야주. 그보다도 더 중요한 건, 두둑에 다가 비닐 멀칭을 씌워 놓고설랑 심어야지, 오뉴월 그 험한 잡초를 어찌 다 감당하려구 이런디야?

그러면 땅이 숨을 못 쉬잖아요? 힘이 좀 들더라도 전 제초제나 살충제 안 쓰고, 호미로 김매가면서 무공해 유기농으로 농사지으렵니다.

나도 지지 않고 받았다. 그러자 힐끗 내 쪽으로 시선을 던진 그이가

---

4 되알지다: 힘주는 맛이나 억짓손이 몹시 세다.

어이없는 헛웃음부터 지었다.

허허, 참. 못 말리는 양반이시우. 어디 한번 그렇게 해보시구랴. 1년
도 못 가서 뒤로 발라당 나자빠지실 테니.

그러면서 반 토막으로 잘린 씨감자들만 골라 들어내, 거기에 붙은
시퍼런 싹들을 하나씩 따 없앤 뒤 요령 좋게 두둑 한가운데에 시범 보
이듯 착실히 묻어 준다. 그리고는 다시 입을 열어 본디 찾아온 용건을
비로소 끄집어내었다.

지난번에 김 선상이 부탁했던 오동나무 벌통 말이우, 그거 참말로
해보시려우?

아, 그럼요. 안 그래도 어떻게 돼가나 여쭤 보려던 참이었습니다.

그리하여 나는 팔자에도 없던 토종 꿀벌치기에도 손을 냉큼 내밀었
다. 산뱅이 동네 몇몇 집에선 아예 그걸로 생업을 삼는 이들까지 있는
판이라, 나 역시 은근슬쩍 그 대열에 묻혀가고 싶었는지도 모른다.

목공소의 손을 빌려 아름드리 오동나무 통이 벌집으로 만들어지고,
서너 뼘 높이의 그 통 안에 밀랍을 이겨 넣거나 짚 마름으로 지붕을 씌
우는 일까지, 이장님의 정성이 고스란히 깃들어진 그 여섯 개의 벌통
들이 내게로 건네어진 건 그로부터 열흘쯤 지난 후였다.

나는 물론 그에 대한 대가를 돈으로 충분히 지불해 드렸지만, 애당
초 외지인인 우리가 새 주민이 되는 것 자체를 몹시 기휘하며 쌀쌀히
여겼던 이장님이, 이리 손수 앞장서 나서 준 데 대해서 나는 그렇게나
고마울 수가 없었다.

그동안 내 쪽에서도 원주민들과의 친교를 위해 무던히 노력했던 것
도 물론이었다. 집짓기 전에는 이장님 댁에서 동네 주민들 모시어 한
차례 거나한 상견례를 치렀으며, 볼품없는 목조 전원주택을 짓고 나서
도 역시 단합대회 비슷한 집들이를 동네 모꼬지로 벌였었다.

그렇게 허물없이 벗트는 와중에서도 이장님과 나는 서로 약속이나
한 듯, 우리가 맨 처음 조우했을 때의 거짓말(?) 사건은 한 번도 입 밖
에 내지 않았다. 저쪽에서 먼저 '그때 참 엉뚱한, 고압선 밑의 땅을 가
리켜 줘서 미안했다'는 사과 한마디쯤 먼저 우스개처럼 꺼내 줄 만도
한데 도통 그럴 낌새가 보이지 않아, 내 쪽에서도 지레 유야무야 모른
척 뚝 시치미를 뗄 수밖에 없는 노릇이었다. 그랬는데 오늘, 낯선 산
골살이에 꽤나 부대끼는 우리를 위해 귀한 벌통들을 손수 마련해 주다
니, 어찌 마뜩하니 감읍하지 않을 수 있겠는가.

하지만 집 주변 여기저기(주로 산자락 바위 밑이나 돌담장 옆)에 완성
된 벌통들을 직접 놓아 주고 돌아선 이장님은,

내가 여태껏 지어먹던 저 논농사는 계속해도 되는 거쥬? 곧 모내기
철이 다가오는데, 아직 서로가 확답을 주고받지 못한 터라 ….

당신의 가장 중요한 볼일을 냉큼 오금 박고 나서는 것도 잊지 않았
다. 나는 망설이지 않고 대뜸 응답했다.

암은요, 계속 지으셔야죠. 농사의 '농' 자도 모르는 제가 어떻게 그
어려운 쌀농사까지 짓겠습니까.

그류. 집에서 식구들이 드실 쌀 걱정은 안 시켜 드릴 테니, 서로 상

부상조하기로다 약조하쥬.

그래서 예전 그대로 개울 건너 네 배미 문전옥답의 소작권은 자연스레 그이의 손으로 넘어갔다. 하지만 그다음부터가 문제였다. 바쁜 농번기가 다가오면서 촉촉이 단비가 내리고, 그 비를 맞은 온갖 잡초가 논두렁, 밭두렁을 뒤덮기 시작하자, 이장님은 보란 듯 주황색 농약통을 지고 나와 마구잡이 제초제를 뿌려대는 거였다. 모내기할 논바닥은 물론, 길섶이나 집 뒤쪽 당신네 밤나무밭까지 온통 시뻘겋게 초토화시키는 걸 익숙한 관행으로 여겼다.

그럴 때의 집 주변은 어김없이 절로 코를 막을 수밖에 없을 정도로 고약한 농약 냄새가 진동했는데, 그보다도 더 애타게 고약스러운 점은 그 무서운 농약의 독성이 우리 지하수로 고스란히 스며들지 않겠냐는 걱정이었다. 아내는 나보다도 더 길길이 뛰었다.

저 논, 바로 폐농시켜요. 무공해 청정지역에서 숨다운 숨 좀 쉬며 살자고 이 산속에 들어온 건데, 저게 대체 뭐냐구요!

내 적당한 기회 봐서 잘 말씀드려 볼 테니까, 조금만 참아 봐. 연세 많은 노인네라 예초기 돌릴 힘조차 없어서 그럴 거니까.

나 역시 속으로 욱욱 치미는 울화를 어쩔 수 없었지만, 그걸 억지로 눌러 참으면서 앙앙불락하는 아내부터 에둘러 달래지 않으면 안 되었다. 그럼에도 아내는 쉬 사그라지지 않았다.

정 그렇다면 우리가 다시 나갈 수밖에 없겠네! 저렇게 독한 농약으로 사방을 오염시키는데, 우리가 그 공기, 그 물 마시면서 여기 살 이

유가 없잖아요?

알았어, 알았어요. 기왕지사 이렇게 됐으니 올 농사짓는 거 한번 지켜보고서, 양단간에 결판내자구.

아내를 설득하는 내가 오히려 죽을 맛이었다.

그러나 이장님의 농약공해 유발 작태는 갈수록 태산이었다. 모심기가 끝난 초여름이 가고, 그 탐스런 벼포기들이 한결 무성해지는 철로 접어들기 무섭게, 바지런한 당신의 농약 뿌리기는 거의 반나절도 쉴참 없이 불주듯5 바삐 돌아갔다.

미간을 잔뜩 찌푸린 내가 도대체 무슨 약을 그리 바잡아 뿌려대느냐고 물으면, 그이는 아주 태연스럽고도 천진난만한 웃음을 머금은 채,

소독하고 있구면유. 이렇게 자주 소독해 줘야 병에 안 걸리고 이놈들이 튼실해져유.

오히려 자랑하듯 더 열심히 그 몹쓸 '소독약'을 간대로6 뿌려대는 거였다. 그리고 마침내 빛 부신 늦가을이 찾아왔을 때, 여름내 모진 비바람과 뙤약볕, 천둥, 번개와 제초제, 살충제를 거뜬히 이겨낸 벼이삭들은 그이의 장담대로 꽤나 풍성한 수확을 담보해 주었다.

그런데 한 가지 각다분하게 이상한 점은, 그이가 그토록 봄내 정성들여 만들어 놓아 준 토종벌통들 안에 그 잘난 꿀벌이 한 마리도 들지 않는다는 사실이었다. 그동안 얼마나 많은 야생화들이 피고 지는 걸

---

5 불주다: 남에게 큰 곤욕이나 해를 입히다.
6 간대로: 망령되이. 함부로. 되는대로.

되풀이했는데, 달디단 밀랍만 그 벌통 내벽에 발라 놓으면 야생의 꿀
벌들이 열심히 드나들며 자기네 집 삼아 토종꿀을 끈적끈적 잘도 생산
해 낸다는데, 그이의 그런 장담은 말짱 도루묵이었다. 괴이쩍은 그 까
닭을 그이에게 묻자 이런 대답만 발만스레 돌아왔다.

거, 참. 이상허네? 비가 유난히 많이 와서 그런가? 암만해도 꿀벌들
이 아직 집주소를 제대로 못 찾았는가뷰.

그러나 산뱅이에서 벌을 제일 잘 친다는 또 다른 전문가한테 은근슬
쩍 물었을 때 돌아온 대답은 그와 생판 달랐다. 여왕벌을 넣지 않아서
그런다는 거였다.

미리감치 여왕벌님을 떡하니 모셔 놔야 일벌들이 떼거리로 모여들쥬.

허, 그래요?

나는 벌린 입이 다물어지지 않았다. 그러고 보니 내가 애지중지 바
라보면서 혹시 행운의 봉황새가 날아들지도 모른다고 그렇게나 아끼
던 늙은 오동나무를, 이장님이 갑자기 베어 버렸던 사단부터가 새삼스
레 수상한 저의로서 감지되거니와, 새 벌통 놓기 작업에서의 가장 중
요하고도 결정적인 대목을 스리슬쩍 생략해 버린 데에는 일부러 나를
골탕 먹이기 위한 이물스런 수작이었음도 어쩐지 더 분명해 보였다.

그럼에도 나는 더 이상 민망스레 얼굴 붉혀가며 따져 묻지 않고 또
모른 척 눈감아 주기로 했다. 그런 세속의 일로 해서 의리가 상해 불편
한 관계를 잠시라도 유지하기가 싫어서였다. 하지만 집 뒤 된비알의
그이네 밤나무밭 잡초들이 다시금 벌겋게 제초제 세례를 받고, 알찬

벼수확이 끝나고 나서도 한참 후에나 마지못한 듯 건네져 온 도지 쌀이
올 햅쌀이 아닌 작년 묵은 쌀이라는 사실을 착실히 확인하고 나선, 나
는 딱 잘라 결심을 굳혔다.

이장님, 아무래도 안 되겠네요. 논농사가 그리 많은 농약을 덮어쓰
고 지어지는지 정말 몰랐거든요. 그래서 내년 봄에는 매실밭으로 바꿔
제가 직접 유기농 농사 체험을 시도해 보려구요.

아, 그류?

전혀 예상치 못했다는 듯 한동안 송충이 같은 두 눈썹만 썰룩이더
니, 이윽고 그이가 한숨처럼 내뱉었다.

땅주인이 그러시겠다는데 어쩌겠슈? 그럼, 그러시구랴.

그러구러 지내온 지 벌써 4년 남짓. 세월이 참 빠르고도 덧없다는
걸 새삼 실감하거니와, 진즉에 칠순을 넘겨 이제는 농사를 그만 접어
도 될 성싶은 이장님, 그러나 아직도 기운이 팔팔 살아 넘쳐서 남의
땅 부쳐 먹는 것도 마다하지 않았다. 그 얄궂은 농약통 지고 다니는 일
또한 결코 포기하지 않는 그이는 올 봄날이 풀리자마자 또 사람 좋게
찾아와서,

저 매실밭 아래쪽 두 배미 말이우, 거기 빈 고랑이 많던데 들깨랑 푸
성귀, 고추 좀 심어 먹을라우. 괜찮쥬?

가년스레 정을 붙여 오던 것이다. 그러니 유난히도 정에 약한 내 뭐
라겠는가.

아, 그러세요. 아직은 나무들이 많이 크질 않아서 그늘지지도 않고, 볕드는 데도 많은걸요. 그런데 한 가지, 제초제만은 절대 안 쓰시겠다고 약속해 주셔야겠네요.

그렇게 거뜬히 다짐받고 일시 내준 땅이었다.

그래서 오늘, 잡초들은 그 사이 다행스럽게도 날카로운 예초기 돌려 싹 없앴으나, 한창 성장하는 농작물에는 어김없이 달라붙는 갖가지 해충 박멸이 또 그에 못지않게 중요해서, 그것들을 단박에 죽여 없애 버리고자 당신이 애써 나선 길이었다.

그걸 깜박 잊고 애초에 살충제마저의 '무농약' 조건을 딱 부러지게 달지 않은 걸 짧게 뉘우치면서 내가 에둘러 말한다.

"지가 함박골로 처음 들어왔을 땐 사방이 온통 쑥대밭이었고 반딧불도 흔히 날아다녔는데, 그 많던 반딧불과 쑥까지 이리 귀하게 없어진 건 다 농약 탓이겠죠?"

"그래도 쑥이라는 놈은 절대 안 없어져유. 쑥이 왜 쑥인 줄 아슈? 너무도 쑥, 쑥, 쑥 잘 자라기 때문이쥬. 향기가 엄청 진한 것만큼이나, 생명도 아주 질긴 놈이유, 그놈이!"

오히려 엉너리 쳐 내 비아냥을 슬쩍 덮어 버리는 이장님이었다. 그이가 말을 이었다.

"서양에서 들어온 허브라나 뭐라나, 까불지 말라 그류. 그 어떤 허브 놈이 우리 쑥을 당할 것이우? 이 땅을 억척같이 지켜냄시로 처음부터 맨 마지막까정 남는 놈이 바로 쑥이라구유. 맛있는 떡도 해 먹고,

216

국 끓여 먹고, 차로 마시고, 뜸뜨고, 사우나하고 … 심지어는 굿할 때 귀신 쫓는 영물로도 쓰고! 오죽하믄사 저 엄숙한 단군신화에까정 쑥 이야기가 나오겠슈? 안 그류?"

"암은요, 정말 좋고 귀한 약초지요. 그래서 저도 좀더 건강히 살아 보려고 지금 무공해 쑥 뜯고 있잖습니까. 이 쑥에는 약 안 치실 거죠?"

"아따, 쑥은 절대 병도 안 생겨서 약 칠 일이 없당께유. 더욱이나 살 충제 같은 건 아예 ….."

"사실은 살충제가 더 무서운 재앙인지도 모르죠. 모든 먹이사슬이 줄줄이 무너져 버리니까요. 그 약에 쓰러져 죽은 벌레를 새나 물고기 가 집어먹고, 그걸 다시 들짐승이나 사람이 냉큼 잡아먹고 … 그러다 보면 여기저기서 엄청난 생명 교란이 생길 수밖에요. 제초제나 비닐 농사로 땅이 죽어가는 것 못잖게, 살충제 뿌려 기른 채소 먹고 사는 우 리 몸속에는, 또 얼마나 무서운 맹독성이 켜켜이 쌓이는데요."

"김 선상도 참, 식자우환이우. 그런 독성조차 쑥이 싹 없애 주니까 니, 어서 저쪽 산 밑으로 비켜 가설랑 쑥이나 열심히 뜯으슈. 내도 여 기 소독하고 급히 가 볼 데가 있응께."

심지어 제초제 뿌리는 일마저도 꼭 '소독한다'고 갈음해 표현하는 그 이는, 괜한 거레7로 시간만 축내는 듯싶은 나를 서둘러 다른 데로 내쫓 는다. 완전 주객이 뒤바뀐 쑥대머리 꼴이었다.

---

7 거레: 까닭 없이 지체하며 매우 느리게 움직임.

오랜만에 안산뱅이 쪽으로 발걸음을 옮겼다. 이장님을 비롯한 토박이 원주민들이 좁다란 개울을 한가운데 끼고 옹기종기 모여 사는 곳인데, 서로가 딴 뜸처럼 띄엄띄엄 멀찍이 떨어져 형성된 네 개의 반(班) 중에서, 그래도 이곳이 전체 산뱅이의 터줏대감 노릇을 톡톡히 담당한다고 보아야 한다.

그런데 몇 년 전부터 불기 시작한 외지인들의 전원주택 바람 덕분에 갑자기 세 집이나 더 불어나, 안산뱅이는 벌써 여남은 채의 가구들로 채워진 거였다. 그 새로운 3채의 주택 중 2채는 지난 가을, 겨울에 다 입주까지 마쳤는데, 그중 맨 마지막 집만이 지금 한창 완공을 서두르는 중이어서, 그게 지금쯤 어떻게 마무리돼 가나 궁금하기도 해 모처럼 그쪽으로 발걸음을 떼어 놓았던 것인데, 이장님 댁 가까이 다가갔더니 웬 싸움질 소리가 험상궂게 들린다.

다름 아닌 이장님의, 언제나 천진스런 웃음기를 달고 다니던 그이의 날선 목소리였다.

"하필이믄 왜 우리 집 안방이 환히 내려다보이는 방향에다 현관을 내느냐 말이여? 당장 저쪽으로 방향 틀지 않으믄, 내 가만 안 있겠으니 그리 알어!"

"가만 안 있으믄, 어떡하시겠다는 겁네까?"

새 집주인도 결코 만만치는 않았다. 이즈음에 들어온 외지인 중 강(姜) 뭐라는 이 사람만이 유일하게 이 동네 출신으로, 거의 피죽도 못 쒸먹을 만큼 지지리도 가난해 일찍이 고향 뜬 이후, 거의 40여 년 만에 자수성가해서 실로 자랑스레 금의환향해 온 거라고 했다.

그래서 보란 듯 '옛날 부자'였던 이장님 댁의 바로 맞은편 언덕바지에 최신식 전원주택을 그럴듯하게 터억 지어 놓고서, 아침저녁 눈만 뜨면 그 옛날의 상전 같던 이장님 집 안팎을 한눈에 내려다볼 수 있도록 할 모양이었다. 안 그래도 이장님 처지에서 보면 새로 지은 집들이 죄다 개울 건너 맞은편 산자락의 높은 지대여서, 그쪽으로 은연중 시선을 던졌다 하면 노상 자연스레 위로 쳐다볼 수밖에 없는 형편이라, 그동안 얼마나 속으로 끙끙 앓아댔을지는 감사납게 캐묻지 않아도 훤히 알아차릴 수 있는 노릇이었다.

강 씨가 후렴처럼 더 보탠다.

"내 땅에다 내 돈 들여 짓는 집인디, 성님이 도대체 무슨 권리로다 감 놔라 배 놔라 떼쓰냐구요?"

"허, 이놈 말뽄새 좀 보게? 객지에서 돈 좀 벌어 왔다고, 이제 눈에 뵈는 게 없구만!"

"뭐라, 이놈? 정 그렇게 나오면 성님이고 나발이고, 나도 막보기로 나갈 텡께 그리 아시오!"

"허허, 말세로구나. 어디, 내가 죽나 니가 죽나 한번 해보자."

마침내 이장님은 입에 허연 거품까지 물고 강 씨한테 와락 달려들었다. 하지만 몸피는 비록 작달막하니 가냘파 뵈도 나이가 10년쯤이나 낮게 터울 진 데다, 거친 도회지에서 산전수전 다 겪으며 육체가 단련된 강 씨의 완력 앞에선 어림 반 푼어치도 없었다. 달려드는 이장님의 공격을 역이용해서 강 씨가 한번 툭 되밀었을 뿐인데, 칠순 넘은 상대방은 맥없이 뒤로 홀렁 나자빠지고 마는 거였다.

당황한 내가 달려가 둘을 뜯어말리고 자시고 할 겨를조차 없는, 실로 눈 깜박할 사이에 벌어진 일이었다. 뒤로 벌러덩 나가떨어지면서 시멘트 바닥에 뒷머리 부딪는 소리가 쿵 예사롭지 않았는데, 아니나 다를까, 이장님은 결국 119에 긴급구조 요청하지 않으면 안 되는 돌발상황으로 치닫고 말았다.

그이의 예기치 않은 입원 기간은 예상외로 길어졌다.

맨 처음 응급실에 실려 갈 때 나도 함께 동행한 이후, 보름이 지나도록 그이는 여전히 병원 신세를 지면서 여기저기 안 아픈 데가 없다는 소식이었다. 그런데 크게 다쳤을지도 모른다 여겼던 뇌는 섬세한 정밀검사에서도 별 이상이 나타나지 않는 대신, 생각지도 않았던 여러 증상들이 번차례로 되풀이된다는 거였다.

심한 두통과 현기증은 물론, 역한 구역질과 복통, 설사가 영 그치지 않는가 하면, 근육의 경련으로 보행이 곤란해지고, 때로는 언어가 어눌해지면서 숨이 가쁘고 눈까지 침침해지기도 한다는 소리가 들렸다. 심각한 농약중독 현상이었다.

그이의 입원생활이 거의 달포 가까이 접어들었을 때, 적이 걱정이 된 나는 다시 문병 길을 서둘렀다. 지친 병고에 얼굴이 무척 수척해 있을 줄 알았는데, 오히려 부은 듯 누렇게 떠 있었다. 신장이 많이 상해서 황달까지 덤터기로 찾아들었다는 간호사의 귀띔이었다. 그러면서

220

내가 지레 못 박아 예상했던 대로, 환자의 병명은 명실상부하게 중증의 농약중독이라는 사실을 에누리 없이 확인해 주었다.

6인실 좁은 병실 한켠의 침상에 반쯤 기대어 누워 있던 이장님은,

"머 할라고 또 오셨디야? 넬모레, 금방 퇴원할 텐디."

슬그머니 몸을 일으켜 세우며 그 천진스런 웃음을 지렁이 같은 깊은 주름살 속에 버무린 채 반갑게 나를 맞았다. 그리고 누추한 병실 안이 꽤나 갑갑하고 겸연쩍었던지, 이내 슬리퍼를 찾아 신으며 밖으로 나가자는 시늉이었다.

나는 가볍게 그이를 부축하며 복도 쪽으로 나섰다. 그리고 그 복도의 맨 끝, 번잡한 도심이 훤히 내려다보이는 창가의 나무걸상에 나란히 걸터앉았다. 거기에 앉기 전 나는 복도 한켠의 자판기에서 믹스커피와 율무차를 종이컵에 받아와 그이와 함께 나누어 홀짝였다.

그리고 내가 먼저 입을 열었다.

"어쨌든 머리 쪽이 이상 없으시다니, 그나마 천만 다행입니다."

"내 병은 내가 더 잘 알아유. 심장 쪽이어유."

"예? 심장은 또 무슨 …?"

농약중독이라는 말은 아예 쏙 빼버린 채 엉뚱한 심장 어쩌구 해서 나는 처음엔 대체 무슨 말인가 싶었으나, 이내 그 깊은 속내를 알아차리고선 혼자 쓴웃음을 짓지 않을 수 없었다. '화병'이라는 의미였다.

이장님이 계속했다.

"그놈은 글씨, 예전에 우리 집 제삿밥 얻어묵고 큰 놈이오. 그런디

어쩌다가 험하게 장사질 해서 번 돈 금의환향인 양 가져 들어와설랑,
턱하니 내 집 내려다봄시로 돼먹잖은 위세 부리는 것 좀 보시우.”

“그게 다 요즘 돌아가는 세탠데 어쩌겠습니까. 이장님이 너그럽게
이해하셔야죠.”

“어디 그뿐이다요. 그놈 바로 윗집은 또 경찰 공무원으로 잔뼈가 굵
은 생뚱맞은 총잡이가 들어와 있질 않나, 젤 꼭대기 집은 또 쉰이 넘도
록 노총각 신세를 면치 못한 웬 원양선 뱃놈 출신이 터억 자리를 잡지
않나, 별 희한한 일이 다 생기고 있수, 시방. 굴러온 돌이 박힌 돌 뺀
다더니, 내 원 참!”

거친 숨까지 휴 몰아쉬면서 흥분해 들떠 있던 그이가, 문득 말을 멈
추며 아차 싶은 표정으로 나를 씨익 돌아보았다. 나 역시 ‘굴러온 돌’에
최우선으로 포함돼 있다는 걸 뒤늦게 의식했기 때문이리라.

잠시 뜸을 들인 뒤, 그이가 새삼스레 다시 말을 이었다.

“내 이제사 김 선상한티 고백하고 사과드릴 일이 하나 있구면유. 그
때, 우리가 맨 처음 상면했을 때 말이우. 선상 친구분한티서 소개받고
와설랑, 그 땅이 어디냐고 내게 묻지 않았수? 그래 엉뚱한 저 절골 고
압선 밑이라고 거짓 정보를 흘려 놓고설랑 김 선상 먼 길을 허탕 치게
만들었던 것, 참 미안했슈.”

“그, 그랬던가요?”

“그래도 집 짓고 살면서까지 그에 대한 내색은 조금도 비추지 않은
김 선상을 보고설랑, 내 혼자 속으로 감격했지유. 아마 맘이 그리 맑

으시니, 뒷산 깊은 골에 들어가시믄 김 선상 눈에는 분명 산삼이 뵐 거구만유."

"별말씀을 다 하시네요. 그까짓 까맣게 잊은 일 갖고 …."

"그때 내가 왜 그랬는 줄은 아시남유?"

"글, 쎄요."

"지금 김 선상이 살고 계시는 땅이나 문전옥답, 내가 다 다시 사들이고 싶어서였슈. 조상 대대로 물려받은 건데, 도중에 집안이 콩가루처럼 몰락하는 바람에 남한티 몽땅 넘어가 버렸거든유."

" …… ?!"

"그 성(城) 같은 논두렁의 석축들, 우리 아버님과 할아버님들이 일일이 지게나 목도로 져 날라 쌓아올렸슈. 그러니 못난 자손이 돼 버린 내 심사가 그동안 어떠했겠슈. 죽지 못해 산 인생이었지우. 그래서 처음엔 솔직히 말해서, 김 선상이 많이도 미웠구만유. 요 근래 물밀듯 쳐들어오는 외지인들도 괜시리 웬수들만 같았구. 허지만서도 뜻하지 않았던 병상에서 곰곰 곱씹어 생각해 보니까네, 내가 참 못난 놈이구나, 이 첩첩산골을 그리 살기 좋은 별장지대로 만들어 놓고 있는 그이들한테 오히려 고맙다고 인사치레는 못할망정, 왜 이리 막된 심술이고 욕심인가, 싶더라니께유. 그게 다 김 선상 덕분이우. 산뱅이 땅값, 집값 왕창 올려놓으신 건 누가 뭐래도 김 선상이 일등 공신이유. 글구 그나마 천만다행이었던 건, 김 선상 같은 인격자가 우리 땅 매입해설랑, 도깨비 나오던 그 험한 산골짜기를 기가 막힌 상전벽해로, 아니, 밤에

보믄 흰한 불빛의 화륜선이 한바다로 유유히 떠가는 것만큼이나 뻑적
지근하게 개발해 놨으니, 그게 얼마나 고마운 일이냐 말이우."

"살다 보니 별말씀을 다 듣네요. 암튼 전 이장님의 그런 속사정도 모
르고 …."

"산뱅이가 왜 산뱅인 줄 아시우? 묏 산(山) 자에 모 방(方). 부를 땐
참 둥글고 정겨워도 그 속내를 들여다보면 모질게 모가 나 있는 거라.
사방이 산으로 비잉 둘러싸여 있어 먹을 게 너무 부족했슈. 대대로 가
난할 수밖에. 그래서 사람들 성질머리도 다들 모가 날 수밖에 없었슈.
산천이 아무리 수려해도 문제는 먹고사는 게 우선이우."

"아, 그러셨군요."

"그라고 이것 한 가지만은 이번 기회에 꼭 약속드려야 할 것 같구
만유."

중도에서 내 말을 가로챈 이장님이 특유의 그 어린애 같은 웃음을 입
꼬리에 말아 올리며 나를 빤히 건너다보았다.

그게 뭔데요? 하고 나도 빤히 마주 바라보았더니, 그이는 아주 단단
히 결심한 듯 못 박아 말했다.

"앞으로는 절대 그놈의 못된 농약통 안 지고 다닐라유."

콩

퇴비장의 똥불이 꺼지지 않는다.

벌써 닷새째. 널름대는 불꽃은 한 점 보이지 않은 채 가느다랗게 머리
푼 실연기만 기연가미연가 가뭇없이 피어오르는 수상쩍은 불구덩이
다. 구저분한 닭장을 청소하며 옮겨 쌓아 놓은 이후, 아직 삭지 않은
검불이나 낙엽 따위가 함께 뭉쳐 있어 거기 퇴비장에 라이터 불을 붙
였는데, 그것이 바짝 마른 개똥과 닭똥, 톱밥 등과 한데 버무려진 퇴
비 속으로 이글거리며 무슨 침묵귀신처럼 스멀스멀 타들어가고 있는
것이다.

그 사이 한두 차례 양동이 물세례까지 퍼부었지만 별스런 소용이 없
었다. 설죽은 듯 아무런 기척 없다가 또다시 귀살쩍게 되살아나고, 여
태껏 용케 살아 있는가 유심히 들여다보면 또 소리 없이 사뭇 죽은 척
이다. 똥불이 무섭다는 걸 새삼 알고도 남겠다. 아무래도 다 숙성, 발

효되지 않은 톱밥이나 왕겨가 가장 큰 이유이지 싶다.

닭장 안에 그것들을 두툼히 뿌려 넣으면 닭들이 보송보송 편안해하며 놈들이 내갈긴 배설물과 한데 뒤섞여 썩 괜찮은 유기질 거름이 만들어진다기에 작년 봄 그리한 것인데, 과연 역한 냄새와 습기도 말짱 흡수해 주면서 아주 찰진 퇴비로 익어가고 있는 듯하였다.

그러나 세찬 비바람과 무더위, 눈보라의 몇 계절이 훌쩍 지나는 동안, 켜켜이 층을 이룬 닭장바닥이 너무 두껍고 구저분해져서 비지땀 뻘뻘 흘리며 치울 수밖에. 검은 가마솥의 누룽지처럼 굳어지고 짓물러진 놈들의 오물을 쇠스랑으로 파헤쳐 한데 긁어모으는 건 물론, 그걸 다시 퇴비장으로 옮겨야 하는 닭장 치우기가 얼마나 드센 고역인가도 그제야 오달지게 온몸으로 겪었다.

그럼에도 제법 질 좋은 퇴비를 비로소 내 힘으로 만들어냈다는 성취감이 그 노고를 너끈히 상쇄시켜 주었는데, 그 신바람에 나도 모르게 거기 닭치기[1] 불까지 덥석 내지르고 만 것이다.

첫날은 제깟 게 타면 얼마나 더 타랴, 사르르 타다가 일껏 사그라지겠지 싶어 그냥 엄벙충청 내버려 두었고, 이튿날엔 어, 이 불이 아직도? 은근히 저어되면서도 결국엔 제풀에 절로 꺼지고 말겠지 싶어 그냥 또 유야무야 무시해 버렸으며, 사흘째엔 야, 이 똥불 정말 질기구나, 네가 이기나 내가 이기나 어디 한번 해보자는 셈속으로 꾹 눌러 참았으되, 나흘째엔 도저히 더 두고 지켜볼 수가 없어 오히려 내 쪽에서

---

1 닭치기: 질서 없이 함부로 덤벼들거나 생각 없이 덮어놓고 하는 짓.

먼저 두 손 들고 냅다 찬물을 퍼부어댔었다. 나풀대는 서녘바람이 언뜻 불어대 예기찮은 화재까지 슬며시 염려되는 판이었다.

그런데 어럽쇼, 자고 나니 또 그놈의 시답잖은 실연기다. 나는 그만 두 눈을 희번덕이지 않을 수 없었다. 밟아도 또 밟아도 다시 일어서는 잔디처럼, 일정한 가락으로 4절까지 이어지는 우리 애국가나 진도아리랑의 구성진 후렴처럼, 결코 쉬 꺾이지 않는 질기고도 그악스런 똥불의 명줄이었다.

그러나 쉬 꺼지지 않는 게 어디 똥불의 불시울2뿐이랴. 새봄, 얼어붙은 흙의 살결을 뚫고 솟아오르는 숱한 식물들의 여린 새싹을 보면, 참으로 오묘하고도 신비롭다 못해 차라리 오싹 소름이 솟아오르는 것을! 여기 산뱅이 함박골을 에워싼 논과 밭, 산천은 지금 한창 그런 질기고도 당찬 녹색 물결로 뒤덮여 가고 있다.

남새밭의 온갖 채소들 역시 적당한 물과 공기, 햇볕을 듬뿍 받아 따뜻한 흙의 품안에서 무럭무럭 커간다. 뿌린 대로 거둔다는 말이 피부로 실감되는데, 그러나 그놈의 집요하고도 끈질긴 잡초들이 또 말썽이다. 보다 못한 이웃 반장댁(젊은이 없는 이 동네선 70 노인이 반장 일을 본다. 그분의 노부인)이 밭두렁 옆을 지나치면서,

"그 남새들 못 먹어유. 그것들 다시 확 갈아엎고 여름배추나 콩, 들깨로 다시 시작하셔유."

끌끌 혀를 차신다. 그리고 덧붙이기를, 씨 뿌리기 전에 소독약 확

---

2 불시울: 꺼지지 않게 오랫동안 화로 따위에 갈무리하는 불씨.

뿌리고 질 좋은 복합비료로 땅심을 한껏 북돋워 주면 싱싱한 채소 따윈 아주 쉽게 지어먹을 수 있는데 웬 생고생을 그리 사서 하느냐는 핀잔이었다. 그런저런 사전방책 없이 잘 숙성된 퇴비까지 질펀히 깔아놓고 씨 뿌렸으니, 그 많은 잡초와 해충들이 얼마나 천방지축 극성부릴 거냐고도 빈정대시는 거였다.

그러나 나는 쉬지 않고 몹쓸 잡풀들 뽑아내며 능청스레 받는다.

"내가 이기나 이놈들이 이기나 내기하고 있구먼유. 재밌는 운동 삼아서 ⋯."

"허 참, 내 못살아. 끌끌끌."

이런저런 씨앗이나 귀한 산나물 모종 따위를 은근슬쩍 갖다 주기 좋아하는 당신은 결국 안타까이 혀만 찬 후 돌아가시고, 나는 다시 지천으로 뒤덮인 잡초 뽑아대기에 허리가 휘었다. 그러다가 끝내는 제풀에 지쳐 나자빠져 에잇, 이것들 내 안 먹고 말지! 호미와 면장갑을 냅다 집어던진 채 찌는 뙤약볕 속을 서둘러 벗어났다. 벌레 먹은 여린 열무 잎사귀와 씀바귀, 겨자채만 겨우 한 소쿠리 뜯어 갖고.

달콤 쌉싸름한 쌈으로 늦은 점심을 때운 후, 오늘은 저 빌어먹을 잡초에 대해서는 아예 싹 잊기로 한다. 하지만 그것도 그때 잠시뿐, 나는 이내 자리에서 일어서고 만다. 그리고 흙투성이 면장갑을 끼고 기나긴 업보와도 같은 호락질3의 호미자루를 그러잡는다.

어휴, 똥불보다도 더 질기고 징한(징그러운 게 아니라 독한) 놈들, 어

---

3 호락질: 남의 힘을 빌리지 않고 혼자서 농사짓는 일.

디 네가 이기나 내가 이기나 갈 데까지 가 보자!

　짐승은 말할 줄 모른다. 거의 대개는 사람의 말을 착실히 알아듣지도 못한다. 그리고 짐승은 자기 욕망이나 본능의 충동을 억제할 줄 모르며, 아무데서나 먹고 싸고 흘레질하고 싸운다. 특히 영역 침범에 대한 이종(異種)에의 경계심이나 잔인한 공격성을 태생적으로 갖고 있게 마련으로, 우리 집 개들이 영락없이 그렇다. 명색이 족보 있는 명견이라서 어지간하면 주인 말을 잘 알아듣고 쉬 따를 만도 하련만, 세련된 훈련과정이 없어서 그런가, 영 아니다.

　엊그제는 엘크하운드 종인 여름이가 잠시 한눈판 닭을 한입에 냉큼 물어 창자가 해질 정도로 갈기갈기 찢어 놓더니, 오늘은 사나운 반디 놈이 이웃 반장댁을 순식간에 덮쳐 쓰러뜨렸다. 고추밭에 다녀오던 인정 많은 그 노인네가 우리 집 초입께의 다릿목에 편히 주질러 앉아 내게 줄 나물용 고춧잎을 바구니에서 꺼내려는 순간, 그만 허술한 울타리를 몰래 빠져나온 놈의 습격을 엉겁결에 당하시고 만 거였다.

　그네의 자지러진 비명소리에 놀란 내가 닭장 둥지에서 빼오던 달걀을 그만 허공중으로 내팽개친 채 혼비백산 달려갔지만, 때는 이미 엎질러진 물. 냅다 놈의 옆구리를 걷어차고 목청껏 고함쳐 내쫓은 다음 그네를 황망히 일으켜 살펴보니, 오른쪽 어깻죽지에는 벌써 놈의 이빨 자국이 선명하였다. 잉크빛 피멍 사이로 벌건 핏물까지 스멀스멀 배어나와 나는 어서 병원으로 가시자고 닦달하였다.

하지만 그네의 어눌한 대답은 전혀 뜻밖이었다.

"괜찮혀유. 이까짓 거, 약 좀 바르고 나면 그만이지 뭐."

"아녀요. 자칫하면 큰일 나니까 어서 차 타고 병원 가십시다."

"참, 됐다니께유. 가서, 아까징끼나 퍼뜩 가져와유."

"⋯⋯."

"저 육시럴 눔이 맨날 눈 마주치믄서 나만 보믄 컹컹컹 짖어댐시로 저 지랄발광이라니께. 대가리 나쁜 저눔이나 한시바삐 잡아 먹어뿐지시오."

"아이구, 이거 참!"

안절부절 몸 둘 바를 몰라하던 내가 급히 집 안으로 뛰어들어 허겁지겁 응급약통을 찾아 들고 다시 나타날 때까지도, 그네는 이미 시야에서 벗어난 반디놈을 향해 살갑잖은 욕지거리를 내뱉으면서 태연스레 고춧잎을 다시 추스를 뿐, 여전히 병원으로 내달릴 염사[4]는 내비치지 않으셨다. 짐승의 이빨이 갖고 있는 맹독성이나 광견병 따위의 구실까지 덧붙여 설득해도, 그 위험성을 외면하는 당신은 도무지 막무가내였다.

성질 고약한 사람 같았으면 벌써 쾌적한 입원실이 갖춰진 병원행은 물론, 그 치료비에 피해보상까지 맘먹고 톡톡히 청구하려들 게 뻔한데도 말이다. 아니, 경우에 따라선 시원찮은 개주인을 당장 형사 고발하겠다고 거칠게 덤벼들었을지도 모르는 일. 그러면 난 그저 죄 많은 유

---
4 염사: 인생은 무상하여 어느 때에 죽음이 올지 헤아릴 수 없음을 마음속으로 생각하는 일.

구무언으로 손만 싹싹 비비고 있을 터이다.

쓰린 소독약과 항생제 연고를 듬뿍 발라 응급처치하고 나서도 나는 여전히 그 황망한 손을 어디에 둘지 몰라 하며,

"명견은 주인 말을 착착 알아듣는다는데, 저놈 정말 안 되겠어요. 정말로 잡아먹거나 팔아 버리고 말아야지!"

맘에 없는 막말을 반디놈한테 덤터기 씌우는 것으로 어물쩍 얼버무렸다. 솔직히 명견은 무슨 명견, 어디까지나 개는 개이고, 사람은 사람이었다.

반디한테 물린 지 사나흘이 지나자 연로한 반장댁의 가짓빛 상처는 다행히 더 이상 덧나지 않고 슬슬 아물어가는 것 같았다. 그동안 나는 하루에 두세 번씩 그네의 집을 뻔질나게 들락거리면서 그에 맞는 소독약이나 소염, 진통제 따위는 물론, 방금 낳아 따끈따끈한 토종닭 유정란까지 한 꾸러미 가져가 간밤의 안부를 공손히 물어댔고, 뒤늦게 '개 사건'의 진상을 알게 된 아내는 또 아내대로 먹음직스런 피자나 양념구이 통닭을 들고 가 연신 고개를 주억거렸다.

그때마다 사람 좋은 반장댁은 오히려 벌컥 역정까지 내면서,

"아니, 괜찮다는데 왜들 이래유? 이런 데 살믄서 벌한티 쏘이고 개나 뱀한티 물리는 건 흔히 있는 일이니께 너무 걱정들 말어유. 첫날밤엔 통통 욱신거리믄서 제법 아픕디다만, 봐유, 이제 멀쩡 나아가잖유."

이 빠진 소리로 히죽 웃으시고는 그만이었다.

그 반장댁이 오후 해질녘엔 또 고추모 지지대가 실린 지게를 등에

짊어지고 집 뒤 고추밭에 올랐다. 마침 아내와 함께 장독대 근처의 가마솥 아궁이에 불을 지피고 있던 나는,

"아따, 일 욕심 좀 적당히 내세요. 힘든 일은 장성한 자식들한테 부탁하셔야죠. 아니면 제가 대신 해 드려요?"

맘에 없는 딴청을 부렸다. 그네는 냅둬유, 한마디로 자르고는 이마 맞댄 채 일하는 우리 내외를 부러운 듯 건너다보면서,

"서울양반은 그리 오순도순 의좋게 사는디, 우리 집 저 헌 신랑은 허구한 날 구들장만 지고 세월아 네월아 누워만 있으니, 원. 내는 평상 남편 사랑 못 받구 살았슈. 손 하나 까딱 안 하믄서 감 놔라 배 놔라 지청구만 늘어놓을 줄 알았지. 쯧쯧쯧."

스스로에게 혀를 차신다. 마른오징어 냄새 같은 무성한 밤나무 꽃길 사이로 느릿느릿 사라지는 그네의 뒷모습이 너무 무겁고 안쓰럽게 느껴졌다.

그러면서도 나는 또 새 콩 심을 궁리로 바빠진다. 이 산뱅이 동네에서 어느 정도 수익성이 보장되는 밭작물은 그래도 콩이 그중 무난하였다.

그런데 문제는 역시 검불덤불 돋아나는 무서운 잡초들이었다. 내일 밤이나 모레쯤 비가 온다는데, 그 비 오기 전에 이 쓸데없는 잡초들을 말끔히 제거해야 거기에 또 콩 따위를 심을 수 있으니 말이다. 무슨 막된 점령군처럼 온 땅을 순식간에 잠식해 버리는 맹렬한 잡초들의 위력 앞에선 도무지 정면으로 대적해 볼 재간이 없었다. 자고 나면 하루가 다르게 경쟁하듯 엉키어 돋아나 있고, 날카로운 예초기를 폭격기인 듯

휘둘러대도 결국엔 또 어느새 무쇠 같은 싹을 내미는 게 놈들의 질기고도 끈질긴 근성임에랴.

그래서 이놈들을 아예 뿌리째 뽑아내는 게 가장 완전한 친환경 농사법이겠다 싶어 처음엔 호기롭게 그리 실행했으나, 그 역시 얼마 못 가서 이내 지치고 지레 나자빠져 두 손 든 상태. 앞마당의 몇 평 남새밭은 얼마쯤 그런 방식으로 땅을 일구고 가꾸는 게 가능하지만, 절골 쪽의 밤나무밭이나 앞으로 한창 일을 벌일 콩밭엔 당최 어림없는 일이다.

그래도 한두 해 이렇게 온갖 푸새들을 계속 괴롭히고 나면, 그다음부턴 놈들도 어지간히 고개 숙이고 혼비백산 도망친다니 어디 한번 꾹 눌러 참고 이겨내 볼 참이다.

비 온 뒤끝, 콩을 심었다.

난생처음 내 손으로 심어 보는 본격 농사 알곡식이다. 재작년까지 논으로 이용했던 6백여 평의 무른 땅이 지난봄 매실 묘목을 심고부터 자연스레 밭으로 전환된 셈인데, 그것들이 큰 나무가 될 때까진 이런저런 농작물도 함께 빈 자리에 재배할 수 있다기에 그에 적합한 것으로 우선 콩을 선택한 것이다.

작은 다랑논 네 배미 중 하나를 남겨 두고, 나머지 세 배미를 다 콩으로 채울 요량으로 겨우 한 배미쯤 심었을 뿐인데, 벌써 오금이 저리고 허리가 휘어질 지경이었다. '콩밭 매는 아낙네야, 베적삼이 흠뻑 젖는다'는 유행가 가사의 의미를 흠뻑 깨닫고도 남겠으되, 그럼에도 뻐근한 어깨와 허리, 저린 오금 사이로 전해져 오는 이 뿌듯한 성취감이라니!

하지만 고추밭에 다녀오던 반장댁은 또 뭐가 맘에 안 차는지 시큰둥 참견이시다.

"아니, 씨앗콩에 약 안 했슈? 그거 날짐생, 들짐생이 다 빼먹어유!"

"그 잡것들이 빼먹으면 얼마나 빼먹겠슈. 그래도 독약 안 바르고 잘 심어 볼랍니다."

나도 그네한테 지지 않는 어조로 응대하였다. 그네는 엊그제부터 씨 앗콩은 반드시 그렇게 해야 된다고 열심히 조언해 왔던 터여서, 도시 당신의 천금 같은 충고를 순순히 들어먹지 않은 내가 한없이 미욱하고 괘씸스럽기까지 한 모양이었다.

그 단정어린 권유가 하도 완강해서 처음엔 나도 귀가 솔깃했으나, 그 말을 전해들은 아내가 '그만큼 안 먹으면 되지, 약 바르는 건 절대 반대'라며 '까치나 콩새, 들쥐가 먹고 죽을 약이라면 그 씨앗으로 난 콩 들은 또 어떻겠느냐'고 덧붙여 한사코 가로막았던 게 먹혔던 셈이다.

내 진지한 설명을 건성으로 얼추 듣고 난 반장댁은 피식 고소를 머 금으며 이렇게 휙 내뱉고 돌아선다.

"다 헛일이요, 헛일. 그 잡것들 배불리 먹여 살리고 싶거덜랑 인심 좋게 그리하시구랴."

"……?!"

이거 정말 괜히 사서 고생하는 거 아냐 싶으면서도, 유난히 농약통 좋아하는 당신의 지나친 기우 탓으로 돌린 채 나는 내처 콩심기 호미질을 계속하였다. 호미도 많이 쓰면 몽당연필처럼 닳는다는데, 이제사 그 진한 의미도 전량 내 것으로 다가오는 듯싶었다.

나는 여전히 콩심기를 계속한다.

팔다리가 아프고 뻐근하여 밭에 쪼그리고 앉아 움직이는 게 여간 힘들지 않지만, 정성스런 호미질로 흙을 파헤칠 때마다 지렁이가 득시글대는 걸 보면 절로 즐거웠다.

몇 년 전 가을 벼수확 때 콤바인이 뱉어 놓은 뒤 그대로 깔아뒀던 볏짚이 퇴비로 잘 썩어 있기 때문이었다. 그만큼 땅이 기름지다는 애긴데, 지금까지의 관행대로 동네 이웃들이 한겨울 소먹이로 가져가겠다는 걸 억지다시피 말렸던 게 참 다행이었구나 싶었다. 이런 게 바로 진정한 유기농법이고 죽어가는 땅 다시 살리는 첩경이 아니고 무엇이겠는가.

하지만 일일이 호미로 콩심기는 여전히 힘에 겹고 벅찼다. 고기잡이 그물을 깁거나 바둑을 두듯 그렇게 일정한 간격으로 하나하나 칸 맞춰 서너 알씩 콩을 심어 나가는데, 목표량을 채우기엔 아직도 아득하고 멀기만 하였다. 한참 만에 허리 펴고 뒤돌아보면 지나온 흔적은 고작 여남은 평쯤. 동네의 잘 심는 농사꾼은 하루에 두어 말까지의 씨앗콩을 너끈히 해치울 수 있다니 그 잽싼 손놀림이 그저 놀랍고 경탄스러울 따름이었다.

그런 농사 고수들에 견준다면 나의 서툰 콩심기 솜씨는 이제 겨우 걸음마 단계, 처음엔 그 심는 간격부터가 아주 엉성하였다.

"너무 촘촘혀유. 그라고 모심기하듯 일정하게 똑발라지유."

빈 지게 지고 느릿느릿 걸어가던 반장님이, 줄갈이가 삐뚤삐뚤 이게 뭐유, 하면서 자상히 지적해 줄 때까지만 해도, 나는 사방 30㎝ 정도를 적당히 유지하고 있었거니와, 그건 솔직히 땅을 아껴 쓰려는 내 욕심이 크게 작용한 탓이었다.

나는 오랜만의 반장님 나들이가 지레 반가워서,

"어휴, 잘 나오셨네요. 그렇게 운동 삼아 자주 움직이셔야 회복도 빠르지요. 얼굴이 많이 좋아지셨어요!"

실제와는 영 다른 발림으로 새삼스런 수인사를 보냈다. 시난고난 앓기 시작한 지 이태째, 분에 넘치게 약주 즐기던 당신은 이제 완전히 그것을 끊은 채 거의 두문불출로 시간을 축내왔는데, 허수아비 같은 깡마른 몰골일망정 그래도 자기 분신이나 다름없는 빈 지게나마 등에 지고 집을 나섰으니 얼마나 마뜩하니 다행스런 일인가.

그런 반장님이 그림자처럼 지나치면서 가쁜 호흡으로 말한다.

"아무튼 글밖에 모르시는 김 선상이, 농부노릇 하는 모습, 참 보기 좋구랴. 콩보다 더 좋은 건강식품은, 없시우. 나처럼 질기게, 오래 살고 싶거든, 그저 밤낮으로 매끼, 콩을 드시우."

"암은요. 이 콩 키워 수확하면 반장님한테도 선물로 좀 드릴게요."

나는 진심으로 받아넘기면서 희게 웃었다. 그리고 그이가 천천히, 그림자처럼 길모퉁이로 돌아드는 뒷모습을 우두망찰하게 바라보고 서 있다가 다시 칸 맞춰 콩을 심기 시작했다.

칸의 간격은 이제 40㎝ 정도. 하지만 자꾸 심어가다 보니 또 그게 아니다. 이놈들이 무럭무럭 성장하면서 얼마나 성가시게 서로 몸 부대낄까 싶기도 하지만, 너무 횟수 잦은 호미질로 눈앞이 핑핑 돌았다. 거기에 간격이 좁으면 열매가 튼실치 못해 그 소출이 오히려 줄어들 뿐 아니라 콩밭 관리하는 데에도 적잖은 애로가 따를 터였다.

나는 다시 50㎝ 내외로 간격을 늘려 잡았다.

한참을 그렇게 심으면서 다 자란 놈들의 키와 몸둘레를 가늠해 보니 이 간격도 어림없이 좁게 여겨진다. 그래서 다시 55㎝ 내외로 수정했다. 적어도 자기 키 높이 정도의 거리는 유지해 줘야 될 성싶었다. 사람과 사람 사이의 공간도 최소한 그래야 얼마쯤 자유롭고 쾌적한 관계를 확보할 수 있지 않던가 말이다.

그러나 그것도 얼마 안 가서 곧 65㎝ 쯤으로 늘려 잡고 말았다. 이미 지칠 대로 지친 나는 다른 배미로 옮겨 가는 걸 기회로 선심 쓰듯 또다시 수정한 것인데, 마치 모심기하듯 줄 맞춰 널찍널찍 심자니까 이게 가장 안성맞춤이다 싶은 분별심이 절로 들었다. 서로의 공간에 넉넉한 여유가 생겨야 그 열린 틈 사이로 바람과 햇볕, 밭주인의 애정이 잘 스며들어 소통될 수 있을 게 아니냐는 판단이 뒤따른 것도 물론이다.

인간의 어리석은 욕심이나 덜 익은 경험은, 이렇듯 수많은 시행착오와 덧없는 실수를 삐뚤삐뚤 그침 없이 되풀이하게 만든다.

마침내 앙증맞은 콩싹들이 함초롬히 얼굴을 내밀었다.

새벽같이 콩새 떼가 요란스레 지저귀기에 서둘러 콩밭으로 달려가 봤더니, 놀란 콩새들은 다시 푸드덕 날아오르고, 그 자리에 반가운 콩 싹들이 노오란 속살을 손톱만큼씩 밀어 올리며 수줍은 듯 웃고 있었다. 내 따뜻한 손길이 스민 땅 여기저기에서 다투어 함성을 내지르며 귀엽게 솟아오르는 콩싹들의 어기찬 숨결이라니! 유정한 눈빛으로 콩 싹들을 살피는 내 입에선 연신 탄성이 쏟아져 나왔다.

이제 저 수줍은 싹들이 양쪽으로 사이좋게 갈라지면서 뽀오얀 연둣 빛에서 녹색으로 점점 짙어지면, 온갖 새와 들쥐, 다람쥐들의 사냥감 인 씨앗콩 신세에서도 완전 해방될 수 있을 터. 어쨌든 내가 힘들여 심 은 콩들이 일제히 새 목숨으로 살아나 움터 오르는 게 너무나 신기하고 기특해서 소름이 돋았다. 땅은 역시 위대한 모성의 원천임을 속 깊이 실감하였다.

어스름 해질녘에 다시 가 보자니까, 콩싹들은 어느새 파르스름한 빛 깔을 띠고 손가락 한 마디쯤 더 올라와 있다. '하루가 다르게' 정도가 아니라 '한 시가 다르게' 다투어 성장하는 당찬 새싹들이었다.

나는 슬그머니 또 다른 욕심이 생겼다. 마지막 빈 한 배미에도 들깨 대신 쥐눈이콩을 심으리라는 게 그것이었다. 엊그제 텔레비전에 나온 어느 한의사가 하도 이 서목태(쥐눈이 약콩)의 효능에 대한 장점을 장 황히 늘어놓기에, 암만해도 가장 땅심이 좋은 마지막 윗배미에는 바로 저걸 심어야겠다 싶던 것이다.

나는 서둘러 반장댁을 찾았다. 하지만 그네는 전혀 내 말을 알아듣지 못하셨다.

"씨앗으로 쓸 쥐눈이콩이 좀 있으시냐구요. 그 콩, 지금 심어도 아직 괜찮죠?"

"하지가 지나믄 뭐든 잘 안 뿌리고 안 심지만, 아주 늦진 않았슈. 근디 쥐, 뭐유? 쥐누리콩?"

"건강식으로 끝내준다는 쥐눈이콩 말예요. 서목태!"

"서, 뭐? 암튼 콩 종류는 다 떨어졌슈. 어서 장에 나가 곡물전으로 가 봐유."

기름진 흙이 축축하게 젖어 있어 아직은 콩싹이 그런대로 잘 날 거라면서 건성으로 독려만 할 뿐, 그네는 내동 그런 콩도 다 있느냐는 투였다. 생김새나 크기나 영락없이 쥐눈을 닮아 그렇게 부른다고 자세히 설명해도 내내 캄캄절벽이더니, 어렵사리 그걸 장에서 사들고 와 보여주자 그제야 아, 이거? 하신다.

"이거 나물콩 아니우! 히히, 난 또 뭐라구. 무슨 희한한 콩도 다 있나 혔더니 그 흔한 나물콩이었구만그랴."

"이걸로 청국장이나 두부 만들어 먹으면 기가 막히다면서요?"

"기막히긴 뭐, 그냥저냥 나물이나 길러 먹는 게지."

"달달 볶아서 가루 내어 선식으로 먹으면 한 끼 식사로도 거뜬하다던데요."

"으이구, 한의사들 말 믿지 말어유. 몸에 안 좋은 콩음식 어디 봤슈?"

반장댁은 내내 별로라는 우김질이면서도 나물로 길러 먹으면 아주

그만이니 기왕 사온 거 한시라도 빨리 심어 보란다. 빈 지게 지고 지나치던 허수아비 당신 남편도 덩달아,

"몸에 좋다는 거, 그거 다 헛거유. 뭐든 맛있게 잘 먹으믄, 그게 다 약이지 약이 따로 있간디요? 안 그류?"

나의 약콩 과신을 시큰둥 공격하였다. 나는 겉으론 아, 그래요, 하는 표정이면서도, 오로지 나물밖에 모르는 저 지독한 청맹과니 고정관념이라니, 하고 속으로는 맘껏 조소해 주었다.

그러거나 말거나 나는 또 열심히 약콩을 심었다. 날이 캄캄 어두워질 때까지. 팔다리, 허리가 절로 휘청거릴 정도로, 그렇게.

그러나 이를 어쩌랴.

이 녀석들이 그 귀여운 싹을 노오랗게 내밀 때가 됐는데, 됐는데 하고 타는 기다림으로 몇 날째 부리나케 약콩밭을 오가며 유심히 들여다봤으나, 앙증맞은 새싹들은 하나 안 보이고 싹 날아간 모가지 자국들만 앙상히 남아 있었다. 때마침 밭자락 한 끝에서 한 떼의 산비둘기가 푸드덕 날아오르는 걸로 봐, 덩치 큰 이 새떼가 몽땅 따먹어 버린 게 분명하였다.

아니, 이럴 수가!

나는 망연자실, 넋을 놓고 말았다. 도무지 현실로 받아들이고 싶질 않아서 여드레 전 공들여 심은 그 씨앗콩 자리들을 한 점 한 점 꼼꼼히 다시 점검해 나갔지만, 역시 모지락스레 싹쓸이당한 게 틀림없었다. 탐스런 쥐눈이콩 싹들이 싱싱 움터 오를 때마다 때까치, 산비둘기들은

마치 목을 빼 기다리고나 있었다는 듯이 다투어 보기 좋게 쪼아 먹은 모양이었다.

아침저녁 열심히 지킨다고 지켰는데도 결과는 이리 참담했다. 한사코 약을 묻히지 않고 농사짓는다는 게 얼마나 힘든 고역인지 온몸으로 알 만했다. 살가운 반장댁 충고대로 씨앗콩에 약을 옴팡 묻혀 심었더라면, 이런 어처구니없는 불상사는 차마 당하지 않아도 되었을 텐데. 하다못해 콩밭 귀퉁이 몇 군데에 그럴듯한 허수아비라도 슬쩍 세워 둘걸 그랬다. 무농약 유기농법에의 집착이 지나치게 심한 데다가 새떼의 해코지를 너무 과소평가한 나의 어리석은 순진성도 문제였다.

이럴 때의 농부들에겐 목청 어여쁘고 깃털 고운 새가 순전히 액면 그대로의 아름다움으로 다가오지 않았다. 오롯이 한 해 농사를 죄 망쳐 버린 적대감의 대상으로 한순간에 낙인찍히고 만다.

진종일 물에 빠진 듯 자반뒤집기 같은 허탈과 무력감, 울화에 시달리다가, 해질녘 다시 호미자루 움켜쥐고 맨 처음의 콩밭을 찾았다. 거기 들어가 휘둘러보자 몽땅 도둑맞은 쥐눈이콩에 대한 미련은 또 한순간에 가시는 듯하였다. 그 콩대들은 벌써 한 뼘 이상씩이나 하늘을 향해 튼실히 뻗쳐올라, 진한 녹색 기운을 통짜로 내뿜고 있어서였다.

산색(山色)도 어느새 갈맷빛 한여름으로 성큼 들어섰다. 늦봄 내내 비가 많았던 탓인지 산속의 나무들이 엄청난 양감으로 숲을 이루어 어둑한 그늘까지 드리울 만큼 울울창창하였다. 그 암청색 녹음이 너무 진해 차라리 음산하게 무서울 지경인데, 그 안에서 음악처럼 울려 나오는 온갖 소리들은 또 얼마나 처절한 함성과 생존 투쟁의 의미로 다가오는 것인지.

숲은 사실 겉으로 보기엔 참 평화롭고 고즈넉한 듯싶어도, 조금만 더 깊숙이 안으로 들어가 유심히 살펴볼라치면 거의 경악에 가까운 살풍경이 전개되고 있게 마련이었다. 네발 달린 짐승들은 짐승들대로, 온갖 새와 뱀, 지네, 불개미, 벌과 나비, 곤충들은 또 그놈들대로 서로 싸우고 잡아먹거나 먹히는 사투가 치열하게, 정녕 치열하고도 처연하게 벌어지고 있는 것이다. 그게 바로 적나라하게 펼쳐지는 숨탄것들의 세계였다.

콩들이 엄청 자랐다. 내 무릎을 훌쩍 넘기는 키에 거의 아이 손바닥만 한 잎들을 무성히 달고, 세 배미의 밭들을 온통 노긋5이 핀 진한 녹색 물결로 가득 채워 놓고 있었다.

농사짓는 보람이 바로 이런 것인가.

그 과정이야 비록 시난고난 버겁고 파근히6 고통스럽지만, 이렇게 어김없는 자비와 은혜의 결실 앞에 서면 또 말짱 저간의 노고를 잊어먹은 채 마냥 즐겁다. 탈 없이 잘 자라 주는 자식을 바라볼 때처럼 그렇게 마음 든든하였다. 이 무성한 콩밭을 내 손으로 가꾸고 아름차게 수확해서, 빛 부신 가을날 알알이 마대자루에 거두어 담을 걸 생각하

---

5 노긋: 콩이나 팥 따위의 꽃.
6 파근히: 다리 힘이 없어 내딛는 것이 무겁게.

니 더욱 그랬다.

하지만 무럭무럭 생성하는 이 콩밭의 토담스러운 자태와는 달리, 텃밭의 고추들은 어째 시들시들 꽤나 수상쩍었다. 잎사귀 끝이 검붉게 타들어 가거나 거뭇거뭇하게 벌레 먹고, 맵게 여물어 가던 청양고추들도 희멀겋게 멍들어 맥없는 희아리로 땅에 떨어지기 일쑤. 그 옆의 열무고랑 또한 잎마다 송송 구멍이 뚫리면서 엉망으로 일그러진 몰골이었다.

"암만해도 약을 좀 쳐야 되잖을까?"

가벼운 소독제라도 뿌려 줘야 될 성싶어 아내한테 슬쩍 흘렸더니, 그네는 또 어김없이 세게 도리질 치면서 응답한다.

"괜한 욕심부리지 말고 서로 절반씩만 나눠 먹기로 해요. 우리가 반, 벌레들이 반 …."

탐스런 붉은 고추 기다릴 것 없이, 무농약 풋고추나 실컷 따먹고 말자는 거였다. 열무 같은 다른 푸성귀들도 한창 물이 오르면서 땅을 박차고 오를 때에만 부지런히 솎아 먹자는 게 아내의 평소 주장이고 나역시 그에 맞장구치는 편이나, 이것들이 정작 시름없이 병들고 벌레들에 마구잡이 물어뜯기는 걸 볼라치면 한순간 불끈 농약 치고 싶은 유혹에 젖어들곤 한다.

올해는 유난히 비가 많이 자주 내려서, 벼를 비롯한 대개의 농작물이나 호두, 감 같은 과수들의 열매도 시원찮은 판에, 하찮은 채소들까지 그러니 속이 영 개운치 않았다. 그래서 나만의 비법인 물약(목초액에 소주와 식초를 탄)을 고추, 열무밭에 흩뿌려 주는 것으로 대충 끝냈는데, 그나마 무성한 콩밭이 저리 버티고 있으니 그걸로 올 농사 위안 삼을 수밖에.

생성할 것은 무럭무럭 생성하고, 썩고 소멸할 것은 또 가차 없이 그렇게 하도록 하는 게 저 위대한 한여름의 생리요, 섭리가 아니던가.

찌는 듯 무덥던 계절이 8월 중순쯤으로 접어들면, 산천의 모든 생명들에도 독(毒)이 바짝 차오르게 마련이다. 무성한 숲과 뱀, 벌이나 지네, 개미, 풀벌레나 약초까지도 저마다의 깊고 고유한 독성을 품고 마지막 열정을 불태운다.

며칠 전 눈곱만 한 불개미한테 물린 손등이 거의 달걀만큼이나 벌겋게 부어오르는 데는 거의 할 말을 잃을 지경이었다. 각다귀 모기들의 불룩한 배는 온통 새붉은 피로 채워졌으며, 봄부터 가차 없이 자르고 짓이겨도 한사코 고개를 내밀던 들녘의 온갖 잡초들 역시, 칼날 같은 맹독을 한껏 더 부풀렸다.

그러나 가을은 또 어김없이, 자연의 순리대로 찾아오는 법이었다. 지친 숨결을 절로 헐떡거리게 하던 무더위가 한풀 맥없이 꺾이고 나니 벌써 그 서늘한 기운이 알게 모르게 감지되었다.

그럼에도 콩밭의 빛깔은 여전히 짙푸르다 못해 아예 먹그늘이었다. 너무 잦은 비 때문에 여문 알이 좀 튼실치 않긴 하지만, 그래도 가지에 달린 콩깍지들은 포기가 휘어질 정도로 많아 한 며칠 햇살만 쨍쨍 더 비춰 준다면 아주 넘나는 타작을 기대해도 좋을 듯. 그 콩밭 곁을 지나던 반장님이 입을 쩍 벌리며 탄성이었다.

"아따, 이 집 콩, 잘되는 것 좀 보소. 겁나네그랴."

콩을 수확하였다. 싱그러운 늦봄과 무성한 한여름을 거쳐 꿋꿋이 이겨온 나의 자랑스러운 첫 농작물, 콩.

누렇게 익은 콩대를 일일이 손으로 뽑는데, 잘 여문 콩깍지가 자칫 쏟아질까 봐 여간 신경 쓰이는 게 아니었다. 그러나 가을빛 일렁이는 콩밭에선 노오란 콩알들의 즐거운 함성이 그칠 줄 몰랐다. 이런 게 바로 농사꾼들의 한결같은 기쁨이거니와, 콩 심은 데 콩 나는 자연의 이치에 더해, 뿌린 대로 거두어 주는 섭리까지 또 온몸으로 깨닫고 느껴 얻었다. 그동안의 온갖 땀방울이 한순간에 싹 가시는 듯하였다.

열흘쯤 지난 후, 나는 다시 콩을 털었다.

수확한 콩을 지금껏 햇볕에 바짝 말렸다가 땅바닥에 대형 비닐멍석을 깔고 묵직한 몽둥이로 마구발방 두들겨 패는 일이었는데, 처음엔 별 대수롭잖게 장난삼아 덤벼들었으나 나는 이내 뒤로 나가떨어지고 말았다. 어떻게든 혼자 해결해 볼 요량으로 쉬엄쉬엄 그것들을 두들겨 대다가, 이내 두 손을 든 채 내 농사선생인 반장댁한테 충분한 품삯을 드려 긴급 도움을 청할 수밖에.

숨 가쁜 노인네지만 콩깍지 까부는 키와 널찍한 체 꿰어 차고 흔쾌히 달려와 주셨다. 그러고는 요령 좋게 콩타작을 시작하면서,

"콩알이 증말 튼실타. 이 동네서 젤 잘됐슈. 선무당이 사람 잡는다더니, 농사의 '농' 자도 모르는 양반이 참말 큰 콩 잡았네유."

찬탄하시기에 바쁘다. 그러면서 또,

"그렇게 무식헌 힘만으로 마구잡이 두들겨 팬다고 되는 게 아니우. 살살 달래가믄서 어깨에 힘 빼고 때려야제. 안 그르믄 금방 몸살 나유. 으이구, 뿌리 뽑을 때 흙을 잘 털어냈어야지, 이리 온통 범벅으로 묻혀 놨으니 어쩐댜. 흙 반, 콩 반으로 뒤섞였으니 이걸 체질하고 걸러내려믄 내일까정 해도 모자라겠슈."

연신 말참견으로 구시렁대신다.

그중에서도 나를 더욱 곤혹스럽게 몰아세우는 건, 아주 어렵게 끝낸 이쪽의 말끝마다 거의 따라붙고야 마는 당신의 반문 어법이었다. 기껏 애를 써서, 제법 크고 정확한 발음과 문장으로 잘 알아듣게 말을 끝냈는데도, 당신은 이내 '야?'라고 습관처럼 되묻는 것이다. 그러면 나는 다시금 이미 내뱉었던 말을 목청껏 되풀이해야 하는데, 이게 또 보통 고역이 아니더라는 이야기이다.

그럼에도 그동안 동네에 살가운 말동무가 없어 입안의 말이 고플 대로 고팠던 반장댁은, 거의 알아들을 수 없이 심한 충청도 방언으로 켜켜이 쌓인 독백인 듯 당신의 한 많은 과거사나 마을 안 숨은 비화들을 시시콜콜 털어놓으신다.

"이 첩첩산골로 시집와설랑 여태껏 땅만 파먹고 살았슈. 남편은 전쟁통에 군대 가서 자그마치 7년 동안이나 아무 소식 없지, 시댁 식구덜은 또 서로 번갈아 감시로 새색시 구박하고 타박하지. 비탈진 묵정밭에 똥거름 지고 오르내린 건 예사였슈. 내 지나온 야기, 책으로, 연속극으로다가 엮으라는 사람 참 많어유. 으떻게 안 될까유?"

"하, 그러셨어유?"

"일가 피붙이도 지내기에 따라선 생판 남보다 못 혀유. 그저 이웃사촌을 잘 둬야지, 너무 못살믄 부모형제한티서도 괄시받는당께유. 그나저나 요즘 같은 좋은 시상에, 암인가 뭔가 하는 그 몹쓸 병은 왜 말짱 고쳐내지 못한대유? 처음엔 콩알만 했던 그 혹덩이가 왜 자꾸 커지기만 한대유?"

"반장님은, 정말 가망 없으시대요?"

"틀렸시우. 그래두 무심한 우리 서방님은, 저리 병석에서 한가로이 마지막 밥상 받아 놓고서도, 여태 고맙다는 말 한마디 없슈. 당신 나 만나서 고생혔다, 사랑 못 해줘서 미안타, 그런 정겨운 위로 말은커녕, 걸핏하면 지금도 남들 역성들기 바쁘당께유. 남편은 남의 편이라더니, 참말 그런규? 내가 지지리도 복이 없는 년이지."

또 누구는 욕심 많은 심술쟁이, 누구는 주정뱅이에 타고난 쌈꾼, 누구는 이혼선수, 누구는 놀기 좋아하는 난봉꾼, 또 누구는 어쩌구 가리산지리산7 까발리기에 바쁘시다.

늘 코맹맹이 축농증마저 몽근짐으로 달고 사는 쉰 목소리라 두 귀 바짝 곧추세워 잘 새겨들어야 하는 번거로움은 좀 있어도, 그 바람에 고된 콩털기가 한결 수월하였다.

모름지기 세상 누구든 기막힌 소설 한 권쯤의 자기 이야기는 다 갖

---

7 가리산지리산: 이야기나 일이 질서가 없어 갈피를 잡지 못하는 것을 이르는 말.

고 있게 마련. 이제는 놀고 쉴 말년에 이르렀음에도 언제나 이른 새벽부터 캄캄 해질녘까지 그저 험한 농사일밖에 모르는 반장댁의 아이고 땜이 안타까웠다. 하지만 잡다한 농사일로 해서 삭신을 많이, 자주 움직이는 게 어쩌면 건강하게, 오래 사는 첩경일 수도 있지 않겠는가도 싶어, 이제 그만 억척 일손을 놓으시라는 훈수는 더 이상 꺼내지 않기로 혼자 속으로 다짐하였다.

어쨌든 농사박사인 그네 덕분에 어렵사리 콩털기 작업을 끝내긴 했으나 내 백면(白面)의 얼굴이며 머리, 옷가지는 이미 흙먼지를 흠뻑 뒤집어쓴 탈바가지 꼴이다. 그런데 그 수확물은 고작 2백kg 정도이니 농협공판장 값으로 치면 겨우 60만 원 안팎쯤. 참 허망하고도 가소로운 결과가 아닐 수 없었다. 4백여 평의 세 배미 기름진 밭에서, 부신 햇살 넘실거리는 저 늦봄부터 결실의 황금빛 이 가을까지 나는 얼마나 이 콩 때문에 일희일비하며 몸살처럼 부대껴 왔던가. 이제야 농민들이 쉬 이농하는 이유를 좀더 확실하게 이해할 수 있을 것 같았다.

그럼에도 반장댁은 나머지 키질을 계속하면서,

"돈 보고 농사 지으려믄 이 짓 못혀유. 내가 손수 씨 뿌리고 가꿔서 곳간에 쟁여 두는 맛, 그걸 필요할 때 하나하나 꺼내어 먹고 자식덜한티 나눠 주는 맛으로다 농사 지어야주. 안 그류, 서울양반?"

은근슬쩍 엉너리로 뒤틀린 내 심사를 위로하고 다독였다. 나도 태연스레 대꾸하였다.

"암은요, 농사는 소득 바라고 짓는 게 아니지요. 손수 내 손으로, 농약 안 치고 짓는 이 맛이 제일이지요."

흔쾌히 맞장구치긴 하였으나, 마음은 여전히 뭔가 허전한 구름밭을 헤매게 되는 건 어쩔 수 없었다. 그 굴퉁이8의 울적함을 바삐 지워내기 위해서라도 나는 서둘러 콩 됫박을 따로 챙겨야 했다. 안간힘으로 투병하는 반장님한테의 내 푸짐한 가을 선물이었다.

11월 하순, 온 들녘이 텅 비어 버렸다.

그토록 온갖 농작물로 충만하던 논과 밭들이 추수를 끝낸 낫과 트랙터 칼날 자국만 빈 바둑판처럼 남긴 채 허허벌판으로 변했는데, 이 완벽한 허무의 여백을 위해 지난여름은 그리도 극성스레 무덥고 무성했던가 보았다.

만산홍엽의 가을산도 이제 마지막 잎사귀마저 홀홀 털어내고, 저마다 빈 알몸을 훤히 드러내고 있는 중이다. 많은 양의 수분을 빨아먹는 잎사귀를 아낌없이 다 떨구어야 그 나무 자신이 물 없는 긴 겨울을 죽지 않고 버텨낼 수 있다는, 한 치 어김없이 되풀이되는 그 타고난 생리도 진정 위대하고 아름답다.

이 정적, 이 거대한 침묵의 여백이 눈물겹도록 아름답다. 어느 화가의 걸출한 붓놀림이 저 빈 충만의 환희를 그 좁고 하찮은 화폭에 어찌다 담아낼 수 있을 것인가.

거기에 희끗희끗 눈발까지 흩날리는 지경에 놓이면, 여기 함박골의

---

8 굴퉁이: 겉모양은 그럴듯하나 속은 보잘것없는 물건이나 사람.

겨울 한가운데에 알몸으로 우뚝 서 있는 감나무의 선홍빛 홍시들이 꽃보다 더 예뻐 보이는 까닭은, 노지(露地)의 모든 과일 중에서 거의 유일하게 최후까지 남아 있기 때문이리라.

우리 집 감나무도 예외가 아니었다. 진입로 다릿목에 우뚝 서 있는 우람한 수형의 수십 년생 고목이 그것인데, 작년에만 해도 말랑말랑한 반시 곶감이다, 참살이 감식초다 해가면서 늦가을 내내 열심히 따내어 그 붉은 단맛을 흡족히 즐겼으나, 내가 이런저런 잡사로 거의 손을 못 댄 올해엔 유난히 많은 홍시들이 지금껏 그 탐스럽고 현란한 자태를 하늘 높이 뽐낼 따름이다.

한겨울을 알리는 찬 서리와 성난 비바람에도 끄떡없이 빈 가지 끝에 용케 매달려 있던 감들이 이제 모진 눈보라를 얻어맞고선 더 이상 버틸 재간이 없는지, 끝없이 투명한 얼음햇살을 온몸에 품은 채 하나둘 절로 땅에 떨어지곤 한다. 그 핏빛 장렬한 투신이라니, 어느 낙화가 저리 화사하고 비장할까.

모름지기 이럴 때의 아름다움의 '아름'은 진정한 '앓음'에서 비롯되었을 법하다. 얼얼하게 언 홍시가 가끔은 한가로운 개목장(우리 집 개들은 목줄 없이 풀어 기른다)에도 뜬금없이 툭, 툭 떨어져, 흠칫 놀란 여름이나 반디녀석이 냉큼 달려들어 까무러칠 듯 핥아먹기도 하는데, 때까치나 다른 멧새들까지 우리 가족과 함께 골고루 나눠 맛보게 되니 더욱 흐뭇하다. 웬만한 꿀은 저리 가라 할 만큼 단맛의 극치라 할 수 있거니와, 입안에 가득 차는 그 붉은 빛의 터질 듯한 양감이라니!

이제 저 홍시들마저 얼어붙듯 멍들어 다 떨어지고 나면, 한겨울의 눈은 아주 깊고도 은밀하게 이 산속의 적막을 부신 설경으로 뒤덮을 것이다. 털빛 화려한 장끼와 까투리 한 쌍이 빈 콩깍지 소복이 쌓인 퇴비장에 보기 좋게 내려앉았다.

봄날, 염색하다
잃어버린 것들을 위하여

책 보

"야, 저 꽃들 좀 봐요. 자지러질 것 같애."

흰 막사발 안의 염색약을 솔로 뒤섞다 말고, 주춤 손길을 멈춘 아내가 입에 발린 찬탄 내지르기에 바쁘다. 오늘 아침에도 그네는 새벽같이 먼 길 달려온 운전의 피로도 싹 잊은 채, 늦잠에서 깨어나자마자 연신 감탄사 일색이었다.

활활 창들을 열어젖혀 맑고 깨끗하고 향기로운 산속의 공기를 큼큼 큼 냄새 맡아가면서, 집 안팎을 둘러싼 갖가지 나무와 기화요초들의 현란한 신생의 외침에 그만 늘어진 기지개마저 내릴 줄 몰랐다.

아예 만세를 부르시지 그래. 난 여기가 유배지나 다름없는데 당신 은 왔다 하면 그리 황홀경에 빠지니, 이거 어서 역할을 바꾸든지 해야 지, 원!

나는 짐짓 이렇게 눙치면서도 바쁜 일상에 지친 아내가 일주일에 한 번씩 가까스로 누리는 저 일탈의 해방감을 오히려 늘 안쓰럽고 미안해 하는 편에 속한다. 그러면서도 나는 또 투정하듯 괜스레 소리친다.

"아, 빨리 염색해 주지 않고 뭐해?"

"참 운치 없으시긴. 자연색 내느라고 그러니까 조금만 더 기다려요. 근데 이 감꽃 좀 봐. 수많은 작은 종소리들이 귀에 들리지 않아요?"

"햐, 이번에는 또 시를 쓰시는군."

벗은 윗몸의 겨드랑이께로 오소소 돋는 한기를 느끼면서 나는 말했다. 햇살 따사로운 만화방창의 봄이 한창이라고는 해도, 이제 막 새잎 돋고 연둣빛 꽃술 벙그는 감나무 아래에 반 벌거숭이로 앉아 있기엔 아직 일렀다. 내가 계속한다.

"이 바쁜 농번기에 시 쓸 새가 어딨어? 난 대충 염색 끝내고 서둘러 고구마순 심어야 한단 말이야. 농사는 때 놓치면 말짱 헛거라구."

"문제는 타이밍이라 이건데, 또 놓쳤죠?"

"아니, 아직 …."

"다른 덴 벌써 끝났던데 뭘. 당신은 뒷북치기 명수잖아요."

"이 사람이 정말!"

나는 습관처럼 파르르 역정을 내지만, 사실이 그런 걸 또 어쩌랴. 아무리 글밖에 모르는 백면서생의 초보 농사꾼이라 할지라도, 어찌 해마다 씨 뿌려 김매고 해충 퇴치해 수확하는 그 적기를 이리 밥 먹듯 흔연스레 놓칠 수 있단 말인가.

유기농 채소 중심의 텃밭 가꾼 지도 벌써 10여 해째. 그러면 지금쯤 어지간히 그 방면에 문리가 틔고 이골이 날 법도 하건만, 나는 여전히 매번 속절없이 뒷북이나 쳐대는 짝퉁 농사꾼밖에 안 되는 것이다.

그 사이 아내의 손길이 빨라졌다. 어머, 나도 이러고 있을 때가 아니지, 논문 심사가 얼마 남지 않았는데, 어쩌구 황망히 나부대면서, 파뿌리 같은 내 흰 머리칼에 잘 풀어헤친 흑갈색 염색 물감을 익숙한 솜씨로 처바르기 시작했다. 지그시 눈을 감은 내가 다시 능친다.

"논문을 심사해 줄 나이에 심사받겠다고 스스로 자청해 나섰으니, 그 용기가 부럽다, 부러워. 그거 어디다 써먹으려고 말년에 그 야단이야?"

"헌데 암만해도 체력이 딸려 안 되겠더라구요. 아무리 평생공부가 유행인 시대라지만, 늘 애들 가르쳐 온 입장에서 늘그막에 새로 배우려니 눈도 귀도 침침하고. 그래도 기왕 큰맘 먹고 마지막 손댄 거, 어떡하든 끝장은 봐야지."

"암은, 해낼 거야. 당신은 머리에 녹슬어 가는 나 같은 짝퉁인생은 안 살고말고."

그것은 진심이었다. 그네는 지금껏 참 열심히, 나하고 짝 맞춰 살아온 이후의 굴레 같은 운명의 일상을 진정 한순간도 쉬지 않고 치열하게 일하며 버텨왔다. 안 팔리는 글쟁이 남편이 이리저리 부질없이 떠돌며 영혼의 집짓기에 골몰하는 동안, 그네는 두 남매의 극성스레 교육열 높은 한국의 엄마로서, 또는 악착같이 직장에 매달리며 흐트러진 가정 사까지 죄 도맡아 치러내는 억척 살림꾼으로서, 지금껏 한 치 오차 없이 최선을 다해 왔음에랴.

그럼에도 애들 학업이 다 끝난 뒤늦은 나이에 또 뭔가를(그것도 요즘 다 떠나 버렸다는 인문학을!) 더 깊고 철저히 공부하겠다고 저리 설쳐대니, 공부에 한이 많으면서도 아예 젊은 시절에 일찌감치 저지레로 접어 버린 나로선 은근히 샘이 나고 부러울 수밖에.

감은 눈의 망막 안으로 문득 책보를 잃은 한 소년이 지나간다. 걸어서 통학하는 십리 고개의 맴닥골로 향하는 길, 뒤에는 그걸 함께 찾으러 나선 어머니가 꽤 심란한 모습으로 내 흙뒤¹를 따르고 있다.

그래, 그런 적이 있었지. 아무리 철딱서니 없는 어린애라지만, 도대체 어디에 한눈팔았기에, 어찌 허리에 찬 책보를 다 잃어버릴 수 있었을까? 어머니가 놀리듯 말씀하신다.

으름이 그렇게나 맛있든? 에라, 이 멍텅구리. 학생이 책을 잃으면 군인이 총을 잃은 거나 마찬가지여. 니는 이제 장군 되기는 글러 부렀다.

난 장군 되기 싫은디. 그리고 으름만이 아닌 다른 뭔가가 나를 홀렸당께요.

니가 꺾어 온 참나리 꽃 때문이었나 보다. 그건 그렇고, 그럼 장군이 아니믄 뭐가 되고 싶냐?

외삼촌 같은 선생님이요. 남들 가르치는 사람.

나는 엉겁결에 내가 재 넘어 다니는 초등학교에서 교편을 잡고 있는

---

1 흙뒤: 발뒤축의 위쪽에 있는 근육.

큰외삼촌을 재빨리 들먹였고, 어머니는 잠시 뜸을 들인 뒤 이렇게 토를 달았다.

남 가르치는 일은 그리 쉬운 줄 아냐? 진짜 선생님 되기는 장군보다도 더 힘들단다. 그보다도 야야, 이제 보니께 니 걸음이 일자걸음이네? 남 가르치는 선생님 되려믄 그 걸음걸이부터 바꿔야 쓰겄다. 팔자로 걸어라. 요렇게, 양반걸음으로.

나를 우뚝 뒤돌아서게 해 몸소 팔자걸음 시범까지 보이신 당신은, 그 이후 지금까지 내 변변찮은 발뒤꿈치만 말없이 바라보고 사셨던 게 아닐까 여겨질 때가 많다. 나는 끝내 당신이 염원했던 장군이나 선생님과는 영 거리가 먼 세계에서, 늘 배반의 속임수로만 일관해 왔으니까 그렇다.

외삼촌은 또 어쨌던가. 졸업을 앞둔 어느 날 아침의 교무회의에서, 당신은 내 황당한 짓거리에 그만 얼굴이 벌겋게 상기되고 말았거니와, 우리 담임을 겸하고 있던 교감 선생님이 내가 은밀히 보낸 구애편지를 짐짓 호탕하게 웃어젖히며 공개해 버렸던 것.

— 선생님, 저에게 1등을 주십시오. 앞으로 큰일을 할 저에게 마지막 기회를 주십시오.

대충 이런 내용이었는데, 당시 ㅁ시의 제일중학에선 1등 도지사상으로 졸업하면 무조건 무시험 장학생으로 입학특전이 주어지고 있어서, 나는 다짜고짜 그렇게 엉뚱한 깍쟁이 생떼를 썼던 것이다. 결과는 물론 공평하고 엄정한 사정(査定)으로써 애초의 예상대로 2등 교육감상에 머물고 말았으되, 내 학창시절의 징크스는 이 '1등 콤플렉스'로 쭈욱 이어져 왔다고 해도 과언이 아니다. 나는 거의 언제나 1등이 아닌 2, 3등이거나 반장이 아닌 부반장, 혹은 학예부장에서 멈추었다. 그리고 끝내 중도 마감한 학문에의 꿈.

나는 눈을 뜬다.

맞아, 그때도 오늘처럼 눈부신 봄날이었지. 으름덩굴 우거진 골짜기에선 온갖 꽃과 열매들이 자지러지게 나를 유혹했어. 그래서 그만 거기에 홀려 허리에 찬 책보를 풀어 버리고, 어디론지 한없이 끌려 들어갔던 거야!

나는 문득 그때 책보를 잃어버리지 않았다면, 내 운명은 분명 지금과는 많이 달라졌을 거라는 눈부처 같은 앙똥한² 셈평에 사로잡힌다. 물론 글을 지어 먹는 직업도 끝없는 공부가 필요하긴 하지만, 그래서 모든 예술 분야 중에서 왜 하필 문학만이 유독 '학'(學)을 갖다 붙이게 되었는지 조금은 알 것 같기도 하지만, 틈틈이 허드레 농사지으며 허튼 글짓기에나 몰두하는 나는, 아직도 작가로서의 고고한 자존심이나 어떤 역사적 사명감에 불타는 '선비정신'을 발휘하지 못하고 있으니, 어찌 저 어린 날에 잃어버린 책보를 애꿎은 운명론자처럼 그리워하며 탓하지 않을 수 있으랴.

---

2 앙똥하다: 말이나 행동이 분수에 맞지 아니하게 조금 지나치다.

총

"백발이 너무 많아 염색이 잘 먹질 않네. 차라리 그냥 백발로 사셔요."

어렵사리 염색을 끝낸 아내가 약간은 지친 목소리로 솔을 내려놓는다. 시원한 맥고모자를 머리에 얹었다고는 해도, 따스한 봄 햇살에 검버섯 피어난다는 말에 걸맞게, 이 싱그러운 연둣빛 대지와 햇살과 실바람은 결코 만만한 축복만을 계속 던져 주지는 않는 모양이었다. 내 머리 구 듭3 끝낸 그네는 이제 가벼운 하품 끄기에 바쁘다.

"염색, 나도 귀찮아서 안 되겠어."

나는 기다렸다는 듯 받았다. 평소 염색 멈추는 시점을 언제로 잡을 까 혼자 고심해오던 참이라, 나는 쉬 단정을 지어 계속한다.

"괜한 속임수 같아서 싫기도 하구 말이지. 그래, 이번이 마지막이 야. 다음부턴 당신한테 염색 해달라는 소리 없을 거라구."

"글쎄, 막상 백발성성한 모습으로 나다니는 걸 상상하니 또 혼란스 럽네? 그러려면 거기에 걸맞은 적당한 위엄과 분위기가 한껏 묻어나야 하는데, 맨날 꺼칠한 몰골에 흙 묻은 농사꾼 차림이니 어디 명함이나 내밀겠어요?"

"이 사람이 정말!"

"그렇게나 창백한 백면서생이던 작가님이 이리 험한 농투성이 모양 으로 변할 줄 어찌 알았을까, 안타까워서 그래요. 암은, 그래도 좀 그

---

3 구듭: 귀찮고 힘든 남의 뒤치다꺼리.

럴듯하게 꾸미기만 하면 당신은 백발이 더 어울릴지 몰라."

"말은 곧 화살이고 총이야. 한번 뱉은 말은 다시 주워 담을 수 없다구."

겉말은 그렇게 하면서도 나는 속으로 아내의 힐난이나 지적을 전량 내 것으로 받아들인다. 짧고도 먼 인생의 끝자락에 이르도록 별로 이룬 것도 없이, 늑줄⁴ 준 머리칼만 희게 빛나면 무슨 소용일까 싶은 자격지심도 지레 앞을 가린다.

아내는 어느새 염색도구를 주섬주섬 챙겨 들고 현관 쪽으로 몸을 틀며 당부했다.

"씌어 있기는 7분이라고 돼 있지만, 20분은 기다렸다 더운물로 감아야 해요. 대충 마른 대로 곧 들어와요.

"아냐, 그럴 거 없어. 여기 계곡물에 풍덩 감을 테니까 괜히 온수 낭비하지 말자구."

"찬물에 머리 감긴 아직 이를 텐데 … 감기 체질이잖아."

"걱정 말고 들어가 푹 쉬셔."

화단 모퉁이를 돌아서는 아내의 뒷모습을 보며, 말은 곧 화살이고 총이라는 건 아무래도 비약이 좀 심했지 싶었다. 아무것도 아닌 걸 가지고 벌컥 역정을 내거나 침소봉대하고, 뜨악하니 심술부리는 짓 또한 늙어가는 이즈음의 내 한 변화라면 변화이겠다.

살가운 봄바람이 선들 반 벗은 윗몸을 스치고 지나간다. 나는 눈을 들어 부신 햇살을 바라본다. 그 햇살 속으로 함께 비쳐 들어오는 느닷

---

4 늑줄: 동여매었으나 좀 느슨해진 줄.

없는 개미떼.

놈들은 쉴 새 없이 떼를 지어 맞은편 대각선에 놓인 왕벚나무 줄기를 오르내린다. 그 줄기 끝의 여린 애채5에 달라붙은 진딧물을 먹기 위해서일 것이다. 아니면 그 잎이나 꽃대 자체를 갉아먹기 위해서일지도. 줄기를 오르내리는 놈들의 떼거리 숫자가 너무 많아, 그대로 놔두었다간 나무 자체도 결국 호된 시달림으로 시름시름 잎마름병이 들거나 속절없이 쓰러지게 될지도 모르겠다.

나는 잠시 눈을 감고 산 울음소리를 듣는다. 흐르는 계곡물 소리에 덮여 웬 산의 울음까지 엿들을 수 있을까 싶지만, 가만히 감은 눈과 귀로는 산속 저 깊은 수맥이나 불덩이의 꿈틀거림도 분명히 감지할 수가 있다. 그런데 하물며 가랑잎 깊게 쌓인 지표면의 치열한 전장(戰場)의 소리를 왜 듣지 못하겠는가. 겉으로는 저리 아늑하고 평화로운 연초록 숲이면서도, 그 안으로 조금만 곰파 들어가면 온갖 숨탄것들의 목숨을 건 살벌한 싸움터인 것을.

꽃이 피고 지는 소리도 쉴 새 없이 들려온다. 그침 없는 벌레와 새소리, 나무에 물오르는 소리까지 합세해서 들려오는 저 거대한 산의 울음소리.

언제 어디선가 꼭 본 것 같은, 보고 듣고 느낀 것만 같은 너무나 똑같은 기시감의 구도 속으로 나는 또 스르르 빨려 들어간다. 꿈이었을까? 꿈이 아니라면 도대체 언제 어디였을까?

---

5 애채: 나무에 새로 돋은 가지.

그래, 월남 땅이었지. 거기서 내가 총을 잃어버렸을 때도 딱 이랬어!

나는 꿈에서 깨어나듯 천천히 눈을 떴다가, 다시 쓴웃음 베어 물며 가슴에 팔짱을 낀 채 눈을 감는다.

그래, 그런 적이 있었지. 땀이 비 오듯 흘러내리는 땡볕 속에서, 나는 이틀에 한 번씩 대대본부로 물을 길러 가는 급수차에 완전군장으로 몸을 실었다. 언제 어디서 베트콩의 습격을 받을지 몰랐으므로, 말단 독립기지의 포병부대 소속인 우리는 길을 떠나면 무조건 성능 좋은 M16 총부터 챙기기 마련이었다.

따라서 군인에게 총은 곧 생명이나 다름없었는데, 중대 보급계인 나는 그만 낯익은 대대본부에 도착하고서, 땡볕 속의 완전군장이 너무 갑갑해 차량 조수석에다 총을 포함한 군장을 그대로 잠시 풀어놓은 게 화근이었다. 우리는 그때까지 대대본부에 도착하면 의례히 그렇게 덥고 무거운 짐과 몸을 거기에 방심하듯 풀어놓았었다.

우리 급수차가 소독약으로 정제된 맑고 깨끗한 물을 물탱크에 받는 동안, 나는 습관처럼 통신 소모품 따위를 본부에서 수령해 차에 실었고, 그리고 그 사이 참 엉뚱하게도 총이 없어졌다는 사실을 뒤늦게 알아차렸다. 정말 눈 깜빡할 사이의 도난사건이었다. 함께 동승했던 선임하사나 운전병도 나와 똑같이 한 행동이었으나, 하필이면 왜 내 총만 감쪽같이 사라졌을까?

진정 황당하고도 환장할 노릇이었다. 그러나 시골 아저씨 같은 선임하사는 귀대하는 차 속에서 아무렇지 않게 속삭이듯 말했다.

"너무 걱정 말고, 돈이나 좀 준비해 둬."

"얼마나요?"

나는 무작정 그이한테 매달릴 수밖에 없었다. 여기저기서 아군끼리의 총기 분실사건이 심심찮게 생기는 추악한 전쟁터인 데다가, 그럴 때면 어김없이 수완 좋은 선임하사들이 비밀 암거래로 그걸 어디선가 쉽게 사오기도 한다는 소문을 자주 듣고 있던 터여서, 나는 마치 구세주라도 만난 심정으로 급히 되물었던 것이다. 56달러, 딱 내 한 달치 봉급액이었다. 그까짓 돈이 무슨 대수랴, 나는 다짜고짜 내일이라도 당장 사들였으면 좋겠다고 응석처럼 하소연했다.

선임은 보기 좋게 나와의 약속을 지켰다. 내 총의 고유번호까지 그대로 아로새겨진 새 총을(사실은 헌거지만) 그로부터 불과 사흘 만에 평소의 명사수인 나한테 덥석 안겨주었던 것인데, 그 과정이 너무 쉽고 빨라서 나는 혹시 본색이 원래 가난하고 의뭉한 이 직업군인 양반이 내 총을 슬쩍 가져가 숨겼던 게 아닌가, 잠시 의심할 지경이었다.

이 삐딱한 모들뜨기 의심은 세월이 오래 흐른 뒤에도 곧잘 잊을 만하면 불현듯 불뚝성처럼 일어나곤 하였다.

친구 ㅊ을 만난 건 바로 그 사건이 유야무야 해결되고 난 어느 날이었다. 이미 기성시인으로서 이름을 날리고 있던 그는, 그로 해서 사단장의 비밀 업무까지 도맡고 있었는데, 과연 염소보다도 더 힘이 세고 배경 든든하고 정이 많은 내 친구였다.

"야, 너도 내하고 함께 일하자. 새까만 졸병 노릇 그만하고, 사단장한테 직접 건의하면 간단히 불려 올 수 있다."

그리하여 그는 마침내 작전용 헬리콥터까지 직접 타고 와서 나를 간단히 사령부로 불러 올렸다. 시작한 지 얼마 안 된 그 비밀스런 '일'이란 다름 아닌 사단장의 개인 전집 집필 작업. 양양한 개선장군으로 귀국해 전역하면 곧장 정글 같은 정계로 진출하고 싶은 별 두 개짜리의 영웅심에 불타는 이 사단장은, 깔끔한 귀빈숙소 맨 바깥쪽 방 한 칸을 따로 배정해 문장력 꽤 괜찮다 싶은 우리 예비 작가들한테 자신의 특수 임무를 은밀히 맡겨 놓았던 것이다.

그 방에는 나 말고도 한 명이 더 있었는데, ㅊ은 바로 그곳의 유능한 팀장이었다. 우리는 장군의 특별 배려로 직제에도 없는 엉뚱한 호사를 맘껏 누렸다. 그런 기회를 선뜻 제공해 준 ㅊ에게 나는 늘 고마운 마음이었으니, '총 잃고 외양간 고친' 내 말단 독립기지에서의 뒤늦은 자괴감이나 곤욕을 일거에 싹 씻어 준 그 우정이 어찌 넓고도 크다 하지 않겠는가.

서로 제대해서 정글보다 더 치열한 사회로 진출해 사느라 정신없이 헤어져 사는 동안, 우리는 어느새 훌쩍 나이가 들어 버렸고 문단 한복판에 한데 어우러져 있었다. 그리고 어쩌다가 그와 합석하게 되는 먹거지 모임 같은 데 가면 그는 어김없이,

"어이, 총 잃어버린 친구!"

남들 들으라는 듯이 말씀어 쏘삭질해 나를 놀려댔다. 그럴 때면 나도 지지 않고,

264

"이 사람아, 그건 잃어버린 게 아니라 도둑맞은 거였네. 그리고 반전주의자의 침묵의 항변이었구. 용병으로 끌려갔던 게 너무 부끄러웠단 말이야!"

말도 안 되는 씨나락 논리로 어물쩍 넘겨 버리곤 했다.

하지만 문제는 그다음이었다. 친구는 내가 없는 자리에서도 쉬지 않고 내 총 분실사건을 즐겨 떠들어댄다는 소문이었다. '말로써 쌓은 탑을 함부로 허물어뜨리는구나' 싶으면서도, 그저 웃자고 하는 농담이겠거니 어물쩍 넘겨 버리기 일쑤였는데, 어럽쇼, 이번에는 아예 잡지 같은 데에 글로써 콕 찍어 활자화하고 있지 않겠는가.

참 이상한 우정도 다 있지 싶었다. 말은 곧 총이나 화살이어서 더욱 그랬다. 재앙은 입에서 생기고, 근심은 눈에서 생긴다고 했다. 입은 화를 불러들이는 문이고 혀는 몸을 베는 칼이라고도 했거니와, 그 설화(舌禍)가 오죽했으면 '혀 아래 도끼 들었다'는 옛 속담까지 생겨났으랴.

첫사랑

"머리 감을 시간 지났는데 여직 뭐해요? 온수 보일러 틀어 놨으니 빨리 와요."

아내가 부르는 소리에 퍼뜩 정신이 돌아왔다. 나는 절로 몸을 일으켜 비눗갑 들고 계곡 아래로 내려가면서 호기롭게 소리친다.

"찬물로 감아도 된다니까!"

"글쎄, 안 된다니까. 입 틀어지면 어떡하려구 그래요? 고혈압에, 손저림에 ⋯ 찬물 함부로 뒤집어썼다간 큰일 날 나이라는 걸 잊으셨남?"

"그, 그런가?"

나는 그제야 못 이기는 척 천천히 집 쪽으로 발길을 돌렸다. 때맞춰 심한 재채기가 터진 것도 좋은 핑계였으리라. 꽃가루나 황사, 어지간한 음식 조리냄새에도 곧잘 재채기가 터지게 마련인 알레르기 비염에 시달린 지 오래이긴 해도, 특히 냉기에 대한 이즈음의 내 몸의 적바른 반응은 절로 짜증이 일 지경이다. 조금 춥게 잠을 잤다거나 안개 낀 아침의 잎샘바람을 쐬어도, 심지어는 무심코 냉장고 문을 열 적에도 불현듯 재채기가 터질 때면, 맑은 콧물 주책없이 흘러나오는 고역은 고사하고라도, 그 민망스런 열패감이 스스로도 이만저만이 아니다.

그래서 이 그윽한 자연 속 함박덕 골짜기가 봄부터 가을까진 그런대로 더없는 낙원이로되, 눈서리 찬 한겨울만은 네온사인 번뜩이는 도회지가 오히려 문득 그리워질 때가 있다.

아내가 또 핀잔이다.

"그것 봐, 노곤한 봄빛에 옛날 첫사랑 떠올리느라 그리 오래 졸고 앉아 계셨으니, 재채기님이 가만두겠어요? 아이구, 고소해라."

"첫사랑?"

"그래요, 당신의 고추잠자리!"

"뭐, 고추? 저 흘레하는 나비 놈들은 아니구?"

나는 때마침 눈앞을 스쳐 퍼르퍼르 흘러 날아가는 한 쌍의 나비를 턱짓으로 가리키며 눙쳤다. 색깔 현란한 놈들은 한공중을 열심히 날아다니면서도 악착같이 서로 달라붙어 뜨겁게 짝짓기 하는 중이었다.

내가 다시 농담했다.

"아마 허공중을 날아다니며 교미하는 놈들은 저 나비들밖에 없을 걸?"

"상상으로는 무슨 짓인들 못할까. 그러면서 당신 지금 고추잠자리 생각하고 있지?"

"이 사람이 정말!"

나는 또 맘에 없는 큰소리를 버럭 내지르고, 그리고 서둘러 현관 안으로 들어섰다. 사내들의 저 여린 첫사랑에 관한 한, 거의 모든 여자들은 아무렇지 않게 너그러워질 수가 있다. 그러니 짓궂은 아내 또한 저리 까맣게 잊어먹은 우스운 한 삽화를 부질없이 불쑥 즐겨 불러일으키는 것이리라.

나는 욕실로 들어서면서 혼자 실소를 머금는다. 그건 아마 소꿉장난 같은 짝사랑이거나, 몸이 아닌 마음의 신기루로 끝났을 거라는 막연한 확신 때문일 터이다. 그건 얼추 맞는 말이겠다. 대개의 나이 든 사내들 첫사랑은 철모르는 초등학생 때의 막연한 동경이나 환상에 불과한 길쓸별6 인연이 아니던가. 그 대상 또한 엉뚱하게도 갓 부임한 종아리 희디흰 처녀 선생님이거나, 가마 타고 멀리 시집가 버린 육촌누님이거나, 아니면 도시에서 전학 온 아역배우 같은 담임선생님 딸이기 십상이기 때문이다.

고추잠자리가 딱 이 세 번째 경우에 해당되거니와, 시골뜨기인 내가 감히 넘볼 수 없는 그 애는, 그러나 곧 나의 옆자리에 앉는 짝꿍으로 돌변했다. 나는 이내 다른 사내애들의 부러움의 대상이었고, 그 시골 학교를 졸업할 때까지 우리는 늘 알 수 없는 설렘과 그리움 속에서 서로를 찾아 헤매었다고 보아야 한다.

아내가 아는 건 바로 거기까지이다. 누구나 느끼고 흔히 가질 법한 마음속으로의 은밀하고도 순결한 연애감정.

하지만 우리의 그것은 미안스럽게도 아주 세세하고도 노골화된 것이었다. 어른들은 쉬 '아이들은 모른다'고 폄하하며 무시하고 잡아떼기 마련이지만, 두 갈래의 머리를 뒤로 앙증맞게 따 내린 데다가, 양쪽 뺨까지 항상 연지곤지 바른 듯 발그레해서 고추잠자리라는 별명을 얻어듣고 있던 그 애와 나는, 남자와 여자의 사랑의 꽃다지가 어떻게 이루어지며 무엇을 의미하는지 그 어른들보다도 더 확실하게 잘 알고 있었다.

상대가 너무 보고 싶으면 밥이 안 넘어가고 잠이 안 온다거나, 눈길

6 길쓸별: 혜성을 달리 이르는 말. 모양이 길을 쓰는 빗자루 같다고 해서 생긴 이름이다.

한번 스치는 것만으로도 남들이 알 수 없는 수많은 이야기를 한순간에 주고받는다거나, 욕정과 그리움은 동전의 양면과 같은 것으로서 아이는 어떻게 만들어지고 우화(羽化)하는지 … 그런 것들.

우리는 그렇게 이미 조숙할 대로 조숙해서, 나는 결국 그 애의 발그레 상기된 뺨에 얼른 입 맞추는 지경에까지 이르렀다.

그리고 또 무슨 일이 있었던가.

졸업 후 우리는 서로의 다른 길로 멀리 떠나지 않으면 안 되었는데, 헤어질 때 분명 눈물이 글썽했던 그 애를 나는 더 이상 만나 볼 수가 없었다. 운명이었다. 그게 수십 년이나 살걸음으로[7] 계속되었다. 그럴수록 내 그리움은 병인 듯 깊어져서, '죽기 전에 꼭 한 번만이라도, 죽기 전에…'가 어떤 주문처럼 뇌리 한구석에 각인되고 말았다.

"비듬샴푸를 한 번 더 써요. 박박 머리 감고 나도 허옇게 비듬이 더 내려앉으니, 참."

쏟아지는 물줄기 너머에서 아내가 소리친다. 검은 염색물이 눈으로 흘러 들어갈까 봐, 나는 두 눈을 질끈 감은 채 아내가 건네는 샴푸 병을 받아 한 번 더 머리를 감는다. 겨드랑이와 사타구니, 엉덩이에도 비누칠을 하고, 그리고 미끄러운 거품을 씻고 헹군다.

세찬 샤워기 물에 온몸을 내맡겨 씻고 또 씻으면서, 나는 다시 고추잠자리를 떠올린다. 아내가 모르는 또 하나의 은짬 비밀을.

죽기 전에 꼭 한번 만나고 싶다던 나의 윤슬 같은 염원은, 재작년 가

---

7 살걸음: 화살이 날아가는 속도.

을 아주 우연찮게 바라던 대로 이루어졌다. 서울 사는 한 초등학교 동
창생의 상가(喪家)에서였다. 고추잠자리가 어느 은행원과 결혼해 잘
살고 있다는 소문은 진즉에 알고 있었지만, 그렇게 생뚱한 장소에서 직
접 현실로 맞닥뜨리게 되리라고는 꿈에도 생각지 못했었다.

어릴 적 불알친구들 몇이 병원 영안실 한 귀퉁이를 차지해 오랜만의
회포를 풀고 있는데,

"어이, 이 귀부인을 모르겠어?"

상주의 안내를 받아 꽃처럼 걸어오는, 멋스럽게 나이 든 한 여자가 있
었다. 상주 친구는 엉거주춤 돌아보는 나를 향해 들뜬 어조로 계속한다.

"아, 자네 짝꿍이었잖아. 고추잠자리!"

"뭐, 뭐라구?"

나는 퍼뜩 놀라지 않을 수 없었다. 눈가의 잔주름이 여러 가닥 나 있
다고는 해도, 여전히 희고 고운 피부에 일부러 염색을 않은 듯 희끗거
리는 머리칼이 그동안의 당찬 삶을 그대로 잘 반영해 주고 있었다.

나는 너무 반가운 나머지 가슴이 뛰고 목이 멜 지경이었다. 그러나
그녀는 꽤 차분하고 고혹스러운 태도로 손을 내밀어, 그 달뜬 반가움
을 한결 우아하게 절제했다.

"죽지 않고 사니, 이렇게 만날 날도 있네? 몇 년 전 서점에서 책 사서
읽었댔어. 작품 내면 나한테도 좀 보내주잖고."

"주소를 알아야 보내지, 야. 죽기 전에 다시 볼 날이 과연 있을까 싶
었는데, 이렇게 다시 만나다니, 허, 참!"

나는 몇 번이나 신음 같은 탄성을 되풀이 내지르다가, 억지다시피 그녀 손을 끌어당겨 옆자리에 앉혔다. 다른 데서 보면 서로 심하게 싸움을 벌여도 결코 누군지 알아볼 수 없을 만큼 너무 많이 변한 모습이었지만, 자세히 뜯어 살피니 아역배우 같던 옛날 그 모습이 어렴풋이 되살아났다. 술기운이 적당히 오른 우리는 이내 철부지 어린 시절로 되돌아가, 열심히 찧고 짓까부는 데 정신이 없었다.

하지만 그렇게 정겨운 시간이 흐르는 사이, 그녀의 정체성이랄까 민낯의 본질이 여지없이 속살을 드러내는 데에 나는 적잖이 당황하지 않을 수 없었다.

"그대는 정말 내가 보고 싶지 않았다구?"

내가 취중 농담처럼 또 물었고,

"자기는 어디까지나 나를 따르는 여러 시종 중 하나였다니까!"

고추잠자리는 눈 하나 깜빡이지 않은 채 여전한 공주병으로 내 진심을 묵살했다.

내가 너의 뺨에 뽀뽀도 했잖아, 호기롭게 소리쳐도 그녀는 여전히 시큰둥한 어조로,

"그래? 그런 적도 있었어?"

전혀 생각나지 않는다는 표정으로 태연스레 시치미를 떼었다.

그러나 정작 나를 더욱 놀라게 한 건, 은근히 자기 집과 외제 자동차와 남편, 자식 자랑에 여념이 없는 그녀의 판에 박힌 속물근성이었다.

고 향

"도대체 사랑이라는 게 뭘까? 당신은 날 사랑하긴 하는 거야?"
마른 수건으로 탈탈 머리를 털어 말리던 나는, 거울을 들여다보며 혼자 기를 써 염색하는 아내더러 묻는다. 뜬금없이 웬 뚱딴지냐는 반문의 아내 표정이 거울 속에서 잠깐 스쳐 지나간다.

그리고 빈정대듯 되묻는다.

"그럼 댁에선요?"

"아, 나야 말하면 잔소리지."

"그렇다면 나도 똑같을 텐데, 새삼스레 왜 묻죠?"

"혼자 염색하는 그대 뒷모습을 보자니까 문득 그런 생각이 들어서 그래. 사랑이란 서로 조건 없이 주고받는 건데, 지금껏 한 번도 나한테 염색해 달란 적이 없잖아. 나는 반드시 그쪽에서 해주면서 말이지."

"참 별걸 다 시비셔. 나는 주고 싶은 마음뿐이라서 그래요. 됐어요?"

힐끗 눈을 흘기고 난 아내가 이내 본래의 자리로 되돌아가 다시 자기 머리에 솔질을 시작한다. 나처럼 완전 백발이 아닌, 앞머리와 한가운데 외에는 새치만 여기저기 희끗거리는 정도에 불과한 것이라서, 별로 힘들이지 않고 스스로 해결할 수 있으리라 여겨지기도 하지만, 어떤 땐 오히려 이쪽에서 섭섭할 만큼 그네의 독립 관행은 여전히 요지부동이다. 머리칼이 희어진다는 건 아마 남편한테도 보이기 싫은 부끄러움인가. 나는 적어도 고추잠자리만큼이라도 삶에 당당해졌으면, 속으

272

로 비나리쳐 원하는데도 말이다.

　따뜻한 커피를 한 모금 홀짝이고 나서 내가 다시 입을 열었다.

　"우리 염색하는 건 정말 오늘로서 끝내자구. 그냥 자연스럽게, 나이에 걸맞게 살아가자는 거지. 평생 염색한 사람 두개골을 열어 해부해 보자니까, 두피 안쪽이 꺼멓게 물들어 있더래. 그 약발이 얼마나 지독하면 그러겠어? 눈이나 피부에도 많이 안 좋다잖아."

　"그래도 난 안 돼요. 가르치는 애들한테 할머니 소릴 들으면, 그땐 밥줄도 끊어지고 내 인생도 끝장나."

　"인생? 그건 또 뭔데?"

　"오늘따라 왜 그리 자문자답이 많으셔?"

　"누군가는 이렇게 말해 놓았더군. 인생, 그거 아무것도 아니라구. 아무것도 아닌 그걸 깨닫기 위해 장장 80년이 걸렸다고 말이지."

　"그래서 오늘 이 순간이 그렇게나 중요한 거예요. 장장 80년도, 따지고 보면 한 찰나에 불과한 춘몽이니까, 하루하루 살아가는 바로 이 순간을 그저 죽을힘으로 사는 수밖에. 그게 인생이에요. 사랑은 또 별 건가. 상대방의 허물을 덮어 주고, 모자라는 건 채워 주고, 손이 닿지 않는 이 등을 긁어 준다거나, 서슴없이 콩팥을 떼어내 이식해 줄 수 있으면, 그게 곧 사랑이지, 뭐."

　"그래도 죽으면 그만이라구. 남는 건 기억밖에 없잖아. 살아 있는 사람들의 부질없는 기억밖에."

　"다 살아 버린 노인처럼 주책 그만 부리시고, 나도 염색 다 끝났으니까 진한 커피나 한잔 내려줘요. 사랑하는 사람을 위해선 그만한 수고쯤 달게 감수해야 한다구. 그러고 나서 밖에 나가 미뤄 둔 텃밭 일들이나 챙기세요. 그래야 무더운 한여름에 풍성한 쌈을 싸먹고 옥수수, 고구마도 쪄 먹지."

"알았어. 그럼 그러지 뭐."

쓰디쓴 원두커피를 곧잘 우리네 인생에 비유하며 참 향기롭다고 표현하는 아내를 위해, 나는 곧 자리에서 일어났다. 그래, 진정한 부부란 세상에 둘도 없는 친구가 되는 것.

그렇게 생각하면서 풍미지게 커피 내려 아내한테 건네준 나는, 이윽고 이때다 싶어 불쑥 말한다.

"머리에 염색하고 한껏 젊어졌으니까, 모레쯤 고향에나 다녀올래. 아버님한테 …."

"아니, 얼마 전 한식 때도 다녀왔잖아요. 아직 두어 달도 안 됐는데 또?"

"암만해도 꿈이 뒤숭숭해서 안 되겠어."

나의 뇌리의 움직임은 아내가 마뜩잖게 여기는 쪽으로만 자꾸 쏠린다. 이즈음 들어 너무 자주 고향을 들먹이고 의식한다는 것이다. 고향을 떠나온 지 언젠데, 거기에 남아 있는 건 먼 일가붙이 몇과 산소밖에 없는데, 왜 걸핏하면 고향을 애면글면 찾느냐는 것이다.

나는 또 쓸데없는 후렴을 단다.

"여우도 죽을 때가 되면 자기가 살던 굴 쪽으로 머리를 돌린다는, 수

구초심이라는 말도 있잖아."

"그래도 그렇지, 죽은 다음의 내 집을 짓기에는 너무 빨라요. 벌써부터 묻힐 곳을 이야기하면 어떡해요?"

"각일각 조여드는 노화를 막을 방도는 결코 없다는 거지. 가령 주인도 모르게 뻥뻥 터져 나오는 방귀라든가, 목이 말라 물을 마시다가도 느닷없이 컥컥 들리는 사레라든가, 모든 괄약근이 형편없이 풀리고 느슨해지는 걸 어떡해?"

"하긴 TV에서 허랑맹탕 전개되는 멜로드라마를 보다가도 값싼 눈물 찔금 흘려대고, 아무것도 아닌 걸 가지고 시도 때도 없이 벌컥벌컥 화내고, 희로애락이 종잡을 수 없을 만큼 어지러우니 딴은 그럴 만도 하겠네요. 전에는 여기서 혼자 사는 걸 샘이 날 정도로 즐기는 편이었는데, 요즘엔 사람 북적이는 데로 자꾸 내빼려드는 품새도 그렇고. 그래, 그놈의 고향은 또 왜요?"

"자꾸 아버님 산소가 불에 타는 꿈을 꿔. 불안해."

"그러면 내일이라도 당장 갔다 와요. 어서 자식들 가까운 쪽으로 이장을 해 드려야지 어디 견디겠어요. 허구한 날 그 산소 때문에 …."

그 먼 길을 무슨 때마다 철마다 오가는 일이 무엇에 비길 데 없는 온 피붙이들의 고행이라는 걸 익히 알고 있는 아내는, 오늘따라 왠지 스스럼없이 허락하고 나섰다.

나는 비로소 없던 힘이 살아나, 각별히 따뜻하고 향기로운 커피 잔을 아내한테 건네기 바쁘게 현관 밖으로 나섰다.

맞아, 내가 거처하는 이 함박덕 주변 양지바른 한 산자락으로 빨리 이장해 드리는 게 좋겠어.

모름지기 내가 무슨 고향이 있었던가.

초등학교 6학년 때 그 땅을 뜬 이후, 나의 삶의 여정은 솔직히 정처 없는 가숙(假宿)의 연속이었다. 낯선 항구인 ○시의 비탈진 산동네에 둥지를 튼 이후, 나는 걸핏하면 가출의 위험한 경계 벽을 함부로 넘나들기 일쑤였고, 젊은 한때는 떠돌이 승려가 되고 싶은 유혹에도 강밭게 빠져든 적이 있을 정도였으니까.

어렵사리 독립해서 서울 한복판에 그런 대로의 직장을 마련한 것까지는 좋았으나, 거친 세상살이에 부대끼며 스무 번도 넘게 이사질 다니다가 종내는 잦은 직장도 이사질도 다 때려치우고, 이른바 어설픈 '전국토의 고향화' 작업에 나선 이후, 이 산 저 강을 마냥 헤맨 끝에 결국 낯선 여기 산골까지 찾아들지 않았는가 말이다.

아무 연고도 없는 충청도 오지, 이곳 함박덕에 새로운 터를 잡자 오다가다 들른 아랫말 사람들이나 외지 손님들은 한결같이,

"원래 고향이 여기였수?"

"아이구, 이 험한 골짜기가 무섭지는 않나요? 우린 돈 주고 살라 해도 못 살 것 같은데, 외롭지는 않수?"

이런 시답잖은 질문 던져오기에 바빴다.

그때마다 나는 그가 사는 곳이 어디든 모지락스레 정붙여 살면 거기가 바로 고향이 아니냐고 우기거나, 인간은 어차피 혼자 외롭게 태어

난 존재인데 그까짓 외로움이 별거냐고, 나는 늘 그 외로움과 벗하며 오히려 그것을 즐기는 편에 속한다고 개코쥐코 강변하기 십상이었다.

지금도 여전히 이 생각에는 변함이 없으니, 아무래도 어쩔 도리 없는 역마살의 팔자소관인 것도 같다.

바깥 텃밭으로 나온 나는 호미를 집어 들고 엊그제 사다 놓은 고구마순을 심기 시작한다. 일주일 전쯤에 이미 복합비료와 퇴비를 섞어 오롯한 두둑을 만들고, 거기에 잡초 침입하지 말라는 비닐 멀칭까지 덧씌워 놓았으므로, 물 젖은 모래흙에 임시로 묻어 두었던 고구마순 옮겨심기가 한결 수월하였다. 나는 부드러운 그 순을 적당히 칸 맞춰 흙 속에 묻으면서, 새삼스럽게 자연의 위대한 섭리를 또 바투 생각한다.

참 이상도 하지. 이 연약하고 부드러운 새순에 흙과 물, 햇빛과 공기가 씨줄날줄로 두어 계절 얽혀들면, 어지간한 맥짜리8 생선만 한 크기의 고구마들이 절로 주저리주저리 잔치처럼 매달린다는 것!

그리고 나의 상념은 또 어느새 아버지 곁으로 달려간다. 꿈 많은 어렸을 적, 내가 한없이 근질거리는 봄기운에 홀려 책보를 잃어버렸던 그 맴닥골, 넙자락 밑 산소에 홀로 누워 계신 당신 곁으로.

---

8 맥짜리: 물고기 따위가 팔뚝만 한 크기임을 이르는 말.

하늘연못에서의 하룻밤

말문이 턱 막혔다.

뭔가 한마디 늡늡한 탄성이라도 내지르고 싶은데, 느닷없는 불덩이를 삼킨 것 같은 목구멍 저 안에서는, 도무지 아무런 언어도 새어 나오지 않았다. 숨죽인 정적, 오롯이 그뿐이었다.

짙은 에메랄드빛 천지 호수에 선명히 그림자를 드리운 백두 영봉. 산을 오르며 흘린 비지땀이나 거칠게 가쁘던 호흡도 싹 가시면서 막혔던 가슴이 한꺼번에 뻥 뚫려나가는 기분인데도, 마음 한구석에서는 또 왠지 모를 원망이나 시린 슬픔 같은 게 쉬 가늠할 수 없는 벅찬 무게로 차올랐다.

그 정적 일순이 지나자 옆에 멀뚱히 서 있던 겸(謙) 이 녀석이,

"대한민국 만세를 부르고 싶은데요."

수십 길 벼랑 아래로 무덤덤한 시선을 고정시킨 채 혼잣말처럼 뇌까렸고,

"난 괜히 눈물이 날 것 같애."

그 옆의 솔(率)이 역시 농담 비슷한 가락으로 열적은 감탄사를 대신했다.

하지만 둘 다 감정을 섣불리 드러내지 않는 여느 때와는 달리 사뭇 넘치게 들떠 있는 표정이라는 걸, 흘깃 훔쳐본 나는 한눈에도 척 알 수가 있었다. 백두산 천지는 그렇게 넘성거려 일떠나는[1] 감동으로 우리 가족 곁에 물너울[2]처럼 다가왔다.

그런데 저 먼 아일랜드에서 함께 온 솔이 친구 미나미의 느낌은 과연 어떤 것일까. 그녀는 아무 말 없이, 다만 이리저리 부산스레 자리를 옮겨 다니면서 열심히 카메라 셔터 눌러대기에만 바빴다. 정말 괜찮은 사진작가가 되려면 평면이 아닌 입체로, 눈이 아닌 가슴으로 사물을 볼 줄 알아야 하는데, 원! 나는 조금 마뜩잖은 시선을 잠깐 그네한테 던졌다가 새무룩하게 천지 쪽으로 다시 되돌렸다.

낯선 미나미가 친구 따라 우리 집에 온 지 겨우 일주일밖에 안 됐지만, 그녀는 첫 대면에서부터 매사 맹하고 시큰둥한 무관심의 표정으로 일관하는 편이어서, 애가 참 냉갈령[3]스러운가 보다 싶었다. 그래도 딸내미 친군데 어쩌겠는가 하고, 우리 부부는 그녀의 입에 맞지 않을 음식이며 불편한 잠자리 수발에 정성을 다해 신경 썼으며, 마침내는 이 높은 백두 영봉에까지 애써 함께 올라오게 된 거였다.

---

1 일떠나다: 기운차게 일어나다.
2 물너울: 바다와 같은 넓은 물에서 크게 움직이는 물결.
3 냉갈령: 몹시 매정하고 쌀쌀한 태도.

겸이가 다시 침묵을 깬다.

"아버지가 맨 처음 여기 오신 게 언제였죠?"

"그땐 중국과 국교가 틔기 직전이니까 벌써 20 몇 년쯤 저쪽이구나. 우리 문인단체가 중국 쪽의 무슨 산업시설을 견학, 시찰한다는 초청 형식으로 말이지. 그러고 보니 세월 참 빠르다. 니가 초등학교에 다닐 무렵인데, 그 사이에 이리 훌쩍 어른이 돼 버렸으니."

"아버지의 시간 속도도 너무 빠르세요. 은퇴하신 지가 벌써 또 몇 년 후딱 지나가 버렸잖아요."

"그, 그런가?"

"그때 백두산 다녀와서 저한테 무슨 선물하신지 아세요?"

"글쎄, 뭐였더라?"

"물에 뜨는 돌멩이였어요. 화산석!"

그래놓고 아들이 또 자발없이 묻는다.

"그런데 이 천지가 정말로 폭발해 버리면 어쩌죠? 좁은 한반도가 그만 쑥대밭이 되고 말 텐데?"

"오빠 감격스런 이 자리서 꼭 그리 초 쳐야 돼? 설사 그런 대도 다 끄떡없이 살아가게 돼 있어. 그게 인생이야."

팔짱을 낀 솔이가 어른스레 웃으며 농담처럼 핀잔했고, 나도 그 말을 거들었다.

"그해 일본 쓰나미 참사에서 확실하게 보았듯이, 자연이 불러일으키는 대재앙은 분명 엄청나고도 무서운 파괴력을 가졌지만, 그게 결코 영원히 복구 불가능한 것만은 아니야. 인간은 그 어떤 난관에 봉착하더라도 아등바등 살아나게 돼 있다구. 끈질긴 대자연의 면역성과 재생력을 도움받아서 말이지."

"언제나 있어온 종말론 같은 건가요?"

"그것도 맞는 말이구."

나는 겸이의 긍정어린 반문에 적당히 맞장구치면서 계속했다.

"하지만 지구 도처에서 다반사로 일어나는 지진이나 화산폭발, 엄청난 쓰나미는 뭔가 조짐이 이상하긴 하다. 인도네시아하고 아이티에서 한꺼번에 2, 30만 명씩이나 냉큼 집어삼키던 것 좀 봐. 일본 대재앙이 벌어졌을 때는, 그 시커먼 물벼락을 보면서 지나온 내 인생도 한꺼번에 몽땅 쓸려나가는 기분이더라. 아웅다웅 산다는 거, 정말 아무것도 아니구나. 저 위에서 내려다본 인간은 아주 하찮은 개미만도 못할 수도 있겠구나, 하고 말이지. 거대한 화물선이나 비행기, 자동차들도 장난감처럼 속절없이 깨지고 엎어지면서, 깊고 검은 수렁 속으로 마구 빨려 들어가던 것 기억나니? 인간이 벌을 받아도 어찌 저렇게 …."

"쉿!"

내 말을 중도에서 가로챈 솔이가, 손가락 하나를 얼른 입으로 가져가며 말렸다. 녀석의 눈은 여전히 저만큼 적당히 떨어진 거리에서 이리저리 카메라에만 정신 팔려 셔터를 눌러대고 있는 미나미 쪽을 흘끔거렸는데, 일본 이야긴 더 이상 저 애 곁에서 꺼내지 말아 달라는 투의 그 손사래 짓이 걸려 내가 흠칫 반문했다.

"왜, 내가 무슨 못할 말이라도 했냐? 설사 저 애가 듣는다 해도, 뭔 말인지 못 알아들을 텐데?"

"한국말을 잘할 줄은 몰라도, 짐작으로 다 알아듣는다구요."

"허, 그래?"

알았다, 하고 나는 애써 웃으며 태연한 척 입을 닫았다.

때맞춰 앞장선 현지 산악 가이드가 다음 행선지로의 출발을 서둘러 알리고 있었으므로, 우리는 들뜬 첫 번째 천지와의 조우에서 바삐 벗어나지 않으면 안 되었다. 천지 주변을 반 바퀴쯤(그것도 철저히 중국 쪽으로만) 도는 이 2박 3일의 여행사 주관 '백두산 트래킹'에 동참한 건, 어쨌든 잘한 일로 여겨진다. 퇴행성 관절염이 너무 심해서 도저히 함께 가지 못하겠다고 막판에 그만 포기해 버린 아내 대신, 이국의 친구네 집에 놀러 오자마자 느닷없이 우리와 합류하게 된 미나미가 나에겐 좀 불편하긴 하지만, 사진찍기가 전공인 당사자 스스로 넘성거려 한올지기4로 자원한 데다가, 딸내미의 절친한 외국인 벗이라는데 그 또한 어쩌겠는가. 꽤나 등산을 싫어하던 애들도 자신들의 일시 귀국 기념으로 미나미를 기꺼이 끼워 준다면, 재미없는 아버지 따라 흔쾌히 그 어려운 트래킹에 동행하겠다는 전제조건을 꼬리표로 매달았던 것임에랴.

아무렴, 너희들한테도 정말 좋은 추억이 될 거야. 민족의 영산에 올라 하룻밤 풍찬노숙으로 야영하며, 그 성스러운 정기를 온몸으로 흠뻑 뒤집어쓴다는 게 어디 보통 선택받은 경험이겠니?

---

4 한올지기: 한 가닥의 실처럼 가까운 사이.

나는 스스로 기고만장해져서, 그동안 나름대로는 세심하게 준비해
온 이번 백두행의 보람과 기대로 가득 부풀어, 어제 아침 30명 남짓의
패키지 여행사 낯선 일행과 함께, 장춘(長春)행 비행기에 답쌔기5로
올라탔던 것이다.

길은 갈수록 깊고 험하다.

천지는 이미 시야에서 보이지 않았다. 좁고 가파른 비탈길이 구절양
장처럼 이어지는데, 내닫는 발걸음은 마치 위로 떠오르는 듯 중심을
제대로 잡기가 어렵다. 씩씩하게 앞장선 아들은 나이 든 아버지가 대
열에서 뒤처지지 않도록 자꾸만 내 쪽을 돌아보며 괜찮으시냐 묻기 바
빴고, 내 뒤를 말없이 따르는 딸내미와 미나미도 가쁜 들숨날숨을 자
주 내뱉기는 할망정 의외로 초행의 험한 산길을 잘 타는 편이었다. 그
래서 젊음이 좋다는 것인가, 하고 나는 또 혼자 생각하였다.

중국의 국경수비대가 다닌다는 좁다란 임도를 그렇게 3시간쯤 오르
내리며 걸었을까, 하늘을 가린 숲 사이로 우렁찬 물소리가 들려온다.
금강폭포. 천지의 시푸른 물이 지하로 스며들어 계곡을 타고 흘러내리
다 문득 세 단으로 층을 이루어 떨어지는 폭포인데, 흠뻑 땀을 흘리고
난 뒤끝인지 보는 것만으로도 절로 시원하고 상쾌했다.

이곳에 잠시 여장을 풀고 늦은 점심을 먹으면서 자유로운 휴식시간
을 가졌다. 미나미는 젓가락 놓기 바쁘게 또 사진찍기에 정신이 없다.

---

5 답쌔기: 사람이나 사물 따위가 한군데 많이 모여 있는 것.

다른 이들이 셔터 눌러대기에 바쁜 폭포 쪽에는 별 관심이 없는지, 솔이와 함께 여기저기 기웃거리는 그네는 앙증맞은 들꽃이라든가 바위에 찰싹 달라붙은 이끼 같은 데에만 잔뜩 관심을 기울이는 것 같았다.

그 모습을 멀찍이 지켜보던 내가 겸이에게 말을 붙였다.

"저 미나미란 애 말이야, 너하고도 꽤 가까운 사이 아니냐? 아까 올라올 때 보니까, 이것저것 자주 챙겨 주던데."

"그냥 친군데요, 뭐."

"솔이는 자기 친구라 그러구, 넌 또 니 친구라니 대체 어느 쪽이 진짜냐구?"

"둘 다죠, 뭐. 서양에선 가까운 사이면 거의 다 친구라고들 해요. 그런데, 요?"

겸이가 잠깐 뜸을 들이고 나서 계속했다.

"아까 천지를 내려다보면서, 아니, 일본 지진 이야기하시다가 무슨 천벌 어쩌구 하셨잖아요? 아버지도 일본이 당한 지난번의 쓰나미 참사, 천벌 때문이라고 생각하세요?"

"그건 왜 갑자기?"

"길을 걷는 도중 그 말씀이 자꾸 떠올라서요."

"일제 식민지 시대를 겪은 국민치고, 어디 원수 안 진 사람이 몇이나 되겠냐? 그네들이 한국을 비롯한 전 아시아에, 아니, 전 인류사에 끼친 잔인한 전쟁범죄에 대해, 지금까지도 도무지 진심으로 회개하고 반성할 줄 모른다는 그 못된 섬나라 근성을 염두에 둔 얘기였지. 지금도 봐라. 우리 독도문제는 물론이고, 중국이나 러시아, 대만에 이르기까지 당최 영토분쟁이 안 걸린 데가 없다. 천인공노할 만행을 서슴지 않았던 침략국가가, 아직까지도 저렇게 여러 이웃 나라들과 불화하기도 참 힘들게다. 우리 같으면 전죄(前罪)가 미안해서라도 그까짓 작은 바위섬들 몇 개 얼른 포기하고 말 텐데."

"그래도 그때 보니까, 일본인들 대단하던데요, 뭐."

"뭐가?"

"다른 나라 같으면 무자비한 약탈, 방화가 판을 칠 극한 상황에서도, 아주 철저하게 줄서기 하는 그 아름다운 질서의식 말예요. 어린이나 노약자에겐 서로가 먼저 양보하고, 수많은 가족과 친지들이 떼죽음 당했는데도 결코 값싼 눈물 보이는 법 없이 … ."

"통곡하고 몸부림치며 난리가 날 장면에서도, 그네들은 정말 슬피 울지를 않더구나. 하지만 슬플 땐 좀 울기도 하고 그러는 게 인간이지, 어디 숙련된 로봇들 같아서 쓰겠든? 그 질서정연한 줄서기와 냉정한 표정 관리, 그게 바로 저들의 민족 유전자이긴 하지만."

"요즘의 일본애들, 얼마나 개인주의가 심한데요? 외국에서 생활하다 보면, 쟤네들은 철저하게 자기밖에 모른다구요."

"흩어져 사는 건 그렇게 보일지 몰라도, 저들의 국가 위기의식 앞에선 전혀 달라지는 모습으로 확 뒤바뀐다. 순응과 정렬, 응집의 원칙에 절대 복종하는 무리 동물들처럼."

나는 잠시 말을 끊고서 저만큼 떨어진 풀밭에 비스듬히 쭈그려 앉아

야생화를 찍고 있는 미나미한테 곤혹스런 시선을 던졌다.

솔이도 그 옆에서 뭔가를 설명해대느라 바쁜데, 그쪽을 턱짓으로 가리키며 내가 시큰둥 다시 입을 열었다.

"미나민가 저 애도 자기밖에 모르니?"

"… 네?"

"얼굴에 통 표정이 없어서 말이다."

"그래도 속은 참 따뜻한 애예요. 그리고 저 애의 개인주의는, 아예 민족을 훌쩍 벗어나 버린 범세계화나 인류애 쪽으로 진화해 있다구요."

"대단하구나. 하긴, 자기네 나라로 바로 가지 않고, 너희 따라 한국에 먼저 올 때부터 난 알아봤다."

"저 애, 갈 때도 일본에 들르지 않고, 우리랑 함께 아일랜드 가겠대요."

"아니, 왜? 고향이 어딘데?"

"사실은, 쟤 고향이 후쿠시마예요. 쓰나미 지진 났을 때, 통째로 쓸려가 버린 어느 한 동네."

"뭐라구? 그런데 왜 여태 그런 사실 안 밝혔어?"

"아버지가 거기까진 자세히 묻지 않으셨잖아요. 쟤도 공연한 동정 받기 싫다면서, 자기 고향 얘기 꺼내는 거 극도로 싫어하구 해서."

"그래애?"

"그때, 가족을 다 잃었어요. 쟤만 마침 아일랜드에 어학 연수중이어서 다행히 살아남았어요."

"허허, 엄청난 일을 당했구나. 그래서 저리 표정이 그늘지고 어두운 데가 있었구나?"

"아버진 아예 모른 척하세요. 애초에 고향이 어디냐고 묻지 않으셨던 것처럼."

그러고 보니 미나미에 대한 관심을 애써 버름하게 숨기며 억제해 왔던 것도 같다. 아니, 좀더 솔직히 표현하자면 반일이나 '혐왜'(嫌倭)라는 내 나름의 오랜 고정관념과 편견에 가시세게 사로잡힌 나머지, 일본이나 일본인에의 지나친 관심의 싹을 처음부터 아예 싹둑 자르고 있었다고 보아야겠다.

우리는 다시 걷기 시작했다. 폭포의 맨 상단 위 계곡물을 가로질러 건너자, 길은 곧 이끼가 질펀히 깔린 습지로 변했다. 키 작은 초본식물들이 오랜 세월 동안 쌓이고 쌓여 마치 푹신한 스펀지처럼 탄력성이 생긴 탓에, 내닫는 발걸음은 또 허공으로 둥실 떠오르는 것만 같았다. 쏟아지는 비를 그대로 흡수하여 늘 적당한 물기를 머금고 있는 이 이끼길은 천혜의 양탄자가 아닐 수 없는데, 그러나 내 속마음은 여전히 애들의 행동거지 염탐하기에 바빴다.

아무래도 미나미는 딸아이의 단순한 친구 쪽이 아닌, 아들녀석 애인임에 틀림없어 보였다. 비탈진 돌길이나 험한 고비 만날 때마다 은근슬쩍 손을 잡아 주는 품이 영락없이 그랬는데, 그런 혐의를 희석시키기라도 하듯 겸이가 뚱딴지처럼 다시 말문을 연다.

"근데 말예요, 유럽은 서로 국경을 허물어뜨려서 자유롭게 오가고,

288

화폐 단위도 하나로 통일해서 단일 경제권을 이루는데, 우리 아시아는 왜 그게 안 되죠? 여기 동북아, 중국하고 일본, 한국만이라도 편리한 공동화폐를 쓰면 서로가 엄청난 시너지 효과를 얻을 수 있을 텐데 말이죠. 우리 통일도 한결 빨라지고 ….”

“참 속 편한 소릴 하는구나. 이쪽은 유럽공동체하고 그 뿌리부터가 다르다.”

“그것도 일본 때문인가요?”

“물론. 그것도 그거지만 ….”

“저쪽도 얼마나 원수진 나라들이 많은데요. 일본 식민지 때보다 훨씬 잔인하고 끔찍한 일들이 서로 얽히고설킨 원수의 숙적 관계들이지만, 오늘날엔 어쨌든 하나로 뭉쳤잖아요.”

“그건 가해자 쪽에서 철저한 자기반성과 속죄를 행동으로 보여주었기 때문이지. 하지만 일본은 그렇지 않다. 불행한 과거를 깨끗하고 당당하게 청산하지 않았을 뿐만 아니라, 그 피해자들을 형편없이 업신여긴다는 게 더 큰 문제야. 타고난 교만이 몸에 밴 저들은 일찍이 탈아입구(脫亞入歐)라고 해서, 자신들을 아예 야만스런 아시아가 아닌, 선진 유럽인으로 격상시켜 행세해 왔지.”

“하지만 이제는 어쩔 수 없이 그 떵떵거리던 유럽도 망해가고 있어요. 무모한 유럽공동체도 결국엔 해체되고 말 거라구요. 그러니 스스로를 유럽인처럼 행세해 온 못난 일본이 천벌을 받는 건 너무 당연하죠.”

“거, 묘한 논리구나. 어쨌든 그러니 우리가 용서하자? 과거는 통 크게 잊고, 미래를 향해 손잡고 나아가자, 이거냐?"

"예."

"허허, 참!"

너는 꼭 일본 편만 드는구나, 소리는 입 밖으로 내뱉지 않았다. 짧게 대답하고 난 겸이도 이내 무거운 침묵 속에 잠기고 만다.

우리는 걷고 또 걸었다. 장장 여섯 시간이 넘는 긴 트레킹으로 녹초가 된 몸은, 금방에라도 푹 주저앉고만 싶을 지경이었다.

오른쪽 장단지에 쥐가 나고 배낭의 무게에 짓눌린 허리는 무너질 듯 뻐근했다. 그럼에도 나는 씽씽 앞장서 걷는 애들한테 늙다리 사그랑이처럼 기죽을 수는 없었다. 들숨날숨 거칠게 내뿜으며 이를 물고 걸었다. 낮달 같은 해는 이미 노을 진 서녘 하늘에 짧게 걸렸다.

자작나무 군락지를 지나자 마침내 오늘의 목적지인 천막촌 야영장이 나타난다. 야생화 가득 핀 드넓은 분지에 작은 천막들이 옹기종기 줄지어 들어차 있다. 그중의 맨 가장자리 쪽 하나를 우리 가족 독채로 배정받은 뒤, 거기에 짐을 풀자마자 나는 끝내 끙 앓는 소리를 내며 널브러지고 말았다. 하지만 애들은 곧장 우물터로 달려가 푸푸 찬물을 뿜어대며 땀범벅의 머리 감고 얼굴 씻기에 정신없었다.

그새 말끔히 씻고 들어온 미나미는 이내 카메라 챙겨 들고 다시 밖으로 바삐 나간다. 뭔가 그럴듯한 찍을 거리가 곱다시 기다리는 모양이었다. 잠시 눈을 감고 더 쉬고 있다가 우물가의 씻기 경쟁이 좀 잠잠해진다 싶자, 나는 그제야 수건을 목에 두르고 텐트 밖으로 나섰다.

원탁 한 모서리의 나무의자에 앉아 있던 겸이가 싱긋 돌아보며,

"피로가 좀 풀리셨어요? 아무래도 아버지한텐 이 백두산 트레킹이 무리 같은데요?"

걱정스레 두남두어 아는 체한다. 나는 괜찮다고 힘주어 대꾸한 다음, 새삼스럽게 압도해 들어오는 주위 경관에 놀라 두 눈을 반뜩인다. 아까 피곤에 지쳐 올라올 때는 보이지 않던 풍광이, 그 지친 육신을 적당히 쉬고 나오니까 전혀 색다른 모습으로 거기 좍 펼쳐져 있었다. 이내 같은 저녁안개를 허리에 휘감은 웅장한 백두 산세도 산세지만, 그 앞자락에 품고 있는 가없는 야생화 군락지는 미상불 천국이 어떤 곳인지를 한눈에 실감케 하고도 남았다. 코끝에 스미는 청정한 공기와 시원한 지하수도 인간의 손길이 쉽게 닿지 못하는 곳에서만 맛볼 수 있는 자연의 선물이겠는데, 그 한가운데의 풀밭에 든 미나미와 솔이의 사진찍기 모습 자체도 그대로가 한 폭의 그림이었다.

"넌 왜 쟤들과 어울리잖고?"

세수를 마친 내가 미나미 쪽을 턱짓하며 묻자,

"아버지 보초 서느라구요."

겸이는 또 옥수수 같은 치열을 드러내며 웃는다. 그리고 다시 덧붙였다.

"미나미 쟤는 저렇게 작은 것에만 관심이 있어요. 작은 들꽃이나 이끼 같은 것, 굴러다니는 돌멩이 같은 거 말예요."

"욕심이 참 없는 애구나. 그럼 아일랜드에선 뭐하니?"

"근데, 사는 건 아주 악착같거든요. 사진 배우면서, 일본 레스토랑에서 알바 해요. 앞으로 자그마한 식당 하나 차리겠대요. 사진미술관을 겸한."

"부모님을 다 잃었다는데, 생활력 강한 건 다행이구나. 너랑은 어떻게 만났는데?"

"솔이 때문이죠, 뭐. 걱정 마세요, 그냥 친구일 뿐이니까."

"짜식, 걱정은 … 너도 이제 장가갈 때가 지났잖냐. 그래서 하는 말인데 … ."

"장가는 언제 가구, 앞으로 어떻게 살아갈 거냐, 이거죠?"

중도에서 말을 가로챈 겸이가 입꼬리를 가볍게 말아 올리며 계속한다.

"그것도 걱정 마시구요. 이제부턴 어떻게든 제 앞길 제 스스로 헤쳐나갈 테니까요. 저도 이제 서른 넘은 성인이잖아요."

"허, 그래? 장하다, 우리 아들."

나는 조금 과장된 어조로 대꾸한 다음, 적당히 뜸을 들여 다시 받는다.

"니 말마따나 지금 유럽이 망해가고 있다면, 하루라도 빨리 한국으로 돌아와야잖냐? 일자리를 잡든 백수 노릇을 하든, 죽이 되든 밥이 되든 가족이 한데 어울려 살아야지, 이거 어디 되겠냐. 손주녀석도 한번 안아 보고 싶구 말이지."

"참, 아버지두. 떡 드릴 놈은 생각도 않는데 그리 김칫국부터 마시면 어떡해요."

겸이는 열적은 웃음을 날리면서 붉게 노을 진 천지 쪽 산봉우리로 시선을 던진다. 그 먼 눈빛에 왠지 모를 쓸쓸함이 담겨 있는데, 이어지는 겸이의 다음 말은 의외로 당차게 흘러나온다.

"웅장한 이 백두산에 와서까지 계속 사소한 얘기만 하시는 걸 보니, 아버지도 정말 늙어 가시나 봐요. 전엔 안 그러셨잖아요. 언제나 통 큰 자유인이 돼라, 예술 하는 자는 무엇보다도 영혼이 자유로워야 한다고 말씀하셨단 말예요. 그래서 어려운 살림에도 저희들을 분에 넘친 외국 유학까지 시키면서, 결혼과 취업을 포함한 장래의 진로 문제도 철저하게 당사자한테 맡기겠다는 태도를 취하셨는데, 요즘 들어 부쩍 안 그러시는 것 같더라구요. 물론 저희들 뒷받침이 한계에 와서 그러시는 거겠지만, 이제 솔이만 내년에 학업 마치면 끝이잖아요. 그다음부턴 정말 걱정 마세요. 우리가 아버지, 어머니 충분히 호강시켜 드릴 수 있으니까요."

"야, 말만 들어도 고맙구나."

어떻게? 소리는 입안에 꾹 눌러 담은 채 나는 모처럼 유쾌한 어조로 응답했다. 일찍이 조소과를 전공했던 녀석은, 그쪽으로 성공하려면 반드시 유럽으로의 유학이 필수라면서 어렵사리 그리 실행한 이후, 그 짧지 않은 6년 세월 동안 웬 설치미술이다, 사진, 시각디자인이다 해 가면서 이리저리 도섭부리는 걸 거듭해 싸더니, 이제는 다시 애초의

각가 지망생으로 되돌아와 마뜩하니 제자리를 잡아준 것만으로도 셈 들어 대견하다면 대견하다 할 터이다. 거기에 번듯한 서양아이들을 가 까운 벗으로 사귀고 그들과의 언어 소통 또한 제법 유창한 편이어서, 나는 일단 그것만으로도 글로벌 시대에서의 국제 감각은 괜찮게 익힌 셈이라고, 영어 연수의 효과를 곁들여 염두에 두었던 소기의 목적만은 충분히 거둔 결과라고 짐짓 역성들어 왔었다.

그런 내 속내에 화답이라도 하듯 겸이가 다시 입을 연다.

"아버지 말씀대로 자유롭고 진실한 영혼이 스며 있는 작품 활동을 위해선, 전 아직 더 많은 세계를 떠돌아야 해요. 특히 무너져 가는 유 럽 나라들에 관심이 많은데, 고전적인 조각품의 전시장이라 할 수 있 는 그리스나 스페인, 포르투갈, 이탈리아 같은 옛 제국들이 왜 그 맨 앞에 서 있는지, 거기에는 무슨 피치 못할 곡절이 숨어 있지는 않는지, 그 역사나 인문학적 인과관계는 또 어떤 것인지 한번 깊이 있게 파헤쳐 봤으면 싶다구요. 그래서 드리는 말씀인데요, 앞으로 몇 년 정도는 더 저를 완전 자유롭게 내버려 둘 수 있으시겠죠? 먹고사는 건 철저히 제 스스로 해결한다는 조건으로요."

"그래? … 글쎄."

속으로는 벌써 뭐든 네 맘대로 해라 바잡아 용인하고 있으면서도, 나는 괜히 비쌔게[6] 말끝을 흐렸다. 녀석의 갈 데 없는 청춘의 방황이 또 새로이 시작되는 건 아닌가 싶어서였다.

---

6 비쌔다: 어떤 일에 마음이 끌리면서도 겉으로 안 그런 체하다.

그때 마침 딸내미와 미나미가 돌아오면서 저녁식사 시간을 알렸으므로, 일행은 조별로 원탁을 차지해 둘러앉아 저마다 배낭에 지고 온 도시락을 풀었다. 노을은 어느새 어스름 속에 잠기고, 그 혼돈의 검은 빛 하늘에 하나둘 배고픈 별들이 반짝반짝 돋아 나왔다.

"이번엔 솔이 얘기 좀 들어보자. 너도 물론 잘하고 있겠지?"

나는 감자튀김을 안주로 집어먹으며 말했다. 배낭 속에 보물처럼 챙겨 온 소주팩이 벌써 두 개째. 여기 삼아 즐기는 사진찍기 말고, 본바닥에서 배우는 영문학 공부는 제대로 잘 이루어지고 있으리라는 기대에 한껏 부풀어 물었는데,

"이 감자는 정말 지겨워요."

조금 엉뚱한 화제로, 솔이는 내 질문의 핵심을 슬쩍 비켜 나갔다. 무슨 뚱딴지냐는 듯 미간을 찌푸리자 감자튀김 하나를 던지듯 입에 넣은 솔이가 계속한다.

"아일랜드에서 젤 싸고 흔한 식품이 이 감자거든요. 그래서 가난한 유학생이 가장 많이 먹을 수밖에 없다구요."

"하하하, 그래? 그거 괜찮네. 감자가 얼마나 맛있고 영양가 좋은데."

"아휴, 이거 맨날 찌고, 삶고, 지지고, 끓여 먹고 해보세요, 입에서 막 감자 구린내가 난다니까요. 아무튼 거기, 정말 척박한 땅이에요."

"날씨는 또 얼마나 우중충한데요! 거기에 비하면 우리 사는 함박골은 양반이지요. 감자맛도 우리 게 훨씬 낫고."

중간에 말 결하고[7] 나선 겸이가 더 잇는다.

"땅은 척박하고, 날씨는 늘 비바람과 추위, 안개에 젖어 있으니 자연 알코올중독자나 우울증 환자가 수두룩할 수밖에요."

"그래서 위대한 작가들이 그리 많이 탄생한 거야. 오스카 와일드나 버나드 쇼, 베케트, 예이츠, 제임스 조이스, 조나단 스위프트 … 정말 대단한 문호들이 다 그 비좁고 척박하고 우울한 아일랜드 출신인 걸 보면, 영혼의 샘물을 길어 올리는 정신작업은 확실히, 어둡고 슬픈 악조건 속에서 더 빛나는 성취를 이룰 수 있는 건가 봐. 그렇죠, 아버지?"

조금 전의 내 질문에 대한 답변을 이제야 꺼내 놓으려는 듯, 솔이가 빤히 나를 건너다보며 즐거운 듯 반문했다.

나는 웃으며 고개를 끄덕였고, 솔이가 더 잇는다.

"그래서 드리는 말씀인데요, 저, 요즘 소설 습작하구 있어요."

"뭐라? 이거, 갈수록 태산인데?"

"조이스의 《젊은 예술가의 초상》 같은 작품 쓰려고, 여기 오기 전에도 오코넬 거리에 있는 작가박물관에 가서, 조이스 곁에서 하루 종일을 서성댔어요."

"창작 행위하고 학문은 엄연히 다른 길일 텐데?"

"아니에요, 다르지만 또 같아요."

"그래? 그래서?"

나는 종이컵의 소주를 한입에 털어넣고 나서, 뭣엔가 쿵 뒤통수를

---

7 결하다: 어떤 일을 결단하거나 결정하다.

얻어맞은 기분으로 솔이를 응시했다. 그 애는 여전히 흔들림 없는, 확신에 찬 눈빛이다.

항상 어리보기로만 여겼던 애가 언제 저리 성숙한 정신의 소유자가 됐나, 하고 나는 은근히 가슴이 뿌듯해져서 말을 계속했다.

"다르지만 또 같다는 사실을 안다면, 그것만으로도 기본 자격은 충분히 갖춘 셈이긴 하다. 왜냐하면 문학은 문자 그대로 끊임없이 공부를 해야 하니까. 단순한 글쓰기나 언어학만이 아닌, 역사와 종교, 철학, 사회학, 고고학, 그 모든 인접 인문학과 인간학에 이르기까지, 두루 섭렵하고 통섭하는 능력을 갖지 않으면, 결코 좋은 작품이 빚어질 수 없다는 얘기지. 이를테면 작은 조물주가 되지 않으면 안 된다. 무슨 이데올로기나 당파, 지역감정, 학벌 따위에 함부로 종속되어 휘둘리지도 않고, 그 어떤 사건이나 사물도 객관의 진실한 시선으로 훤히 내다볼 줄 알아야 그게 진짜 작가라는 말이다."

"그럼 미술 하는 전 그냥 술이나 마셔야겠네요?"

'공부'와는 짐짓 거리를 두고 사는 겸이가 일부러 시큰둥한 표정을 지으며 종이컵의 술을 비운다. 그리고 흘깃 싱거운 웃음을 흘리고 나서 다시 말을 이었다.

"요즘은 전공 한 가지만 가지곤 먹고살기 힘들어요. 사방이 실업사태 천지잖아요. 그래서 솔이도 그에 대비하고자 미리 손을 쓰는 거라구요. 아무튼 아버진 좋으시겠네요. 대를 이어 문필업에 종사할 자식이 생겨나서. 제 말이 맞죠?"

"대를 이어서가 아니라, 못 이룬 내 꿈을 대신 이루어 줄 자식이라는 표현이 더 정확하다. 평생 괜찮은 대작 한번 쓰는 꿈을 꿔왔으면서도, 겨우 곡학아세(曲學阿世)에나 머물러 왔으니 … 오히려 한이라면 한인 셈이지."

"에이, 아버지두! 진짜 큰 작가가 되시는 것, 지금도 안 늦으셨어요. 늦었다고 생각할 때가 가장 빠른 거라구요."

"이제 너희들이 나를 가르치는구나."

나는 달게 한 모금 더 음미하고 나서, 대각선으로 앉아 있는 미나미한테 정감어린 시선을 보내며 다시 입을 열었다.

"어쨌든 누구든지 꿈을 잃으면 안 된다. 사람은 꿈이 있어야 해. 꿈을 잃은 사람은 산목숨이 아니라구. 그런 면에서 미나미 꿈은 뭔가?"

"……?"

갑작스런 나의 관심에 그네는 잠시 주춤해하면서 두 눈만 말똥거렸다. 옆에서 솔이가 거들어 영어로 내 질문을 통역했고, 그제서야 웃으며 미나미도 영어로 대답한다.

"두 가지가 있어요. 저의 사진 작품이 내걸린 작은 레스토랑을 갖는 것, 그리고 한국남자와 결혼하는 것!"

"한국남자 누구? 이 사람?"

솔이가 자기 오빠를 손가락으로 가리키자, 좌중은 순식간에 넘실대는 웃음바다로 변했다. 나는 그 장난스런 즐거움의 물너울 속에서도 짧게 부딪치는 겸이와 미나미 사이의 불꽃 시선을 놓치지 않았다.

그런 내 눈빛을 의식한 미나미가 말한다.

"한국남자는 친절하고 부지런하고 능동적이어서 좋아요. 그래서 그런 사람과 함께 살면서, 자그마한 식당을 운영하려 요리사 자격증까지 따 두었는걸요."

"야, 꿈이 아주 소박하면서 야무지고 구체적이네. 그럼, 한국어 배울 꿈은 갖고 있지 않나? 한국남자와 사귀려면 반드시 그래야만 할 것 같은데?"

우리와도 원만히 소통하려면, 이라는 후렴은 덧붙이지 않았다.

지금 열심히 배우고 있다는 미나미의 상투어린 말치레에, 나는 어딘지 너무 앞서 나간다 싶어 응, 그래야지, 건성으로 받으며 얼른 화제를 돌렸다.

"어쨌거나 일본의 상처가 빨리 씻겨야 할 텐데 걱정이구나. 그 엄청난 재앙에도 저리 꿋꿋하게 꿈을 잃지 않고 살아가는 미나미가 정말 대견스럽고."

"타고난 오뚝이 정신이죠, 뭐."

겸이가 슬쩍 미나미를 편들어 곁눈질하면서 말을 계속했다

"하지만 일본은 이제부터가 시작이라고 봐요. 뭔가 거대한 침몰의 기미가, 그 천벌의 조짐이 곳곳에서 감지된다구요."

"예를 들면?"

"후지산 화산이 터질 날이 멀지 않았고, 도쿄 대지진이 일어나는 것도 얼마 안 남았다잖아요. 거기에 나라 빚이 너무 많은데 국민들 마음

은 갈가리 찢겨져 있고 ….."

"그런 건 어느 나라에나 해당될 수 있는 일들이다. 지진이 하도 잦은 '불의 고리' 지대라 그 가능성은 상대적으로 훨씬 높긴 하지만, 그보다 더 큰 문제는 원죄 많은 일본이 그걸 진정으로 용서받지 못한다는 데 있다. 미나미한텐 미안한 얘기지만."

"아뇨, 전 괜찮아요."

미나미는 용케 내 말의 속뜻을 알아듣고 쉽게 고개를 끄덕여 준다. 오히려 이에서 한술 더 앞서 떠서,

"기왕 멸망할 거면 하루라도 빨리 바닷속으로 가라앉아 버렸으면 좋겠어요."

의외의 발언마저 서슴지 않았다. 그러더니 이내 이렇게 고쳐 말끝을 맺는다.

"하지만 그리되면 한국이나 중국, 세계 여러 나라는 온전할까요? 화산재가 지구의 온 하늘을 뒤덮고, 무서운 해일이 태평양을 휩쓸고, 원자력발전소도 함께 폭발할 텐데요. 거기에 무서운 기상이변까지 겹쳐 지구 전체가 홍수와 가뭄으로 뒤엎어지고, 그러면 땅은 사막화되어 식량 생산이 멈출 텐데요."

"야, 미나미 쟤가 은근히 우릴 겁주네?"

중간에 불쑥 끼어든 겸이가 야릇한 실소를 입에 물면서 계속하였다.

"그건 그렇고, 나라 간의 갈등으로 따진다면 아일랜드와 영국보다 더 심한 데가 또 있을라구요. 영국의 오랜 억압 밑에서 살아온 아일랜

드인들의 적개심은, 갈등과 증오를 훨씬 뛰어넘는 그 어떤 복수혈전 같은 거라구요. 거기에 신, 구교 간의 종교전쟁까지 곁들인 북아일랜드는, 아직도 영국 통치 아래 지긋지긋 신음하고 있으니까요."

"종교가 개입되면 어느 나라든 그 갈등은 더욱 증폭되게 마련이지. 이슬람과 기독교 간의 대립처럼 말이지. 그런 면에서 종교문제만은 확실히 배제된 우리의 남북관계는, 생각보다 훨씬 쉽게, 빨리 풀려질 수도 있을게다."

"혹시 말예요, 백두산이 폭발하면 그 고통 분담과 수습과정을 통해 우리가 문득 하나로 통일되지 않을까요?"

뚱딴지처럼 겸이가 또 불쑥 말했다. 아휴, 졸려, 하고 때맞춰 피곤에 지친 솔이와 미나미가 천막 안으로 먼저 들어가 자겠다고 의사 표시했다. 온종일 험한 산길을 무리하게 걸어 온 탓에 나 역시도 물에 젖은 솜처럼 온몸이 무거웠다.

두 여자애가 희미한 그림자를 거느리고 천막 안으로 들어가는 뒷모습을 물끄러미 바라보면서, 나는 꿈꾸듯 중얼거렸다.

"그렇게라도 통일이 된다면 얼마나 좋겠냐. 내가 회사 다닐 때, 만약 일본이 독도를 침공하면 남북이 힘을 합칠 수밖에 없어 곧바로 통일이 된다고 입버릇처럼 말한 동료가 있었다. 그것이든 저것이든, 어쨌든 통일이 된다면 세상에서 가장 살기 좋은 나라가 될 거야. 땅이나 인구수도 제일 적당하고 ….."

"그래서 분단 책임자들은 하나같이 다 반대잖아요. 미국이나 일본,

중국, 러시아가 속으로는 다 반대하고 있다구요. 특히 앞으로 세계 최강국이 될 중국이 큰 문제에요. 그네들은 요즘에도 맘껏 우리 남북을 자기들 입맛대로 갖고 놀잖아요."

"아무리 그리 놀고 방해해도 어느 한순간 남북이 힘을 딱 합칠 날이 온다. 암, 오고야 말지. 한핏줄 한형제 사이에는 결코 용서 못할 죄악은 없는 법이니까. 우리의 통일은 아주 비밀스럽게, 어느 날 문득 전격적으로 이루어질 거라구."

"그리고 그다음엔, 원수 같은 일본을 용서할 일만 남았나요?"

"아마 그렇게 되겠지. 가까운 이웃으로 살아가려면 결국 그럴 수밖에 없을게다. 하지만 오늘 밤은 내 옆자리에서 자거라. 미나미 쪽으로 가지 말고."

"아버지두, 참! 암튼 고맙습니다, 허락해 주셔서."

바람 빠진 풍선처럼 싱거운 말로 매조지한 겸이가 늘어지게 기지개 켜며 하품을 켰다. 그 애의 듬직한 어깨 너머 낮은 밤하늘 가득, 무수한 별들이 총총히 숲을 이루고 있었다. 그 황홀한 미리내 한가운데로, 길 잃은 별똥별 하나가 길게 꼬리를 그으며 가까운 북조선 쪽으로 휙 날아갔다.

마지막 날들
어떤 유서

새소리에 잠이 깨었다. 아니, 귓속의 벌레소리 때문이었을까?

시도 때도 없이 고막을 때리며 울고 긁어대는 벌레, 혹은 새나 쇳소리
는 나를 거의 속절없는 발광(發狂)의 기미로까지 몰아대곤 한다. 그래
서 나를 포함한 인간 짐승은, 모두가 미쳐가는 과정에 놓인 어둑시니[1]
로 착각될 경우가 참 많다. 사람은 누구나 조금씩 발광하면서 죽어간
다는 이 엄연한 명제 앞에서, 나는 이제 진정으로 죽음을 준비하지 않
으면 안 되는 시점에 와 있는 것 같다. 내 스스로 모진 목숨을 싹둑 끊
거나 저 악랄한 이리떼 놈들한테서 죽임을 당할 기회는 참으로 많았으
되, 지금껏 용케 죽지 않고 이리 이명(耳鳴)의 병골(病骨)로나마 멀쩡
히 눈뜨고 있는 것은, 여덟 살 어린 너에게 이 피맺힌 유서를 마지막으
로 쓰기 위함이 아니겠느냐. 내 죽어 백골로 썩고 있을지라도 너는 언
젠가 놈들의 손에 끌려가 이 땅을 떠나 살 게 분명하고, 마침내는 너의

---

1 어둑시니: 어둠을 상징하는 요괴 혹은 장님을 일컫는 말.

순백의 넋을 더러운 혼혈로 어지럽히고 말 것이니, 내 어찌 이 글을 쓰지 않고 배길 수 있으랴.

내 곁에는 이제 넘성거려 정을 줄 수 있는 피붙이는 너밖에 없다. 못난 아비 대신 명색뿐인 임금 자리를 온갖 굴욕으로 지키고 있는 네 큰 오라비나 이리저리 흩어지고 끌려간 아들놈들은 그렇다 치더라도, 모든 것을 앗긴 시름의 환갑에야 뒤늦게 너를 꽃 같은 선물로 얻었으니 내 어찌 홀로 느껴 감읍하지 않을까. 결코 눈에 넣어도 아프지 않을 내 딸 덕혜야. 아직은 비록 가리사니² 없는 철부지일지라도, 네가 언젠가 어른이 되었을 때를 미리 헤아리고 감안해 내 살아온 궤적과 생각들을 대강이나마 밝히나니, 그 분하고 슬프고 억울한 우리 넋두리를 먼 훗날까지 고이 간직해 증언하여라.

내 목을 겨누는 비수는 여전히 도처에서 번뜩이고 있다. 낮과 밤을 가리지 않고, 짐짓 금침을 피해 들어간 뒷방 침상이나 입맛 떨어진 밥상머리를 상관치 않고. 특히나 너를 놈들에게 앗기지 않고자 비밀히 밀어붙였던 내 시종의 조카 김장한과의 약혼사건이 드러나고 나서는, 놈들의 살기어린 감시의 눈길에서 한순간도 벗어날 수가 없구나. 조선 왕족 후예는 무조건 왜에서 교육시켜야 한다는 강압 아래 너의 어린 오라비가 억지로 놈들한테 끌려갔던 것처럼, 너도 분명 그렇게 될 게 너무나 빤한 노릇이라 어쩔 수 없이 그런 조혼(早婚)의 방편을 이용하려

2 가리사니: 사물을 판단할 만한 지각.

했던 것이나, 일이 이리 되잡혀 수치스레 꼬이고 보매 너나 김장한한 테 도리어 면목이 없다.

어쨌든 놈들은 이제 더할 나위 없이 좋은 꼬투리를 움켜잡은 셈이다. 틈만 나면 내 허물 찾기에 혈안인 놈들은 이제 네가 아닌 나를 자기네 땅으로 납치해 갈지도 모를 일. 만국평화회의에 밀사를 내보냈다는 이유 하나만으로도, 서슴없이 나를 왕위에서 끌어내렸던 놈들이니 무슨 만행인들 다시 못 저지를까. 한 나라의 왕비를 칼로 찔러 죽이고, 온갖 능욕을 자행하며 무자비하게 불태워 죽이기까지 한 놈들의 야만성을 미루어 본다면, 꼭 오늘 밤 안으로 나를 없앨 것만 같은 예감마저 든다.

하지만 애야, 나는 결코 그까짓 하찮은 죽음이 두려운 게 아니다. 너무 험한 고난과 모멸의 사선을 수시로 넘나들어 왔기에, 이제는 그 어떤 봉변도 넉넉히 받아들일 수가 있다는 말이다. 나처럼 뿌리째 실패한 인생이 더 이상 구차하게 목숨 부지한들 무슨 소용에 닿겠느냐. 섣부른 욕심 같아선 한시라도 바삐 한 맺힌 이승 뜨고 싶다만, 그것도 어디 내 뜻대로 되어야 말이지. 임금 자리에서 벗어난 지 꽤 오래인 가련한 허수아비 처지임에도, 스스로 목숨 던지기가 이리도 아득하고 어렵구나.

문득으로 새어드는 부신 동살과 함께, 뒤뜰 소나무 가지에 앉은 새의 지저귐이 얼마나 요란스러운지, 새벽녘에야 겨우 잠에 들었으면서도 나는 더 이상 버텨낼 수 없어 자리를 털고 일어섰다.

무슨 새소리가 저리 그악스러워?

침침한 눈을 비비면서 창을 열어젖히고 밖을 내다보자니까, 어린애 주먹만 한 새 한 마리가 희끗희끗 숫눈발을 이고 있는 솔가지에서 여전히 요란스레 울어대더구나.

찌, 찌르찌르, 쪽쪽쪽….

어쩌면 이빨 사이로 세게 새어 나오는 휘파람 소리 같기도 하고, 또 어쩌면 토라진 제짝을 애타게 불러대는 간절한 애원성 같기도 한 소리였다. 궁궐 식구들은 이 소리의 임자를 그저 자기들 편한 대로 찌찌르 새라 이르기도 하고 그 나중 들리는 소리 따라 쪽쪽새라고도 부르는데, 흰 배의 옆구리에 흑갈색의 반점 띠를 희미하게 둘렀으며, 이마에는 황백색의 무늬 털이 박힌 귀엽고 앙증맞은 생김새의 이것이 과연 무슨 새인지, 그쪽 방면의 학자에게 일러 분명한 이름으로 못 박아 두는 것으로라도 내 작은 업적을 남기고 싶구나. 어쨌거나 그게 무슨 새가 되었든, 쉴 새 없이 혀를 놀려대 자꾸 남의 흉보듯 우짖는 게 영 마뜩잖다는 점만 빼놓고는, 역시 볼수록 사랑옵다.

그럼에도 놈이 요란스레 지저귈 때마다 그 소리의 색깔이 얼마나 선명하게 맑고 날카로운지, 삼각형의 쏙 튀어나온 작은 부리 속 붉은 혀까지 다 드러나 보일 지경이다. 정작 눈에는 실제로 보이지 않지만, 그 소리가 워낙 가살스럽게 개성이 세다 보니 실제보다 더 크게 확대되어 다가오는 게 녀석의 혀가 아닐까 싶다.

그래, 모든 원한의 칼은 세 치 혀끝에서 나오느니라. 우리네 사람들 사이의 사랑과 믿음 또한 마찬가지이다. 세상을 얻는 것도 이 혀끝이요, 한순간에 세상을 잃는 것도 이 혀끝이다. 사람살이의 모든 관계는 이 짧고도 오묘한 혀끝에서 비롯되나니, 그러므로 혀는 곧 그 사람이며, 그 사람의 무기이며, 인격이고 양심이고 저주이니라.

그래서 그런지 나는 입 밖으로 설레발치며 나온 사람의 혀를 흘깃 스쳐볼라치면, 그 혀의 임자와는 전혀 다른 별개의 분신이나 이물질을 선뜻 마주하는 것 같아 소스라칠 때가 있다. 그 주인과는 아무 상관없이 외따로 독립되어 떨어져 있는, 혼자 각다분하게 떨어져 나와 꿈틀대는 별개의 작은 생명체 말이다. 가슴속의 생각은 이런데 입 속의 검은 혀는 저 말을 한다든가, 날렵한 혀는 이 말을 하는데 저 마음은 이미 더러운 다른 뜻을 품고 있다는 따위의 표리부동으로서의 의미가 아니라, 본디 태어날 때부터 인간의 육체 한 부분에서 훌쩍 떨어져 있는 것 같은 어엿한 한 생물체로서의 존재감!

그래서 그런지 나는 어떤 사람과 마주해 말을 나누게 될 때면 그 사람의 입부터 먼저 보는 버릇이 있다. 입 속의 혀는 곧 그의 또 다른 인격체이며 숨은 배후의 조종자라는 관점인데, 참으로 요상하고도 귀살쩍은 상념이 아닐 수 없겠다. 그러나 여전히 남의 가슴에 못 박고 비수를 꽂는 것도 혀가 내뿜는 한순간의 말의 힘이거니와, 천 냥 빚을 갚거나 큰 은혜를 얻는 것, 한 나라를 뒤엎거나 빼앗는 것 또한 그윽하고도 결곡한 한마디 속삭임에서 비롯될 수 있나니, 내가 그토록 신임하고 어여삐 마지않던 이완용이 그랬다. 그날 밤, 이토 히로부미의 지시를 받고 내게 득달같이 달려온 그의 입 속의 혀가 딱 그랬다.

"마마, 더 이상 미루면 안 되겠습니다. 어서 양위하시지요."

"……?"

"만약 오늘 안으로 양위하지 않으시면, 마마 신상에 큰 변고가 일어
날 것 같습니다. 이제는 더 이상 숨어 들어갈 곳도 없습니다."

"그게 곧 그대의 뜻이기도 하렷다?"

어금니를 지그시 깨무는 놈을 빤히 건너다보면서 내가 되물었다.
그 검은 입 속의 혀는 더없이 붉은 피를 머금고 있을 터였다. 완용의
입에서 '전하'라든가 '… 나이다' '… 하시옵소서' 따위가 사라진 지도
이미 오래건만, 그리고 누구보다도 반지빠르게 친일로 돌아서 을사늑
약을 지지, 서명하고 놈들에게 비나리치는 매국노로 변절한 것을 참
으로 가슴 아파했지만, 그토록 지엄히 모시던 나를 왕위에서 찬탈해
끌어내리는 것도 그리 악착스레 앞장서리라고는 내 일찍이 짐작조차
못했었구나.

사특한 인간 본성은 원래 그런 것, 이녁한테 이용 가치가 없거나 어
지간히 울궈 먹었다고 여겨지면 언제라도 쉬 등을 돌릴 수 있는 게 바
로 그네들의 못된 성정이 아니더냐. 인심조석변(人心朝夕變)이라는
말이 그래서 생겼다. 사람은 얼마든지, 자신의 이, 불리에 따라 마음
이 달라질 수 있다는 뜻이다. 먹을거리 흔전한 곳에 파리떼 날아들고
구더기 끓다가도, 그게 없어지면 또 언제 그랬더냐 싶게 일시에 싹 흩
어져버리는 교활한 습성. 지금껏 상전으로 모셨던 임을 어떻게든 나쁜

죄인으로 몰아가면서 옥죄어 헐뜯고, 지난날의 은혜나 덕행을 무자비한 원수로 되갚으면서 말이다. 그러면 이완용은 어떤 족속이던가.

그 누구보다도 내 사랑을 듬뿍 누렸다. 너무 가난하여 훈육도 제대로 받지 못하다가 어렵게 별과에 응시, 급제한 이후에는 그런대로 형편이 잘 풀려서, 마침내 내 눈에까지 들게 되었던 것이다. 머리 굴림이 빠른 그가 일찍이 영어를 배워 둔 것도 출세에 많은 도움이 되었을 터. 내 명에 따라 미국으로 건너갔다가, 개화된 문물을 접하고 돌아와서는 정동구락부의 우두머리로 친일, 친청 세력을 견제하는 데 앞장섰다. 그러다가 네 큰어미가 놈들에게 시해될 때는 친일파의 적으로 몰려 학부대신에서 쫓겨나서, 미국공사관에 피신, 감금된 나를 그곳으로 탈출시키려고 무던히도 애썼다. 애초에 나의 아관파천을 도모했던 이도 그였는데, 그러나 일본과 밀월에 빠진 미국이 번번이 나를 내치는 것과 러일전쟁에서 아라사가 패하는 걸 보고는, 하루아침에 친일로 바뀌더구나. 이후의 행적은 더 언급해 무엇 하리. 다만 그때부터 내게는 아주 새로운 인간관이 생겨났다는 게 별날 따름이다. 어느 누구도 그냥 믿어서는 안 된다는 것, 그 사람과 그 사람의 혀는 생판 다를 수 있다는 걸 긴절히 체득했거니와, 사람과 사람 사이의 관계는 모름지기 '불가근불가원(不可近不可遠)하라'는 가르침을 그에서 몸소 배우고 깨달았느니. 너무 가깝거나 멀지 않게, 숨 쉬기 편할 만큼의 적당한 거리를 두고 관계하라는 뜻이다. 얼음처럼 너무 멀면 동상에 걸리고, 냄비처럼 너무 끓어대면 화상에 다칠 우려가 있다는 말이니 너도 부디 명심하여라.

　애야, 재작년의 어느 봄날 한때를 기억하겠느냐?

　나는 조금 전 유치원 공부를 끝낸 너의 손을 잡고 궁궐 뒤뜰을 걷고 있었구나. 그때 너는 반갑게 소리쳤다.

　"이게 뭐여요, 아바마마? 눈 속에 꽃이?"

　뒤늦은 봄눈의 잔설(殘雪)이 채 녹지 않은 돌담 아래 빈 터에, 소담하고 앙증스레 꽃을 피우고 있는 복수초였다. 그것을 본 너는, 아주 야들야들 여린 가지 끝에 진노랑 꽃송이를 깨끔하게 달고 있는 게 여간 사랑스럽지 않은 모양이었다. 너의 어린 감탄사는 어인 일인지 소스라치는 경악으로 내게 다가왔다. 그래서 나는 짐짓 나직나직 일러 주었구나.

　"이게 바로 복수초라는 거란다. 세상에 봄소식을 가장 먼저 알리는 꽃!"

　아, 하는 너의 표정 속에는 여전히 서그러운 놀라움으로 가득 차 있었다.

　"그럼 이 여린 꽃이 무슨 힘으로 눈 속을 뚫고 나오나요?"

　"그러게 말이다. 그래서 나도 처음엔 이 꽃이 참 애잔하더구나."

　"애잔, 이라니요?"

　"얼마나 복수심이 컸으면 차가운 눈 속에서 이런 슬픈 꽃을 피워 올리겠느냐 싶어서. 그땐 문자 그대로 원수를 갚는 그 복수(復讐)로만 알았느니라. 헌데 좀더 자세히 알고 봤더니, 싱겁게도 복 복(福) 자에 목숨 수(壽) 더구나."

"속뜻이 그렇다면, 이름이 무슨 상관인가요, 아바마마?"

나이에 어울리지 않게 엉뚱한 데도 많은 너는, 결코 애잔하지도 않고 싱겁지도 않은 꽃이라는 거였다. 춥고 서럽게 살아온 한겨울을 보기 좋게 복수하고 있는 꽃이라는 뜻으로 내게는 들렸다. 그래서 나는 네게 또 설명했지.

"노랑이 얼마나 강한 색깔인 줄 아느냐? 봄이 오면 제일 먼저 온 들과 산천을 뒤덮는다. 가장 여리면서도 강한 색깔, 그게 노랑이다."

사실이 그렇지 않더냐. 눈이 채 녹기도 전에 언 땅을 솟구치고 나오는 이 복수초는 말할 것도 없거니와, 모든 나무가 잎을 떨군 벌거숭이인 채 죽은 듯 적막한 겨울 숲에서 가장 먼저 얼굴을 내미는 꽃나무는 야들야들 여리면서도 샛노란 산수유와 생강나무이다. 연이어 어디에나 노오란 개나리가 흐드러지게 피기 시작한다.

이 노란색들의 향연이 곰비임비 이어지다가 슬며시 기울면 곧 매화나 벚꽃, 목련, 조팝나무 따위의 흰 색깔이 판을 치게 된다. 세상은 온통 슬프면서도 아름답고, 아름다우면서도 슬픈 흰색의 화사함으로 가득 차오르는 것이로되, 특히나 이 중에서도 맨 먼저 피는 청매(靑梅)의 그윽하고도 싱그러운 향기나 기품은 그 어느 꽃과도 감히 견줄 수가 없다. 지난 인동(忍冬)의 온갖 설움과 목마른 기다림이 한꺼번에 씻기고 채워지는 꽃이 바로 매화이다.

그런 다음에 오는 꽃들은 진달래나 박태기, 개살구 등의 붉은색 계통이다. 이때부터의 산이나 들, 정원은 온갖 식물의 만화방창으로 소란스럽기 마련인데, 진한 보라색 꽃들이 거의 마지막을 장식하는 초여름으로 접어들면 산천은 바야흐로 매서운 뙤약볕 아래 진한 갈맷빛으로 물든다. 이것이 곧 피고 지는 것들의 순환 법칙이며 자연의 섭리니라. 계절 따라 소멸과 생성을 되풀이하면서 보여주는 자연의 슬픈 아름다움인 것이다.

그러나 개중에는 그렇지 않은 꽃도 있단다. 달빛 으슥한 깊은 한밤중 담 너머에서 조용히 하늘거리며 내려다보는 허연 목련꽃 송이가 그것이다. 이 꽃의 얼굴 속에는 온갖 한과 원망, 맺힌 독기가 서려 있다. 놈들에게 칼 맞고 불태워 죽임당한 너의 큰어미를 비롯해서, 피비린내 나는 궁궐 안에서 그동안 억울하게 죽어나간 정변의 희생자들은 물론, 왜놈의 총칼 아래 무참히 쓰러진 그 숱한 우리 백성의 원혼들까지 다 스며들어 있단 말이다. 그런데 차가운 눈 속에 핀 복수초를 만나고부터는 왠지 그 꽃의 노랑과 '복수'가 한통속으로 가시세게 다가오더구나. 아주 조용히, 말없이 내게 다가와서 이제 더 이상 슬퍼하거나 노여워하지 말고, 오로지 참된 복수만을 꿈꾸라고 속삭여 주더라.

사랑하는 내 딸아.

좀더 솔직히 표현하자면, 내 삶을 송두리째 관통해 온 건 온통 복수를 꿈꾸는 무서운 증오였다! 증오는 쓰러져 가는 나를 지탱해 준 마지막 기둥이요, 힘의 원천이었으며, 앞으로의 남은 목숨도 이에 의지하지 않고는 영 견디어낼 수 없을 것만 같다. 놈들이 철저하게 망해서 이 나라를 도망치듯 뜰 때까지는, 내 어찌 타는 이 증오심을 꺼뜨리겠느냐.

놈들을 무찌르고 복수하기 위해서 내 나름으로는 몇 번인가 크고도 내밀하게 행동으로 옮긴 바가 있었다. 너의 큰어미 죽인 데 대한 복수로 어느 왜군 장교를 박살내 피를 마신 후 사형선고 받은, 의로운 청년 김창수(김구)를 집행 직전의 사지에서 구해낸 것도 나였고, 놈들이 너의 큰어미 죽일 때 그것을 오히려 뒤에서 사주, 방조한 후 불태우기까지 한 훈련대장 우범선(우장춘의 아버지)을 일본에 자객 보내어 죽인 것도 나였고, 하얼빈 역두에서 이토를 쏘아 죽인 안중근에게 어엿한 군인 자격을 줘 밀사로 내보낸 것도 따지고 보면 다 나였다. 이후에도 나는 줄기차게 우리 의병대와 창의군을 독려하며 보살폈고, 우리 군사가 놈들의 토벌대에 무참히 몰살당하는 와중에도 호남에 비밀히 독립의군부까지 최후로 조직, 결사 항전에 나섰으나, 그때는 이미 허울뿐인 군주로 도무지 어떻게 해볼 도리가 없었다. 놈들은 또 팔다리 다 잘린 나를 '황제'라 일렀으되, 도대체 놈들이 뒤늦게 갖다 붙인 '대한제국'은 뭐며 황제는 또 웬 뼈다귀더란 말이냐. 그것은 순전히 저 청나라를 사정없이 깔아뭉개고 미구에 보기 좋게 집어삼키기 위한 교활한 성동격서(聲東擊西)의 술책 때문이었느니라. 조선도 이제 황제 칭호를 가진 제국이 되었으니, 청 황제는 여태껏 누려온 조선에의 종주국으로서의 기득권을 철저하게, 송두리째 포기하라는 무언의 압력이 그 속에는 은연중 포함돼 있었다는 이야기이다. 그리고 너희들도 곧 조선처럼 될 거라는, 말할 수 없는 수모의 비아냥거림도 거기에는 묘하게 암시돼 있었다고 보아야 한다.

어쨌든 나는 화려한 금빛 술이 달린, 놈들의 장군 제복 같은 황제복장이 그렇게나 수치스러울 수가 없었다. 죽고 싶었고, 죽이고만 싶었다. 그 끝없이 타오르는 자학과 증오감은 지금도 여전해서, 내 신경은 온통 어떻게 하면 놈들의 천황을 죽일 수 있을까에 초점이 모아져 있다. 그래서 익문사(益聞社)라는 비밀 조직을 만들었고, 머지않아 반가운 한 소식이 있을 것이다. 놈들을 한꺼번에 다 죽일 수 없을 바에야 그 짐승스런 괴수만이라도 본때 좋게 죽여 없앤다면, 그동안 우리가 당해왔던 억울한 설움을 조금이라도 대신 복수하는 셈이 아니겠느냐.

사랑하는 내 딸, 덕혜야.

내 일찍이 덕혜(德惠)라는 이름을 지어 놓았음에도, 여태껏 '복녕당 아기씨'나 '옹주'로만 불리고 있으니 참으로 계면쩍었다. 그나마 서녀라는 이유로 왕적에조차 오르지 못하던 것을, 이태 전에야 겨우 총독인가 뭔가 하는 자한테 사정해서 강밭게 올렸구나.

그날 나는 모처럼 찾아든 총독에게 우리 부녀지간의 애틋한 장면을 보여주어야 할 필요가 있다고 생각했다. 기회는 이때다 싶어, 너희들이 유회하고 있는 곳으로 조심히 그를 안내한 것이다. 귀엽고 어여쁜 너를 언제라도 내 곁에 묶어 두기 위해, 그리고 어떻게든 놈들에게 끌려가지 않게 하기 위해서 궁궐 한켠의 즉조당(卽阼堂)을 왜식 유치원

으로 개조해 문 열었던 것인데,

"참 잘하셨습니다. 꽉 닫힌 궁궐들을 이리 활짝 개방해서, 유치원과 동·식물원으로도 널리 쓰고 계시니 백성들이 얼마나 좋아하겠습니까."

놈은 애꿎은 창경원까지 들먹이며 가살스럽게 고개를 끄덕이더구나. 그러나 내 속은 또 여지없이 뒤집어지고 말았다. 한 나라의 궁궐을 무참히 헐고 뜯어내 그 자리에 온갖 짐승들로 채워 넣어서 나를 맘껏 능멸하지 않았더냐. 놈이 유쾌히 지껄이는 동안 나는 가만히 눈을 들어 뚫어질 듯 놈의 입을 건너다보았는데, 그 안에 흉측한 혀가 어김없이 날름대고 있더구나. 놈이 걸친 으리으리한 군복이나 대검보다도 더 무서운 혀가, 그 주인과는 동떨어진 또 하나의 흉물로 입 속에서 살아 춤추더란 말이다. 표정은 웃고 있으나 가슴속은 어두운 지배욕의 음모로 가득 찬, 또는 네가 유치원 마치면 선진 대국의 일본 가서 제대로 교육받아야 한다는 말이 금방에라도 툭 튀어나올 것만 같은 또 다른 배후의 인격체. 놈의 혀는 그렇게 나를 놀리고 속박했다. 여남은 명의 원아들이 너와 함께 열을 지어 나와서, 나란히 자리를 잡고 앉은 나와 일본 총독한테 큰절을 올렸고, 나는 서둘러 놈에게 속삭이듯 운을 떼었다.

"총독도 애를 키워봐서 아시겠지만, 아이들은 꽃이나 다름없지요. 아니, 아이는 곧 꽃이지요."

"아, 그럼은요. 꽃이고말고요."

"사람이 늙으면 아이로 돌아간다더니, 요즘의 내가 딱 그렇소이다. 하나밖에 없는 우리 고명딸 같은 아이로 돌아가서, 저 아이와 함께 놀고 웃고 유희하는 것이 이즈음의 내 유일한 낙이외다. "

"허, 그렇습니까. 그러면 이 유치원을 더 좋게, 잘 꾸며야겠군요. "

"헌데, 아직도 우리 딸아이가 왕실 족보에 오르지 않고 있으니, 원. "

"……?"

그때 마침 너희들이 일본 동요를 부르며 춤추기 시작했고, 나는 그 틈을 이용해 너희 무리 속으로 섞여들었지. 그리고 너희와 함께 웃고 유희하면서 놈의 환심 사려 눈치를 살폈는데, 잠시 어리둥절한 혼란에 빠졌던 놈도 어느 결에 우리 곁으로 다가와 너의 손을 잡더구나. 내 계산은 그대로 적중해서, 그날 하루 놈과 나는 참 묘한 유치원 놀이를 함께 즐겼다.

하지만 네가 왕적에 오른다고 해서 유별히 달라질 게 뭐가 있겠느냐.

이후에도 그저 하루하루 살얼음의 나날이었다. 죽도 제대로 먹지 못한다는 백성들 소식에 내 혀는 더욱 입맛을 잃어가고, 낮결3 수라로 내오는 냉면 사발로나 겨우 잃은 식성 이어갈 따름이었다. 그다음으로 내가 즐기는 게 가배탕4인데, 양인들이 가져와 가르쳐 준 한약 같은 이 요상한 맛은, 역시 햇살 알갱이들이 사방에 퍼지는 걸 훤히 내다볼 수 있는 정관헌(靜觀軒)에서 마셔야 제격이니라. 궁 후원에 아라사인이 설계해 지은 이 양식 휴게실에서 마셔야 달고 쓰고 맵고 신 가배탕 맛

---

3 낮결: 한낮부터 해가 저물 때까지의 시간을 둘로 나누었을 때 그 전반(前半).

4 가배탕(咖啡湯): 구한말 커피를 일컫던 말.

도 제대로 입에 착 달라붙는 것이다. 그렇지만 애야, 나는 이걸 마실
적마다 정녕 복잡 미묘하고도 우울한 상념에 곧잘 젖어들곤 했단다.
어떨 때는 텁텁한 입안이 싹 가시는 개운한 맛이다가도, 이 나라를 허
락 없이 쳐들어온 개명한 외세의 침략자들을 음미하며 마실 적에는 속
에서 울컥 치받치는 핏덩이로 착각될 경우 또한 한두 번이 아니었다.
그러면 내 혀는 여지없이 타들어가는 듯 칼칼해지면서 바늘이 돋고,
목은 사레들어 꺽꺽 막히고, 가슴은 가쁜 호흡으로 눌려 답답해졌다.
가배는 늘 그렇게 역설의 여러 맛으로 내 혀를 맘껏 농락하였느니라.

　그런데 엊그제 모처럼 정관헌 처마에 곰살궂게 비쳐드는 햇살 바라
보며 가배탕을 마시고 있는 내 곁으로, 일제 앞잡이인 윤덕영이 성큼
찾아왔지 뭐냐. 이른바 놈들이 '이왕직'(李王職)이라 부르는 곳의 막후
관리인이면서 감시자. 이토가 죽자 이완용과 함께 장충단에서 가장 먼
저 추도회를 열었던 역적이거니와, 치욕의 병탄 때는 놈들을 대신해서
완용과 더불어 나를 협박해 국새까지 빼돌렸던 놈도 이놈이요, 이후
왜왕을 알현하도록 갖은 공갈을 일삼았던 놈도 이놈이다. 그 못된 공
적으로 온갖 부귀영화를 누려오더니, 오늘까지도 여전히 나를 감시,
관리하고 있으니, 정녕 하늘이 무심하구나. 그렇지만 어쩌겠느냐. 나
는 놈에게도 한 잔의 가배를 들게 하지 않으면 안 되었다. 아니, 놈이
먼저 제 잔을 스스로 가져왔다는 게 맞겠는데, 한 모금의 가배를 쩝쩝
입맛 다시고 난 놈은 함녕전 앞을 가로막은 한 전각을 가벼이 턱짓하면
서 혀를 놀리더라.

"마마, 저 전각만 가로막지 않는다면 이곳이 정말 기막히게 전망 좋은 무릉도원이겠구먼요!"

"무릉도원이 전망 좋으면 안 되지. 그래, 창경궁도, 경복궁도 다 헐고, 성곽도 모조리 깔아뭉개고 나면, 이 나라의 전망이 참 좋겠구먼."

"사실이 그렇습니다요, 마마. 유구한 우리 궁궐에 함부로 손대는 건 좀 그렇긴 하지만, 부산에서 의주, 제물포로, 사통팔달로 기찻길이 열리고, 번개 같은 전깃불이 온 천지에 훤히 밝혀지고, 새로운 농사법이며, 신식 학교며, 자동차, 화륜선이며 … 모든 문명이 활짝 개화되는 건 어쨌든 좋은 일이지 않겠습니까. 오히려 이런 개벽이 좀더 일찍 찾아왔어야 한다고 사료되옵니다."

"그러니까 자네 말은, 조선이 망한 건 사필귀정이었다는 뜻이렷다?"

"아이구, 별 말씀을요. 말하자면 그렇다는 게지요."

그리고 윤덕영은 거무스레한 가배 한 모금을 다시 입으로 가져갔다. 그걸 달게 혀끝으로 굴리다가 꿀꺽 목으로 넘기는 소리가, 내게는 마치 무슨 저주를 불어대는 불가사리의 딸꾹질처럼 들리더구나. 내 귀에는 이상하게 쉼 없이 쇠를 갉아 먹는 이명이 울릴 때가 잦은데, 때마침 찾아든 그 몹쓸 귀울음의 환청에 뒤섞인 놈의 다음 말이 또 가관이었다.

"허긴, 마마가 아니었어도 누군가는 필시 그 일을 감당하지 않으면 안 되었겠지요. 그때는 그럴 수밖에 없었다고 봅니다."

"왜놈들이 아니면 청국이나 아라사, 청국이나 아라사가 아니면 미국, 불란서한테 먹혔을 거라 그 말인가?"

"딱히 그들이 아니더라도, 경국(傾國)의 때는 이미 운명처럼 눈앞에 다가와 있었나이다, 마마."

"허허, 고연지고!"

나는 신음처럼 내질렀다. 생각 같아선 놈을 갈아 마시고도 모자랄 지경이었으나, 그러나 나는 여전히 꾹 눌러 참을 수밖에 없는 노릇. 놈이 나를 찾아온 데에는 그보다도 더 중요한 용건이 따로 있을 것이었다. 아니나 다를까, 나의 짧은 탄식의 고함에도 눈 하나 깜박이지 않던 놈의 시커먼 입에서, 이윽고 나를 찾은 참 용건이 꺼내졌다.

"그런데 마마, 이제 딱 엿새밖에 남지 않았습니다."

"……?"

"일본에 계신 태자님의 혼인식 말입니다."

"…….”

"혼주로서, 꼭 가보셔야 하지 않겠습니까? 총독부에선 어제오늘 계속 대기중입니다."

"죽어도 못 간다고, 내 몇 번이나 일렀던가!"

더 이상 그 일을 입 밖에 내었다가는 그땐 네 놈의 혀를 빼 버리고 말겠다 소리치고 싶은 걸 또 억지로 눌러 참았다. 내일이라도 내 죽으면, 그 원인의 첫째는 분명 속으로 끙끙 앓기만 하는 이 씻지 못할 화병일 터이다.

이물스런 웃음기를 입가에 말아 올리면서 놈이 물러간 후, 나는 한동안 꼼짝없이 마구잡이로 쏟아지는 햇빛 속에 갇혀 있었구나. 치운

겨울날의 부신 햇빛이 그렇게나 슬프고 사위스러울 수가 없었다. 놈은 병탄 직후에도 나를 왜왕 앞에 무릎 꿇리고자 갖은 계략을 썼거니와, 내 대신 끌려간 네 오라비를 앞장서 동행한 죄업에도 아랑곳없이, 오늘에 와서까지 새삼스레 저리 패악을 부리다니! 새로 맞을 며느리가 왜녀(倭女)라는 것도 더없이 수치스럽고 분하고 애통한데, 그 모멸의 자리에 나를 혼주로 올려 세우겠다니 정녕 얼마나 기막힌 황당함이랴. 만약 이번에 내 못난 부정(父情)을 이기지 못해 일본행을 도모한다면, 그때는 놈들에게 볼모로 잡혀 다시는 이 땅으로 돌아오지 못할 건 불을 보듯 뻔하다.

그때 문득 너를 생각하였다. 언젠가는 너도 반드시 놈들에게 끌려가리란 걸 직감으로, 무슨 말 못할 암시처럼 온몸으로 느꼈단 말이다. 그러니 내 어찌 투명하게 손에 잡히는 부신 햇살이 마냥 슬프고 아프지 않을 것인가.

솔직히 온 누리를 밝게 비추는 햇빛의 고마움을 어디에 비길 수 있겠느냐. 어느 누구의 은혜가 이를 뛰어넘을 수 있으랴. 온갖 풀과 나무와 채소와 곡식의 싹을 틔우고, 꽃을 피우고, 열매 맺게 하는 참 오묘한 섭리의 햇빛은, 골고루 손을 뻗어 다소곳이 뭇 생명을 잡아 일으키고, 푸른 옷을 갈아입히고, 넘쳐나는 새 목숨을 줄기차게 불어넣는다.

그래서 사람들은 하나같이 양명(陽明)한 햇빛을 좇아 집을 짓고, 마을을 이루고, 활기찬 생업을 이어 나가지 않더냐. 어찌 산 사람들만의 문제일까. 죽은 이들조차 더 억척스레 양명한 명당에 묻히는 걸 생의 마지막 복락이라 여긴다. 죽으면 다 흙으로 돌아가고 바람으로 날아가 버리는, 부질없는 일장춘몽인데도 말이다.

그 햇빛 속에서 나는 또 혼자 생각하였다. '딱히 그들이 아니더라도, 경국의 때는 이미 운명처럼 눈앞에 다가와 있었다'는 윤덕영의 말에 내 버럭 화를 내긴 했지만, 그것은 정녕 전량[5] 옳은 지적이 아니겠는가, 하고. 그런 조짐은 이미 임오년의 군란과 갑오동학 때 활활 타오르고 있었거니와, 설사 그들이 아니더라도 세상을 바꾸고 뒤집으려는 기운 은 도처에서 생동하는 세기말이었으니까. 그러니까 어떤 형태로든, 자멸이든 외부 침입이든 왕실은 무너지게 돼 있었다는 게 솔직한 내 셈 속이다.

그러므로 너는 이제 악착같이, 더욱 드세게 마음을 여며야 한다. 설 사 놈들의 땅으로 가게 된다 하더라도, 오직 마음을 굳게 여미고, 개 명천지의 새 교육을 받고, 따뜻한 햇빛 좇아 잘 적응해 살다 보면, 분 명코 살기 좋은 새날이 찾아들지 않겠느냐.

사랑하는 내 딸, 덕혜야.

오늘 아침 다시 윤덕영이 왔다. 일본 가는 건 깨끗이 포기한 듯, 놈 은 흔연스레 웃으며 혀를 놀리더라.

"마마, 요즘 입맛이 없어 타락죽도 못 드신다는데, 어서 기운을 되 찾으소서."

___

5 전량: 전체의 분량이나 수량.

"고맙네."

"수라상에 무엇을 올려 드리면 그나마 낫겠습니까?"

"어디서 개 혓바닥을 좀 구해 올 수 없겠는가?"

나는 주저 없이 주문했고, 처음엔 너무 의아하다는 표정을 짓던 놈은 금세 얼굴이 화안해지면서,

"아, 예. 그거 별미지요. 궐 밖 저자거리를 다 뒤져서라도 필히 구해 오겠습니다."

의기양양 대꾸하더구나. 그러는 놈의 혀놀림과 눈빛의 여운이 묘했다.

오늘 밤 수라에는 어쩌면 놈이 가져온 혀요리가 여봐란 듯 올라올 수도 있을 테지만, 내 어찌 그걸 먹기야 하겠느냐. 더욱이나 무시로 나를 괴롭히고 죽이려 드는 윤덕영의 호의임에랴. 밤마다 함녕전의 좁은 뒷방들만을 골라 바꿔가며 자고, 음식도 일일이 상궁이 기미 본 다음에야 겨우 숟가락 드는 내 처지에, 거기에 무슨 살의의 독바늘이 들어 있는지 어찌 알고?

내가 놈들을 사그리 증오하는 것 못지않게, 놈들 또한 나를 어떤 형태로든 없애고 싶어하는 것도 마찬가지. 그러므로 누구나의 인생살이는 갈등의 넝쿨로 가득 뒤얽혀 있는지 모르겠다. 사람과 사람 사이의 관계는 대개 갈(葛)과 등(藤), 칡과 등나무의 얽히고설킨 애증으로 충만해 있다는 이야기이다. 겉으로야 웃고 너나들이하고, 격식 갖춰 예의를 차리지만, 그 속내로 조금만 천착해 들어가면, 대개는 한두 자루

푸른 비수를 숨겨 갖고 있다고 보아야 한다. 어느 종파에서는 사람이 죽으면 '선종'(善終)이라 이르는데, 진정으로 착한 죽음을 맞는 이가 솔직히 얼마나 될 것인가. 그이가 비록 생전에 더없이 착한 삶을 살았다 할지라도, 어김없이 찾아오는 임종에 이르렀을 때 그동안 쌓인 갈등이나 회한, 깊은 한숨의 아쉬움이 한 올 유감없이 다 풀어졌다고 어찌 장담할 수 있으랴. 내가 이리 인간을 믿지 못하고, 용서하지 못하고, 늘 증오와 적개심에 불타며 내 자신마저 사랑하지 못하는 못난 악군(惡君)인 줄, 불쌍한 백성들이야 또 어찌 어림조차 하겠느냐.

그런 내 마음이 너무 비참하고 서글퍼서, 오늘 아침에는 양지바른 정관헌 뒤뜰로 서둘러 나가 보았구나. 거기 담 밑에 쌓인 잔설을 헤치고, 혹시 노오란 복수초라도 한 송이 목을 뽑아 올리고 있지 않을까, 해서.

그러나 아직은 북풍한설의 차가운 한겨울. 봄이 오려면 아직 멀었다.

내가 가장 좋아하고 즐겨 먹는 산채, 들나물로 가득 차는 봄이 왜 이다지도 기다려지는지 모르겠구나. 산하는 비록 놈들에게 빼앗기고 짓밟혔을망정, 그래도 봄이 오면 이 땅에도 어김없이 온갖 먹을거리가 쑥쑥 솟아나와 정겹게 손을 내밀 터인데. 헐벗은 세상은 풍성한 새 순(筍) 천지로, 그 쑥과 냉이 따위로 우리 백성이 주린 배를 조금이나마 채울 수 있을 터인데.

그러니 새싹 같은 내 딸아.

너는 부디 뭇 생명이 넘쳐나는 따뜻한 봄날이어야 한다.

―그리고 그날 밤 저녁수라를 든 그이는, 왠지 혀가 타들어가는 듯 싶은 갈증을 못내 못 이겨 한 사발의 식혜를 독배(毒杯)처럼 더 청해 마신 뒤, 영원히 눈을 감았다.